U0125090

古代诗词典藏本

袁行霈题

主　编　袁行霈
副主编　刘跃进

高启诗选

杜贵晨 ◆ 撰

商务印书馆
创于1897　The Commercial Press

图书在版编目(CIP)数据

高启诗选/杜贵晨撰.—北京:商务印书馆,2022
(古代诗词典藏本)
ISBN 978-7-100-20933-5

Ⅰ.①高… Ⅱ.①杜… Ⅲ.①古典诗歌—诗集—
中国—明代 Ⅳ.①I222.748

中国版本图书馆CIP数据核字(2022)第058393号

高启诗选
(古代诗词典藏本)

杜贵晨 撰

商 务 印 书 馆 出 版
(北京王府井大街36号 邮政编码100710)
商 务 印 书 馆 发 行
北京艺辉伊航图文有限公司印刷
ISBN 978-7-100-20933-5

2022年7月第1版　　开本880×1240　1/32
2022年7月北京第1次印刷　印张9¾
定价:55.00元

古代诗词典藏本

走出学术象牙塔

刘跃进

改革开放三十多年来，中国古代文学研究取得了举世瞩目的成就。相比较而言，我们在普及工作方面做得还很不够。尽管各类选注本层出不穷，但精品甚少。很多学者不屑于做普及工作，认为体现不出研究水平；即便有水平的人去做，也很难得到同行认可。这样一种偏见，必须改变。

从学术发展的历史看，真正在学术史上确立地位的学者，都与其尽心致力于学术普及工作密切相关。汉代对于经典的注释、唐代对于古注的疏证以及清代乾嘉诸老对于历代经典的重新阐释，其出发点多是普及经典知识。现代学术研究又何尝不该如此？即以我供职的中国社会科学院文学研究所为例，六十多年前刚刚筹划建立文学所的时候，最初的工作主要就是选注历代文学经典作品。近来翻阅《王伯祥日记》，里面详细记载了郑振铎、何其芳等人如何精心策划《诗经选》《史记选》《汉魏六朝诗选》《三曹诗选》《唐诗选》《宋诗选注》的工作，印象深刻。每一部书的编纂，从篇目的确定，到注释的推敲，都经过反复打磨。然后内部油印，送到国内相关研究单位、高等院校，广泛征求学术界同行的意见。经过这样几个回合，才最后定稿，公开出版。这样的书，阐释经典，其本身也成为一种经典，多数印行在数十万册以上，在社会上产生了广泛影响。而这些作者的名字和声誉，也逐渐走出学术圈，为广大读者所熟知。前辈学者的工作给我们很多有益的启示。

启示之一，我们必须对文学研究的普及工作有一种正确的认识。处理好普及与提高的关系，说易行难。毛泽东《在延安文艺座谈会上的讲话》明确指出："人民要求普及，跟着也就要求提高，要求逐年逐月地提高。在这里，普及是人民的普及，提高也是人民的提高。而这种提高，不是从空中提高，不是关门提高，而是在普及基础上的提高。这种提高，为普及所决定，同时又给普及以指导。"学术研究真正服务于人民大众，首先就是要做好普及工作。没有普及，何来提高？但提高的最终目的仍然是为了更好地普及。现在，不少学者宁愿躲进象牙塔中做专精研究，也不愿意做点文化普及工作。这种观念值得商榷。毫无疑问，专精研究当然应当鼓励，给予尊重，这个社会也确实需要一批很专精的研究者，去做专业性很强的研究，尽管这种研究可能对社会现实没有直接作用，但是对我们整个文化发展来说又是必不可少的。这道理不言自明。但同时，我们更需要一批人出来宣讲传统文化，让专家的研究成果尽可能地为大众所认知。学术工作者来自人民群众，学术研究的本质也要求必须关注社会、依靠群众。如果我们的学术脱离人民群众，那就成了无根之木，难免凋零枯索的命运。这道理不言而喻。

启示之二，做好文学研究的普及工作，首先要求作者具有深厚的学术积累。康德《逻辑学讲义·导论》说过："学术的讲述是通俗讲述的基础。因为只有能够彻底讲述某物的人，才能以通俗的方式讲述它。"这段话把提高与普及的关系讲得非常明白。提高在前，普及在后。普及不是随意发挥，一定是在提高基础上的普及才有价值。真正的普及工作者或者说一个好的普及工作者，必须是在他这个领域掌握了丰富知识的研究者。没有深入的研究，哪来生动的普及？王伯祥、余冠英、钱锺书等人的学术普及工作就是成功的典范。对学者而言，深入易，浅出难。浅出所以难，是对作者要求高，他必须真正读懂经典作品，才不至于把经念歪。我们可能都有过这样的体验，专注于某一学术领域，遇到不懂的地方，偷懒的办法就是绕过去，而要讲给大众听，就无法藏拙。因此，做好普及工作，仅有良好的愿望是远远不够的，必须积学储宝、研阅穷照。只有这样，我们的普及工作才会更有实效，也才会更有意义。

启示之三，文学研究的普及工作，其意义还不仅仅是传播文化知识，更是传递一种理念，一种理想，甚至还可以说，是在从事一项民族文化集体认同的凝聚工作。大家都认同这样的观点，即传统文化是一个民族的命脉和灵魂。一个不知本来的民族，是绝对没有未来的希望的。在经济全球化的背景下，强调文化的多元性显得尤为重要。人类历史的发展告诉我们，物质文化可以全球化，而精神文化却有其强烈的向心力和凝聚力。文学研究工作者，有必要深入总结我们民族的传统特性和现实追求，并把这种特殊的文化基因固化为人民大众的行为准则和共同梦想。这样的民族是不可战胜的，将会永久地傲立于世界民族之林。

由上述几点启示来看，商务印书馆策划出版的这套"古代诗词典藏本"，恰逢其时，其意义自不必多说。编者的态度是认真的，他们以"阐释经典本身也要成为经典"为追求，其选家皆术有专攻，在其所选评方面具有相当的专精研究与学术影响，从而保证了选本的专业性与权威性。

正是由于每位选注者的研究领域、研究特点不同，因此"古代诗词典藏本"最大的特点就是不强求整套丛书风格整齐划一，而允许一选本有一选本之个性特色。这里仅举数例：李山教授的《诗经选》，仿佛带领读者做了一次重回"诗经世界"的新旅——重新审读其字句、篇章，重新考订其创作年代，勾勒其礼乐背景，体味其文化意蕴，欣赏其风雅艺术，考察其歌唱方式……《王维诗选》的作者王志清教授认为，王维诗乃诗之哲学，亦可谓哲学之诗。故其选评，敏于感悟，精于赏玩；其评赏文字，巧于切入，工于辞采。《李清照诗词选》的作者陈祖美先生，在历代学术研究成果的基础上，更贴近窥见了李清照的种种内心隐秘，从而紬绎出易安的十余种"心事"——幼年失恃、党争株连、婕妤之叹，以及终生无嗣的庄姜之悲等等，提出了许多新人耳目的独到见解。

无须赘言，只这几本书的简略介绍，即已充分显示出选注者的学术个性。在大的统一的原则下，保留各个选本自己独特的面孔，这一点，近于文学所编写经典读本的传统。钱锺书先生的《宋诗选注》，就特别强调自己"注"的特色，而与其他选本略有不同。希望这种不拘一格、力避匠气的文风与学风，贯彻丛书始终，从而涌现出更多的既拥有学术品位又文采斐然，既不乏前沿理论、自出己见又深入浅出的精品选本。

丛书付梓在即，编者希望我就上述特色发表感想，以便让更多的读者理解，这种信任让我感动。确实，好书好序，相得益彰。如果翻开一部新书，上来就是一篇乏味的序言，就好像刚出门，便遇上障碍物，诚可谓"出门即有碍，谁谓天地宽"，叫人眉蹙。顾炎武《日知录》早就告诫："凡书有所发明，序可也；无所发明，但纪成书之岁可也。人之患在好为人序。"贸然作序，对读者可能会是一种冒犯。但我想，好书确实需要介绍，好意也要有所表达。我真诚地呼吁我们的同行，在努力攀登学术高峰的同时，不要忘记为社会尽些心力，为国家文化建设奉献我们的绵薄之力。

六十年前，文学研究所推出的经典读本，以著者自己研究为基础，广泛借鉴吸收前人成果，取得空前成就，影响至今。我们相信，商务印书馆推出的这套"古代诗词典藏本"，也一定能在学术普及工作方面推陈出新，为广大读者所认可。

2014年5月30日

草于京城爱吾庐

目 录

五言古诗

七言古诗

长短句

六言律诗

七言律诗

五言绝句

七言绝句

高青丘集遗诗

导　言

中国诗歌史上，读者公认高启为"一代诗宗"①，或说"天才超逸，实居明一代诗人之上"（《四库全书总目提要》），或说"天才绝特，允为明三百年诗人称首，不止冠绝一时也"②，以为是很高的评价。但很少有人注意，当明洪武七年（1374）高启遇害尸骨未寒之际，就有与他同为"北郭十友"和"吴中四杰"之一的诗人，张羽称其"汉家乐府盛唐诗"③，徐贲更盛称其"有名齐李杜"（《附录》第1016页），推重至与"诗仙""诗圣"并尊的地位。须知"文人相轻，自古而然"④，又在高启作为钦犯刚被处死的敏感时刻，高启的这两位友人当不会故为虚誉以涉犯上之险，而应是痛惜其才，敢说真话。因此，这是值得重视的意见，当然也有待辨析和形成共识。这固然不是本书的主要任务，也不可能完全胜任，但应努力对高启其人其诗做更加全面

---

① 都穆《南濠诗话》，丁福保辑《历代诗话续编》（下），中华书局1983年版，第1355页。

② 陈田《明诗纪事》（一），上海古籍出版社1993年版，第163页。

③ 金檀《高青丘集》附录，上海古籍出版社2013年版，第1017页。以下引《高青丘集》均据此本，或仅说明，或括注卷次诗题，或"《凫藻集》卷X"；凡引此书《附录》均括注《附录》并页码。

④ 魏文帝《典论·论文》，萧统编《昭明文选》，李善注，中华书局1977年影印本，第720页。

的新的思考。

一　家世与身阶

高启生于元顺帝至元二年丙子（1336），遇害于明洪武七年甲寅（1374），与他以"千年遗恨泣英雄"（卷十五《岳王墓》）的诗句凭吊的岳飞一样，都冤死于39岁的年纪上。

恒自署"渤海高启"或"齐人高启"，谓为北齐神武皇帝高欢之后。高欢，渤海蓨（今河北景县）人。世本汉族，但"累世北边，故习其俗，遂同鲜卑"①。金檀《高青丘集》附《高青丘年谱》（以下简称《金谱》）云："先生系出渤海，世为汴人，南渡随跸家临安，后趋吴，居郡之北郭，遂为吴人。"即吴县（今江苏苏州吴中区）人。其在吴"郡之北郭"位置，有《暂归鸣珂里旧宅》诗曰："故庐在东里。"（卷六）

上溯五世无闻人。祖父本凝，父一元。吕勉《槎轩本传》（以下简称《吕传》）云："考顺翁以上俱裕饶。有田百余亩，在沙湖东。"（《附录》第995页）"顺翁"即高启父之字，或以为号。有一兄名咨，即诗中多称之"家兄"。侄二：庸，常。有一姊，两甥。卷十二有诗《送钱氏两甥度岭》曰："东送投荒去，应归下濑营。一家十口散，万里两身行。"三女，一子。次女书卒于元末苏州十月围城中，子祖授亦于高启生前早夭。故徐贲《祭文》曰："遗二弱息。"（《附录》第1015

---

① 李百药撰《北齐书》，中华书局1973年版，第1页。

页）又据其《喜从兄远归》诗（卷十六）有从兄某。

字季迪。因其曾客居甫里之青丘，故号青丘子。《元和唯亭志》："户部侍郎前翰林国史院编修高启第：在青丘浦大树村。"①甫里，明属长洲。故一说高启为长洲人，实误。又号槎轩。高启《槎轩记》云："槎，浮木也。予尝居淞江之上，滨江之木当秋为大风所摧折者，随波而流，顾而有感，因以名所居之轩。及游京师，翰林学士金华宋公，为篆二大字，自是或仕或退，东西旅寓，所至则匾于室。"（《凫藻集》卷一）又号吹台。吹台，汴（今河南开封）之繁（pó）台，以纪其"世为汴人"。又因曾与修《元史》，晚署青丘退史。

年十八，娶于青丘巨室周仲达之女。甚贤慧，高启有诗曰："妻能守道同王霸，婢不知诗异郑玄。"（卷十五《秋日江居写怀七首》其六）能诗，高启《答内寄》曰："风从故乡来，吹诗达京县。"（卷七）不久，家中落。《吕传》云："稍长，兄咨戍淮右，继失怙恃，即综理家政，往来江城以居。"故宅经乱毁弃，"景物乱后非，行观一怆然"（卷六《暂归鸣珂里旧宅》）。遂至于"辛苦中年未有庐"（卷十五《迁城南新居》），"无禄无田最可悲"（《附录》张羽《哀悼》）。

因此，日本学者吉川幸次郎称高启"作为以苏州为根据地的张士诚统治下的一个市民，度过了自己的青年时代"②，是一个事实。即使入明以后，他一度被召修《元

---

① 沈藻采编撰《元和唯亭志》，徐维新点校，方志出版社2001年版，第78页。
② ［日］吉川幸次郎《宋元明诗概说》，李庆译，中州古籍出版社1987年版，第230页。

史》，教授诸王子，虽赐官户部右侍郎不受，但也算是登上了社会的高层，却终因曾经做官被祸于辞官之后，折翼云天，殒命金陵，实际只是一位几乎逆袭成功的"草根"，最后如"滨江之木当秋为大风所摧折"，成为"一代文人有厄"（吴敬梓《儒林外史》）最惨烈悲剧的典型。

二　人生五幕

以洪武元年（1368）为界，高启一生有32年在元朝，入明后只生活了7年。但他毕竟做了明朝的官，所以无缘成为元朝最后一位诗人，而有幸成为了"明朝最伟大的诗人"①。他39岁的乱世人生，曲折起伏，倘以其少年时代为序曲，则有如元杂剧一本四折加楔子的五幕场景：

（一）天才少年（1—15岁）。高启自幼聪颖，"未冠，以颖敏闻。所交以千言贻之曰'子能记忆否？'君一目即成诵，众皆叹服"（《附录》张适《哀辞》）。喜谈兵，其《草书歌赠张宣》诗曰："嗟余少本好剑舞"（卷八），"尤好权略，论事稠人中，言不繁而切中肯綮"（《吕传》）。有大志，曰："顾余虽腐儒，当年亦峥嵘。小将说诸侯，捧槃定从盟。大欲千万乘，献策登蓬瀛。"（卷四《感旧酬宋军咨见寄》）又曰："我少喜功名，轻事勇且狂。顾影每自奇，磊落七尺长。要将二三策，为君致时康。公卿可俯拾，岂数尚书郎？"（卷六《赠薛相士》）好游侠，曰："结交原巨

---

① 梁琨《毛泽东因何评价高启为"明朝最伟大的诗人"》，《党的文献》2007年第6期。

先，共作缓急投。"（卷七《次韵包同知客怀》）又曰："少年客名都，狂游每共呼。"（卷十二《寄钱塘诸故人》）负气好强，曰："余少未尝事龈龈，负气好辩，必欲屈座人。"（《凫藻集》卷二《送倪雅序》）"无书不读，而尤邃于群史"（《附录》谢徽《缶鸣集序》）。但高启本人和他人记载中都无提及其师承。当学无常师，主要以自学成才。

（二）客饶十年（16—26岁）。高启美风仪，"身长七尺，有文武才"（《列朝诗集·高太史启》），"气貌充硕，衣冠伟然，言论诵读，音韵如钟"（《附录》周立《缶鸣集序》），名闻乡里。其间行事可述者，主要有四。

第一，受知于饶介。《吕传》云：

> 年十六，淮南行省参知政事临川饶介分守吴中……闻先生名，使使召之……强而后往。座上皆巨儒硕卿，以倪云林《竹木图》命题，实试之也。且用次原诗"木、绿、曲"韵。时先生……侍立少顷，答曰："主人原非段干木，一瓢倒泻潇湘绿。逾垣为惜酒在樽，饮余自鼓无弦曲。"饶大惊异……诸老为之掣肘，自是名重播绅间，纵前辈弗畏之。

此记《金谱》辨为至正十六年21岁事。但《吕传》以徒传师，当更可信。况且若至21岁可考进士中状元的年纪为此诗，以饶之高官和文坛盟主地位，或不至于"大惊异"。因此，饶介被处死，高启哭以诗说："无因奠江上，应负十年知。"（卷十二《哭临川公》）"十年"当自至正十一年他16岁起，至至正二十一年他26岁止。

第二，客饶身份。张适《哀辞有序》载，其初"饶介……延之使教诸子"（《附录》），当即饶私人聘用的塾师；后为"记室"或"著作"①，则成为饶府的幕客了。又，高启《匡山樵歌引》（《凫藻集》卷一）、《陪临川公游天池三十韵》（卷五）、《赠醉樵》（卷十一）等，均言及与杨基等客饶陪游及诗酒往来之事，可见宾主相得，过从颇密。

第三，吴越之游。高启《吴越纪游十五首并序》（卷三）所称"至正戊戌、庚子间"，即至正十八年（1358）冬至二十年春历时一年有余的"吴越游"，似乎游山玩水的"自由行"，其实是负有使命的"行役"。这从其第一首《始发南门晚行道中》开篇说"岁暮寒亦行，征人有常期。辞我家乡乐，适彼道路危"，和第三首《次钱清江谒刘宠庙》中有句云"我方东征急"等，皆言身不由己可以确认；其数年后又有诗曰"昔年偶失路，羁役戎马间。南行越重江，岁晏不得还"（卷七《冬至夜感旧二首》其二）云云的回忆，更进一步证明其"吴越游"是与当时"戎马"争战相关的一次"行役"，是令其沮丧难忘的一次"失路"，即大非所望，一无收获。至于具体情形，诗人讳之，今亦难考。但应该是因此，他在至正二十年春结束"吴越游"回到平江以后，就从饶介处离任，"违群远寓荒江岑寂之滨"（《凫藻集》卷二《赠胡生序》），携家依外舅隐居青丘去

---

① 杨基《眉庵集》（巴蜀书社2005年版）卷八有《怀高著作季迪》；《四部丛刊》本徐贲《北郭集》卷五有《喜高记室了上人见过》，张羽《静居集》卷一有《次韵答高记室春日寄怀》等。

了。此后虽时往来于江城，与饶介乃至元朝和张士诚在吴的某些将领、官员还有联系，但他既没有做元朝或张士诚的官，也没有再回饶介之幕。

第四，"北郭十友"，或称"十才子"。高启客饶十年间，除得以结交饶介等官绅名流外，又"家北郭，与王行比邻，其后徐贲、高逊志、唐肃、宋克、余尧臣、张羽、吕敏、陈则皆卜居相近，号北郭十友，极一时诗酒之乐，十子之名肇始此数年"（《金谱》）。按高启《春日怀十友诗》之"十友"有僧道衍、王彝，无高逊志、唐肃，兹不具论。但需要指出的是，这实际是以饶介为后台势力的一个诗人团体。所以饶介被明太祖杀害后，"十友"的命运也多悲惨。但僧道衍（姚广孝）后来成为朱棣的"黑衣宰相"，把朱元璋传位建文帝的遗算打成粉碎，与其曾为饶介之方外友和"北郭十友"中人的经历，未必没有心理上潜在的联系。又高启与杨基、张羽、徐贲被比作"初唐四杰"之"王、扬、卢、骆"，并称"吴中四杰"，也应该是基于这一时期诸人共积的声望。

以上诸事或同时，或先后，或错综发生，深刻影响了高启"客饶十年"及其后来的诗歌创作。

（三）张吴五年（27—32岁）。至正十六年（1356），张士诚攻占平江，高启被"屡以礼招之不就"[1]，而饶介为张请出受右丞之职。高启居青丘，来往江城，与饶和张吴官员仍有联系，但没有正式隶属关系。而高启诗文中以元

---

[1]《附录》周忱《凫藻集原序》，第1026页。

廷为"国朝"，以镇压农民起义为"戡乱"（《凫藻集》卷三《送蔡参军序》），称颂一度降元封太尉的张士诚"镇吴之七年，政化内洽，仁声旁流"（《凫藻集》卷三《代送饶参政还省序》）等，却对张士诚称"吴王"一字不提，可见其始终恪守对元朝的"君臣之义"，而对反元势力，包括对不奉元朝正朔的张士诚，均持不合作立场。但到至正末，元朝大势已去，张士诚、朱元璋先后称吴王，在两吴王之间，高启显然选边张吴。这突出体现在至正二十六年（1366）十一月至第二年九月朱元璋大军围平江，平时多居城外青丘的高启，却不知何故回到围城中了①，而且不幸他的二女儿高书在围城中患病惊悸不治而死。城破之后，其恩公饶介被逮处死，兄长高咨和许多友人如杨基、张醇、张宪、余尧臣等，都因为附饶或附张流亡藏匿，或被逮迁戍，而高启得免于祸，仍回青丘隐居，大概由于他从饶氏幕中及早抽身的缘故吧。

值得注意的是，以至正为年号的二十七年间，朝廷和张吴有过多次科举，而且从高启写于至正十八年（1358）的《送张贡士祥会试京师》诗末说"我今有志未能往，矫首万里空茫然"（卷十），可知其并非无意科举，可各种记载都无其曾经参加科举和有任何功名的纪录。而张羽应写于张吴覆亡之后、高启被召修《元史》之前的《续怀友

---

① 张羽《静居集》卷二《续怀友五首并序》记曰："予在吴围城中作《怀友诗廿三首》，其后题识四人，乃嘉陵杨孟载、介休王止仲、渤海高季迪、郯郡徐幼文也。时予与诸君及永嘉余唐卿者，游皆落魄，不任事，故得流连诗酒间若不知有风尘之警者。"《四部丛刊》本。

诗五首》中，称诸友均以其在元旧职或身份，称高启则为
"高征君"（《静居集》卷一）。那么高启入明前是否曾受过
元朝廷的征召而不必参加科举了呢？待考。

（四）仕在南京（34—35岁）。洪武二年（1369），
高启34岁，应召修《元史》。二月到任，寓南京天界寺。
八月，《元史》成。"授翰林院国史编修官，复命教授诸
王。三年秋……擢启户部右侍郎……启自陈年少不敢当
重任……赐白金放还"（《明史·高启传》）。三年（1370）
八月归至青丘。计其仕在南京，包括"去年归乡过重午"
（卷十《京师午日有怀彦正幼文》）在内，前后约一年半。
高启本不欲仕，所以在南京不屑钻营，"袖无投相刺，箧
有寄僧诗"（卷十二《京师寓廨三首》其三），却在不时随
侍中被朱元璋看好，先后提拔他为翰林院编修、户部右侍
郎（正三品）。这就是那时所谓"皇恩浩荡"，但高启托
故拒绝了。其拒任的理由，《明史》本传说是"自陈年少
不敢当重任"，张适《哀辞有序》称"自以不能理天下财
赋"（《附录》）。前者是明显的托词（详后），后者则似乎
为高启的一个私见，即做官的话，也"莫掌官钱谷"（卷
七《真氏女并序》）。但是，纵观其言及仕隐的诗，深层
原因一是他对历史人物"鼎食复鼎烹"（《赠薛相士》）悲
剧的心怀恐惧；二是他醉心于诗，极度厌倦"漏屋鸡鸣起
湿烟，蹇驴难借强朝天"（卷十七《风雨早朝》）的趋朝生
涯；三是与痴愿做一个诗人相联系的，是他还沉湎于张吴
治下"十年离乱如不知，日费黄金出游剧"（卷八《忆昨
行寄吴中诸故人》）的记忆，而不曾燃起对朱明新朝真正

认同与合作的热情。

（五）归隐遇害（36—39岁）。洪武三年秋八月，高启辞官归青丘，虽身心解放，但"无禄无田"，只好仍教书为生。又他早曾害眼病（卷十二《病目》《病目不饮》），不知何时起"诗人亦有相如渴"（卷十五《赠医师王立方》），即糖尿病。另外最大的不便是居无定所，不时搬家。适有他在京结识的国子监祭酒魏观转任苏州知府，兴文事，主动为高启"徙居城中夏侯桥，以便朝夕亲与"（《吕传》）。高启生子，魏观也亲至道贺；魏观葬母，则请高启撰写铭文（《凫藻集》卷五《魏夫人宋氏墓志铭》），频有过从。所以当魏观移修郡治上梁时，就请了高启作《上梁文》。不料魏观移修郡治是在张士诚旧宫地基上新建，被诬"兴既灭之基……遂被诛"（《明史·魏观传》）。而"帝见启所作《上梁文》，因发怒，腰斩于市"（《明史·高启传》）。可见高启之死，直接因于《上梁文》。但《明史·高启传》说还因为"尝赋诗，有所讽刺，帝嗛之未发也"，并无实据，而是受了野史传闻的影响。对此，朱彝尊等已辨之甚详（《附录·诸家评语》）。其实可想而知，朱元璋为人雄鸷，"金樽共汝饮，白刃不相饶"（《明史·茹太素传》），若果以其有诗讽刺，何以"嗛之"还要提他官职？但这个问题还可作两点补充：

一是虽说朱元璋赐官高启之前不会有因诗而"嗛之未发"者，但朱元璋比高启才大八岁，根本不会相信高启"年少"云云的托词，唯是毕竟强扭的瓜不甜，所以仍"乃见许……放还"。高启当时庆幸，却不知在朱元璋看来，其实是给他脸不要，正是使自己碰了（软）钉子，失了脸面，在普通人近乎绝交，君臣间性质上就是"忤旨"，从而埋下了高启后来被杀的祸机。因此，所有关于高启死因另有隐秘的说法，只有张适《哀辞有序》所说"力辞迁旨，仍赐白金一镒，以酬训诲之劳"（《附录·哀诔》）最为可信。原因即在张适是高启同乡，自幼至高启遇害前"周旋久，而相知为深"。又从其说朱元璋"仍赐"之勉强意，颇似从高启生前口角得之，并因"以解世之疑"公布出来。否则高启才死，以张适退职水部郎中的身份，如非确有把握，断不敢臆造涉及皇上之事，他不怕砍头吗？因此，笔者很奇怪修《明史》诸公，居然不取张适此说，而信从钱谦益辈所据之《吴中野史》等无根之谈。

二是尽管朱元璋对高启辞官或有旧憾，但是若非他又牵连入魏观案，也应该不会主动翻旧账杀他。至于高启被牵连入案的前因，却是魏观为其"徙居城中夏侯桥"。而高启若非"未有庐"和"无禄无田"，则魏观固然不必，高启也就不会接受魏观为其"徙居"，从而就不一定有因《上梁文》而被杀之事了。因此，高启固然是为魏观所累，为朱元璋所杀，但更深层次上也是其生活困顿的处境，迫他"不得已为魏观客"（《附录·群书杂记》），从而一步步走上了死路。张羽悼其"无禄无田最可悲"之深意，可能即在于此。

以上高启生平虽大致清晰，但其客饶经历、吴越之行、拒仕张吴、被害始末以及"征君"身份等，仍都有可疑之处，尚待深入考释。

三 名齐李杜

从高启《〈丛竹图〉赠内弟周思敬就题》（卷十六）可知，高启擅绘画，但无画作传世。其文字著作今收集最全的清金檀辑注《高青丘集》，有《凫藻集》五卷各体文119篇，《扣舷集》词32阕，各体诗十八卷并《补遗》共2011首。近有学者从《诗渊》辑得29首①，共2040首。或有误收，但也可能仍有待发现者。从而大体还是景泰中徐庸（用理）编《高太史大全集》所称"诗凡两千余篇"（《列朝诗集·高太史启》）。虽如汪端云"《青丘大全集》本非手定，中有自加删润之作，编诗者两存其稿，故多复句"（《附录·诸家评语》），但是诗人之不幸，而非其过错。何况大醇小疵，不害其为琳琅满目，美不胜收。

其一，题材广泛。高启生当元末乱世，曾有诗说："卧思三十年来事，一半间关在乱离。"（卷十七《夜中有感二首》其一）又身经两朝，以布衣之士时隐时出，并曾置身张吴和为官明朝的政治漩涡，交游广泛，而不屑钻营，"平生无事迫，辛苦为寻诗"（卷十三《临顿里十首》其四）。从而其诗题材广泛，内容丰富，不仅在山程水驿，而且在待人接物、睡卧起居，几乎无时不可以有，无事不可以入。汪端曰："青丘诗……施于山林、江湖、台阁、边塞，无所不宜。"（《附录·诸家评语》）今参酌时贤见解，分为以下十类：

---

① 司马周《〈高青丘集〉辑佚》，《古籍研究》2002年第3期。

感寓：各种即事生情，关乎出处生死，人生终极思考之作，如《悲歌》《寓感二十首》《拟古十二首》《秋怀十首》等；

自述：各种自道身世阅历之作，如《青丘子歌有序》《临顿里十首》《别江上故居》《乱后经娄江旧馆》《咏梦》等；

咏史：各种读史、论人、吊古之作，如《读史二十二首》《咏隐逸十六首》《剑池》《咏荆轲》《阊阖篇》《十宫词》等；

纪游：各种山水胜迹游观登览纪事抒情之作，如《吴越纪游十五首》《天平山》《龙门》《太湖》《天池》《舟归雨中》《渡吴淞江》《登金陵雨花台望大江》等；

风物：各种以风俗、景色、物象为题之作，如《采茶词》《斗鸭篇》《烹茶》《竹枝歌六首》《梅花九首》《端阳十咏》《军装十二咏》《秋柳》等；

音画：各种有关音乐绘画之作，如《夜饮丁二倪宅听琵琶》《听教坊旧妓郭芳卿弟子陈氏歌》《客舍雨中听江卿吹箫》等；作者亦擅画，题画诗为多，如《明皇秉烛夜游图》《题倪云林所画义兴山水图》《宫女图》等；

亲情：各种有关家人亲戚之作，如《古别离》《喜家人至京》《答内寄》《梦钟离两兄》《悼女》《子祖授生》等；

交游：各种友人、同事、上下属唱和、赠答、怀友、悼亡之作，如《春日怀十友诗》《哭临川公》《雨中就陈卿饮酒醉归闻丁二卧病客楼赋此寄慰》《闲理箧中得诸友诗存殁感怀怅然成咏》《雨斋独坐写寄友》《得亡友周履道记室在系所诗次韵》《江上晚过邻坞看花因忆南园旧游》《郡治上梁》等；

田园：各种有关农田、农人、农事之作，如《郊墅杂赋十六首》《看刈禾》《东园种蔬》《种瓜》《田园书事》等；

时事：各种涉及战争、时局、朝政、社情之作，如《塞下曲》《闻朱将军战殁》《吴城感旧》《奉天殿进〈元史〉》《封建亲王赐百官宴》《江上见逃民家》等。

鉴于每诗题材内容都不可能纯粹，以上分类难免削足适履或可此可彼，似可分而实难分。却不得不分，甚至还有可能进一步细分，实因高启之诗千门万户，而且即使同题（材）异作，也多彩多姿，绝无雷同，而可以辟为专题阅读研究。例如不仅其题画、咏史、田园、纪游等类诗可作专题研究，而且其写送行、梅花、饮酒、中医等，乃至其时常搬家的移居诗，都有品类特征突出的特点，可类析以见其别出心裁，戛戛独造。

其二，诸体皆工。中国古代诗歌之有体裁，既因为汉语表义的特点，也因为叙事抒情内容有体量大小要求形式繁简和整饬度的不同，包括诗人寄意的单纯或繁复等。诗人相题而为，因事、情、意而作，从而诗有诸体，犹小说家或擅长篇，或喜短制，往往各有偏长。对此，高启早有发现并设为兼诸体而登峰造极的目标。其《独庵集序》云：

> 夫自汉、魏、晋、唐而降，杜甫氏之外，诸作者各以所长名家，而不能相兼也。学者誉此诋彼，各师所嗜，譬犹行者埋轮一乡，而欲观九州之大，必无至矣。盖尝论之，渊明之善旷而不可以颂朝廷之光，长吉之工

奇而不足以咏邱园之致，皆未得为全也。故必兼师众长，随事摹拟，待其时至心融，浑然自成，始可以名大方，而免夫偏执之弊矣。（《凫藻集》卷三）

为此，高启苦心"相兼"，以求"大方"。张适《哀辞》说：

> 君淬砺于学，尤嗜诗。诗人之优柔、骚人之凄清、汉魏之古雅、晋唐之和醇新逸，类而选成一集，名曰《效古》，日咀咏之。由是为诗，投之所向，罔不如意，一时老生宿儒，咸器重之，以为弗及。（《附录》）

其苦心孤诣，浑然自成，则如李志光《凫藻集本传》所云：

> 高启……诗，上窥建安，下逮开元，大历以后则藐之。天资秀敏，故其发越特超诣。拟鲍、谢则似之；法李、杜则似之。庖丁解牛，肯綮迎刃，千汇万类，规模同一轨。山龙华虫，如其贵也；象犀珠玉，如其富也；秋月冰壶，如其清也；夏姬、王嫱，如其丽也；田文、赵胜，如其豪也；鸣鹤翔云，如其逸也。仍和陶、韦大羹元酒之味，不闲二宋粟布之征。所谓前齿古人于旷代，后冠来学于当时者矣。（《附录》）

而举凡三、四、五、六、七言，长短句、回文无体不备；乐府、琴操、辞、古诗、近体律绝，几无体不备，有

作皆工。其同郡人同修《元史》同辞官归里之好友谢徽序
其诗云：

> 季迪之诗，缘情随事，因物赋形，纵横百出，开合
> 变化，而不拘拘乎一体之长。(《附录》)

清代著名女诗人汪端《明三十家诗选·凡例》曰：

> 乐府，高青丘清华朗润，秀骨天成，唐人之胜境
> 也。五言古得柴桑之真朴，辋川之雅淡。七言古沉郁宕
> 远，兼太白、杜、韩之长。五言律，上法右丞，下参大
> 历十子。七言律超妙清华。五言绝得王、韦之髓。七言
> 绝有唐人风度。(《附录》)

至于《四库全书总目提要》说"其于诗，拟汉魏似汉
魏，拟六朝似六朝，拟唐似唐，拟宋似宋，凡古人之所长
无不兼之，然行世太早，殒折太速，未能熔铸变化自为一
家，故备有古人之格，而反不能名启为何格，此则天实限
之"云云，则乾嘉诗注家目迷五色，看朱成碧之见而已。
事实上高启诗所谓"兼师众长"，乃杜甫之"转益多师"；
所谓"时至心融"，则必然自成一格。故所谓"不能名启为
何格"者，实是其"浑然自成"，如杜诗之得"兼"，"浑"
一前人之种种格而自为之"成"。这也是后世编其诗题"大
全集"的主要原因，在中国诗歌史上是一个特异的现象。

其三，堪称"诗史"。李白诗曰："哀怨起骚人。"(《古

风五十九首》其一），高启诗即多写乱世之作，全篇为之如《过奉口战场》（卷三）、《兵后逢张孝廉醇》（卷八）、《兵后出郭》（卷十二）等，更多作为叙事抒情的背景或插话，如写元末乱阶："金镜偶沦照，干戈起纷争。中原未失鹿，东海方横鲸。"（卷四《感旧酬宋军咨见寄》）写兵民死伤："千村杀戮鸡犬无，骨肉谁家保相共。"（卷八《广陵孙孝子爱日堂》）"颇闻原野多杀伤，风雪呻吟苦无那。"（卷八《答余左司沈别驾元夕会饮城南之作时在围中》）写城乡残破："乱后城南花已空，废园门锁鸟声中。"（卷八《忆昨行寄吴中诸故人》）"故园经乱后，蔓草日已稠。"（卷四《尹明府所藏徐熙〈嘉蔬图〉》）乃至写入明数年仍流民遍野："清时无虐政，何事竟抛家……四海今安在？归来早种麻。"（卷十三《江上见逃民家》）读这些诗，可以见元末明初乱世之象，并深味作者如杜诗"穷年忧黎元，叹息肠内热"的悲慨。尤其若干涉及苏州十月围城的长篇，得之亲历，有实录之价值。

其四，"反战"意识。李白《战城南》曰："始知兵者是凶器，圣人不得已而用之。"杜甫《洗兵马收京后作》曰："安得壮士挽天河，净洗甲兵长不用。"高启目睹战争给人民生命财产带来的巨大破坏，诗中多方面地继承发扬了李杜诗的"反战"传统。如曰："年来未休兵，强弱事并吞。功名竟谁成，杀人遍乾坤。愧无拯乱术，伫立空伤魂。"（卷三《过奉口战场》）又曰："何人为我挥天戈，乾坤多难俱平戡。"（《中秋玩月张校理宅得南字》）为此，他待时欲出："所以不苟出，出则时当平。"（卷四《感旧酬宋军咨见寄》）等。尽管其"反战"的呼吁也如李杜无法改变灾难深重的现实，但同样如长夜烛光，体现出人类良知向黑暗势力的反抗。

其五，内蕴深永。高启学识渊博，心思细密，用笔奥妙，比喻多方，故其诗每有事，多有所指，或寓意深永，往往似浅而深，似直而曲，大都需涵咏再三，方可见意。加以其自16岁步入苏州政治文化圈，大半生在苏州和南京的政治漩涡中度过，时局翻覆，世情变幻，危机重重，诗人为自保计，诗之本事背景往往隐晦，又大量作品无法编年，也增加了解读的难度。例如上述《吴越纪游十五首》之例，又如诗中多次用苏秦曰"使我有洛阳负郭田二顷"之典，以及多次写及"废宅""故将军第"等，皆非泛泛之作，而当有其个人身世遭际之感慨寓焉，从而形成作品内涵丰富、耐人寻味的特点。这一特点固然给阅读造成一定困难，却是诗学家寻幽探胜的诸多秘境。

其六，追求"自适"。高启虽曾有大志欲做一番事业，其在客饶十年中某些讳莫如深的经历，也似乎就是这方面的努力，但都没有成功。其后来虽于元朝持守"君臣之义"，于张吴保持政治上的距离但心实近之，乃至入明后即为朱明政权唱赞歌，但总而言之，他既然不想做官，一生追求和自命的是一位诗人，那么其各种政治的表态，都不可十分认真看待。例如，他在入明之前始终尊元，而无"华夷之别"的观念，似不可解。其实，即使朱元璋也说过"元主中国百年，朕与卿等父母皆赖其生养"（《明史·太祖本纪》）的话。而自豪于"系出渤海"的高启，未必不留意其祖上"遂同鲜卑"的传统，从而似乎只在乎与元朝的"君臣之义"，而少有"华夷之别"的想法了。又如其虽曾为明朝的建立欢呼"从今四海永为家"（卷十一《登金陵雨花台望大江》），但在"辛苦中年未有庐"的处境中，他岂不知"四海一家"只是皇帝的家，没有他高启的份。反而"胜国时，法网宽大，人不必仕宦"（《附录·群书杂记》王世贞语），他不接受元甚至张士诚的"礼聘"还能逍遥度日，"幸逢圣人生南国"平定了祸乱，连他不做官的自由乃至生命都被剥夺了。因此，相对于高启人生没有个人选择的历史处境，今天讨论评价其政治立场和态度如何没有任何意义。而且从高启不时流露之"鼎食复鼎烹"的恐惧看，他早就看透了皇权制度绞肉机似的"吃人"（鲁迅语）本质，后半生一直都在寻求避开官场以率性而为，做最好的自己。李志光《凫藻集本传》记其不附张士诚曰："独絜家依外舅周仲达居吴淞江上，歌咏终日以自适焉。"（《附录》）"自适"一语若不经意，却画龙点睛，道破高启人生最后的感悟与追求。这在李白是说："安能摧眉折腰事权贵，使我不得开心颜！"（《梦游天姥吟留别》）而高启则曰："安能效群女，倚市斗妍妙。"（卷五《答衍师见赠》）可见高启对个性自由的追求，固然无李白之傲，但仍有李白之刚。其"自适"的本质，与李白追求个性解放的精神一脉相承。

最后，"明诗主真"的先驱和典范。笔者在《明诗选·前言》中曾说："杨慎《升庵诗话》谓'唐人诗主情'，'宋人诗主理'，我们可以加一句说'明人诗主真'。"①高启最先意识到并开"明人诗主真"风气之先。其《缶鸣集序》云：

> 古人之于诗，不专意而为之也。《国风》之作，发于性情之不能已，岂以为务哉。后世始有名家者，一事于此而不他，疲殚心神，搜刮万象，以求工于言语之间。有所得意则歌吟蹈舞，举世之可乐者，不足以易之，深嗜笃好，虽以之取祸，身罹困逐而不忍废，谓之惑，非欤？余不幸而少有是好，含毫伸牍，吟声咿咿，不绝于口吻。或视为废事而丧志……故日与幽人逸士，唱和于山巅水涯，以遂其所好。虽其工未敢与昔之名家者比，然自得之乐，虽善辩者未能知其有异否也。故累岁以来，所著颇多……凡岁月之更迁，山川之历涉，亲友睽合之期，时事变故之迹，十载之间，可喜可悲者，皆在而可考。(《凫藻集》卷三)

又其《娄江吟稿序》云：

> 故窃伏于娄江之滨，以自安其陋，时登高丘，望江水之东驰，百里而注之海，波涛之所汹潏，烟云之所杳霭，与夫草木之盛衰，鱼鸟之翔泳，凡可以感心而动目者，一发于诗；盖所以遣忧愤于两忘，置得丧于一笑

---

① 杜贵晨《明诗选》，人民文学出版社2003年版，《前言》第12页。

者，初不计工与不工也。(《凫藻集》卷三）

上引高启二序自谓其诗之"皆在而可考""初不计工与不工也"表明，《四库全书总目提要》说"其于诗，拟汉魏似汉魏"云云，实乃明七子声口，完全不合高启诗"兼师众长，随事摹拟"之实际。事实上诗无古今，而只有真伪。高启虽师法古人，但在具体创作中皆从实景得句，除形式上"学古而化，不泥其迹"(《附录·诸家评语》汪端评）之外，其格、意、趣皆自我得之，于唐、宋人之后独创一"明诗人主真"之格。试以其《村居》诗曰"呼童莫斫篱边笋，留取清阴盖四邻"(《遗诗》）二句，与杜诗"安得广厦千万间"云云对比，即可见同一"惠人"(《论语·宪问》）之意，高启只从能做到处说起，而与杜甫的表达何等之不同。故知高启有"名齐李杜"之誉，实因其于李杜等前人"兼师众长，随事摹拟，待其时至心融，浑然自成"的刻苦实践，而核心则在于处处从实事、实景、实情得句，故越六百年而仍能于李杜之后标新立异。

四　关于本书

高启诗自明清至今在中国大陆、中国台湾和日本各种明诗、明清诗或历代诗歌选本中都有入选，并占有较突出地位。清以来单行选本有康熙间黄昌衢《高侍郎诗》，同治间汪端《高季迪诗选》；在日本有斋藤拙堂、菊池溪琴合编《高青丘诗醇》、广濑淡窗选编《高青丘诗抄》。近今中国台湾有仁爱书局编辑部编《高启诗选》，大陆有陈沚斋选注《高启诗选》录诗123首，李圣华选注《高启诗选》录诗338首。由于高启诗可编年者大约仅及其半，且编年未必皆无误，所以本选拟不勉强为之。除最后《芦雁图》一首之外，一自清金檀辑注《高青丘集》（上海古籍出版社2013年版）依体裁、篇目次序选出，而于每篇评析文字中尽量说明作年背景等。选诗自然唯好是选，但鉴于高启远非李、杜那样为人所熟知，故为见其全人，也略体其作为"大全"意，适当注意了作者一生各时期、各主要经历、家庭与社会关系，以及主要题材等各方面有代表性作品的选取，乃至与"抗疫"中操笔不无关联，还采入了《赠刘医师》和《驱疟》两篇，共得235首。比陈选增新179首，比李选增新119首，比两书合并增新103首，即选目有一定差异。注释稍详，评析从简，并有话则长，无话则短。参考诸书，已随文有注，谨此致谢。感谢丛书主编、策划的邀约，感谢出版社编辑厚艳芬、张鹏二位的指导。希望本书对高启其人其诗的阅读研究有所帮助。书中不当之处，请读者不吝赐正。

杜贵晨

二〇二〇年五月三十日于泉城历下

乐　府

古　别　离[1]

　　他人岂不别？所别谅有由[2]。嗟君今何营？轻薄好远游[3]。遥遥京洛车，泛泛江汉舟[4]。君身非贾胡，所至自辄留[5]。徽音已冥邈，思怀尚绸缪[6]。露滋红兰春，霜变绿桂秋[7]。此时望归来，含情上高楼[8]。川途本无限，君去焉得休[9]！愿令中断阻，化彼山与丘[10]。

　　1　古别离：乐府旧题，多写夫妻离别相思之苦。

　　2　谅：料想。

　　3　嗟：语助词，表感叹；"轻薄"句：三国魏阮籍《咏怀诗作八十二首》其五："轻薄好弦歌。"

　　4　"遥遥"二句：说北上京洛，南下江汉。京洛，指洛阳，东周、东汉等多朝都城，故称，此泛指京城。江汉，长江、汉水交汇处，即今湖北武汉一带。唐代陆龟蒙《江南曲》："遥遥洛阳道，夹道生春草。"

　　5　"君身"二句：说夫君非胡商，却宦游如胡商一样漂泊不归。《后汉书·马援传》："伏波类西域贾胡，到一处辄止。"伏波，古代将军封号，这里指东汉开国将领马援。

　　6　"徽音"二句：说夫君归讯杳无，但自己仍思念无尽。徽音，美音，此指丈夫的归期。冥邈，渺茫。绸缪（chóumóu），缠绵。

　　7　"露滋"二句：说露水滋润红兰春意盎然，寒霜催染绿桂变为秋色。言春去秋来，年华暗老。南朝梁江淹《别赋》："见红兰之受露，望青楸之罹霜。"绿桂，绿色的桂树。

8 "此时"二句：说思夫登楼，远望当归。唐代赵微明《古离别》"犹疑望可见，日日上高楼"，可相参观。

9 "川途"二句：说山高水长，远路无尽，你游荡到哪里才停止呢。川途，路途。或指水路。

10 "愿令"二句：说愿使道路断绝，都成山丘。

诗写闺怨。首二句以比起兴，次二句入题，怨夫君性好游荡；"遥遥"四句为想象之辞，写夫君舟车劳顿，游似胡商，荡如转蓬；"徽音"四句写思念之苦，"维忧用老"（《诗经·小雅·小弁》）；"此时"四句写思念之深，彼或绝情，而我心如一，仍独上高楼，望断天涯，念愈切而怨愈深；结尾"愿令"二句是愤怼语，诞妄语，又是情极语。若无理路，而离恨全出。沈德潜《明诗别裁》评曰："怨而不怒，风人之遗。"

吴 趋 行¹

仆本吴乡士，请歌吴趋行²。吴中实豪都，胜丽古所名。五湖泅巨泽，八门洞高城³。飞观被山起，游舰沸川横⁴。土物既繁雄，民风亦和平。泰伯德让在，言游文学成⁵。长沙启伯基，异梦表休祯⁶。旧阀凡几家，奕代产才英⁷。遭时各建事，徇义或腾声。财赋甲南州，词华并西京⁸。兹邦信多美，粗举难备称。愿君听此曲，此曲匪夸盈⁹。

---

1 题下原注："古乐府有《吴趋行》，吴人歌其土风也……《姑苏志》：'吴趋坊在皋桥南。'"吴，指今江苏省苏州市吴中区。

2 "仆本"二句：说我是吴人，故为此歌。《吴趋行》，即《吴趋曲》。崔豹《古今注》曰："《吴趋曲》，吴人以歌其地也。"陆机《吴趋行》曰："听我歌吴趋。"趋，步也；仆，作者谦称自己。

3　五湖：诸说不一，此当从古说指苏州临近的太湖；八门：《姑苏志》："周敬王六年，阖闾有国，伍员创筑大城，为门八。东曰娄，曰匠；西曰阊，曰胥；南曰盘，曰蛇；北曰齐，曰平。历代皆仍其旧。"洞，通达。

4　飞观：有飞檐的楼；沸：水烧开时沸涌之状，喻游船浮动于水上。

5　"泰伯"二句：说吴有泰伯让继之德和子游文才。泰伯，周太王长子。《史记·周本纪》载，他与二弟仲雍顺父意让三弟季历继位，自去吴地，后为吴国始封君。《论语·泰伯》："子曰：'泰伯，其可谓至德也已矣！三以天下让，民无得而称焉。'"言游，即言偃，字子游。吴地常熟（今属江苏）人。孔子弟子，以文学称。

6　"长沙"二句：说三国吴之开基人孙坚曾拜长沙太守，出生时即有异兆。长沙，今湖南省城；伯，通"霸"；伯基，霸业的基础；异梦，《三国志·吴书·孙坚传》载，孙坚母怀孕时，梦见肠子出绕苏州阊门，以为休祯。休祯，吉兆。

7　"旧阀"二句：说苏州多高门大族，人才辈出。旧阀，阀阅旧家。阀阅，古代贴在门上的功状，左称"阀"，右称"阅"，合以代指高门巨室。奕代，世代、累世。

8　"财赋"二句：说吴中财货贡赋，于江南最多，而且文学最胜。上句，《苏州府志》："天下财赋多仰于东南，而苏为甲。"下句，说苏州文学堪比汉唐时的西京。词华，文采；西京，历史上所指非一，这里当指汉唐时的长安（今陕西西安）。

9　匪：同"非"；夸盈：夸张，炫耀。

作于洪武四年（1371），为《姑苏杂咏》一百二十三篇之首。其乡人晋代陆机有咏苏州之作《吴趋行》，但高启生陆机千年之后，又"尤邃于群史"（谢徽《缶鸣集序》），故此篇比陆作更多"诗史"特征。首二句入题，"吴中"八句写城池雄豪，山水胜丽，社会富庶，物华天宝；"泰伯"十句写历史悠久，地灵人杰，文质彬彬；"兹邦"四句作结。全诗结构宏伟，层次井然，叙事抒情，挥洒自如，而出语和平，格调高雅，允为古吴苏州之绝唱，故能"传诵不已"(《附录·书后·周傅识》)。

短 歌 行¹

　　置酒高台，乐极哀来²。人生处世，能几何哉³？日西月东，百龄易终。可嗟仲尼，不见周公⁴。鼓丝拊石，以永今日⁵。欢以别亏，忧因会释⁶。燕鸿载鸣，兰无故荣⁷。子如不乐，白发其盈。执子之手，以酌我酒。式咏短歌，爰祝长寿⁸。

　　1　短歌行：乐府旧题，与《长歌行》皆言生命之短促，而以句之多少分为长、短。

　　2　"置酒"二句：唐代李益《来从窦车骑行》："置酒高台上。"《淮南子·道应训》："乐极则悲。"

　　3　"人生"二句：曹操《短歌行》："对酒当歌，人生几何？"

　　4　"可嗟"二句：说孔子也感叹生命不永。《论语·述而》："子曰：'甚矣吾衰也！久矣吾不复梦见周公！'"周公，姬旦，西周文王之子，武王之弟，儒家奉为"元圣"。

　　5　"鼓丝"二句：说弹弦击磬，以度此长日。《尚书·益稷》："予击石拊石，百兽率舞。"鼓丝，弹奏弦乐。拊石，敲击石磬。永，度过。

　　6　"欢以"二句：说离别令人不乐，聚会可以解忧。

　　7　"燕鸿"二句：说人有聚散，如燕、雁等候鸟之依时来去。载鸣，飞鸣。《诗经·小雅·小宛》："载飞载鸣。"载，发语词，无义。

　　8　"式咏"二句：说作此《短歌》，以祈寿考。式，句首语气词，无义。爰，语助词，无义。

　　首四句为旧题原旨，人同此心，沉痛感人。"日西"四句议论，言人生易老，虽圣人不免。引出"鼓丝"八句及时行乐之想。意亦无奇。唯一往情深，欲以及时行乐的浓度，弥补人生短促之长恨，与"昼短苦夜长，何不秉烛游"（《古诗十九首·生年不满百》）之句异曲同工。结以祝颂，温馨优雅，从容淡定。王夫之《明诗评选》曰："气势在曹瞒之右，沉勇亦不下之。唐以来不见乐府久矣，千年而得季迪，孰谓乐亡哉！"

塞 下 曲[1]

日落五原塞，萧条亭堠空[2]。汉家讨狂虏，籍役满山东[3]。去年出飞狐，今年出云中[4]。得地不足耕，杀人以为功。登高望衰草，感叹意何穷。

---

1 塞下曲：唐代新乐府名，原本汉乐府《出塞》《入塞》，歌辞多写边塞风光，军旅生活。

2 五原塞：即汉五原郡之榆柳塞，在今内蒙古五原。亭堠（hòu）：亦作"亭候"，犹今边境哨所。

3 籍役：赋税和兵役、劳役。山东：战国、秦汉时以崤山、华山为界，分山东、山西，又称关东、关西。南朝宋鲍照《数诗》："一身仕关西，家族满山东。"

4 飞狐：即飞狐口，古代北方要塞，在今河北涞源县北、蔚县南。云中：秦置三十六郡之一，故治在云中，今内蒙古托克托东北。

诗与传统边塞诗重写边塞风光、戍人之苦有异，重在对"汉家讨狂虏"战争的反思。以为"狂虏"当讨，但是因此而征兵聚饷，劳民伤财，和出征将军以得地为喜，杀人为功，则殊不足道。与李白"始知兵者是凶器，圣人不得已而用之"（《战城南》）、杜甫"边亭流血成海水，武皇开边意未已"（《兵车行》）等句对读，乃知止戈为武，和平才是人类的福祉。《明诗别裁》评曰："为千古开边者垂戒。"但"得地"句以国土的价值只在于耕种，则是其作为古人思想上的局限。

折杨柳歌辞¹二首

其　一

高枝拂翠幰²，低枝垂绮筵。春风千万树，此树妾门前³。

1　折杨柳歌辞：折杨柳送别是古代习俗，其始不详，因有此歌，为新乐府题。

2　翠幰（xiǎn）：饰以翠羽的车帷，代指华美的车。幰，车上的帷幔。

3　"春风"二句：唐代吴融《咏柳》："灞陵千万树，日暮别离回。"白居易《村中留李三固言宿》："请君少踟蹰，系马门前树。"

诗写春风杨柳，实以写祖道饯别。首句言行者驻车待发，次句言送者盛筵饯别。三、四句为送者嘱告行者勿忘我之辞。自柳枝之高拂低垂以言树，自杨柳之"春风千万树"而言"此树"，实为"妾"即诗人自比。又内蕴以杨柳"枝"与"树"本为一体之分离，写送者、别者依依之情，以欢筵写别愁，谆谆告诫，莫忘此枝此树，即莫忘妾身也。言近旨远，语婉情深。

其　二

　　江头横吹悲，北客休南去[1]。闻道武昌门，愁人无别树[2]。

　　1　"江头"二句：写江头吹笛，留连北客之意。横吹，笛子横吹，故以横吹称笛，或称横笛。首句暗用晋向秀《思旧赋》写闻笛声思旧友故事。

　　2　"闻道"二句：说南下武昌，客愁中城门竟没有杨柳可折。言外之意你还怎么回来呢？事本《晋书·陶侃传》："（侃）尝课诸营种柳，都尉夏施盗官柳植之于己门。侃后见，驻车问曰：'此是武昌西门前柳，何因盗来此种？'施惶怖谢罪。"

　　首二句以"横吹悲"点折柳送别，尾二句以"无别树"婉言行者将忍受远离亲友的孤独。诗中"武昌"与"江头"照应。全篇构思似自宋代李之仪《卜算子》词上阕"我住长江头，君住长江尾。日日思君不见君，共饮长江水"化出。

空　侯　引[1]

　　浊流赴海东若倾，津卒刺船朝不行[2]。公乎提壶径欲渡，大声呼公公不顾。饥鲸馋蛟肆啖吞，竟以深渊作高坟[3]。贪生畏死谁不有？公独不然果狂叟。二十五弦弹且歌[4]："公今渡河将奈何！公今渡河将奈何[5]！"

　　1　空侯引：乐府古题。空侯，一作箜篌。本名坎侯，声讹为箜篌。

引，序曲，如文之有序。蔡邕《琴操》九引之一，解题曰："箜篌引者，朝鲜津卒霍里子高所作也。子高晨刺船而濯，有一狂夫，被发提壶，涉河而渡。其妻追止之，不及，堕河而死。乃号天嘘唏，鼓箜篌而歌曰：'公无渡河，公竟渡河，公堕河死，当奈公何。'曲终，自投河而死。子高闻而悲之，乃援琴而鼓之，作《箜篌引》以象其声，所谓《公无渡河》曲也。"《乐府诗集》解题略如上引，而增曰："子高还，以语丽玉。丽玉伤之，乃引箜篌而写其声，闻者莫不堕泪饮泣。丽玉以其曲传邻女丽容，名曰《箜篌引》。"

2　津卒：管理渡口的吏人，即诗本事中的摆渡人霍里子高；刺船：撑船；朝不行：清晨还未开始摆渡。

3　"饥鲸"二句：李白《箜篌引》："有长鲸白齿若雪山，公乎公乎，挂骨于其间。"可相参阅。

4　二十五弦：古瑟之一种，有二十五根弦，故称。《史记·封禅书》："泰帝使素女鼓五十弦瑟，悲，帝禁不止，故破其瑟为二十五弦。"

5　"公今"二句：凝缩丽玉"公无渡河"四句而叠用之。

按诸记载，《箜篌引》即《公无渡河》，前者以曲名，后者以辞首句名。中、日、韩、朝鲜汉诗皆有作，流行广泛。中国自汉魏以降作者众多。诗以渡河人之妻口吻出之，拟以为妻子责备丈夫执意提壶过河的行径。因为不知道这位丈夫执意冒险过河是为了什么，所以无法作出价值得失的判断。但是从其做法的后果误己又害人看，这样的冒险似为不值。所以后世作者对"公"之"渡河"多持异议，李白《公无渡河》哀之曰"公乎公乎，挂骨于其间。箜篌所悲竟不还"，王建《公无渡河》责之曰"幸无白刃驱向前，何用将身自弃捐"，都以"公"之渡河为莽撞，其实未必，或可作另外的解读。

理解这首诗的关键在"公乎提壶"。《诗经·卫风·河广》云："谁谓河广，一苇杭之。"南宋杨冠卿写此题有云："中流凭一壶，意谓千金俱。一壶势莫支，千金沦其躯。""壶"或云盛酒，但无论如何总是"狂叟"渡河的依靠。唯是他没有料到"一壶势莫支"，或他的运气特别不好，而不能说是全无准备的莽撞，而可以视为一次准备不够充分的冒险。从而本诗实以"狂叟"是一位为了理想而冒险的奋斗者形象写他不"贪生畏死"，迎难而进，甚至可能是知其不可而为之。虽然结果是失败了，但在作者看来，人谁不死？如狂叟渡河能得"二十五弦弹且歌"和后人无限的惋惜，亦可以说死得其所了！由此可见诗人率性而为之的强烈的个性精神。

将 进 酒[1]

君不见，陈孟公，一生爱酒称豪雄[2]。君不见，扬子云，三世执戟徒工文[3]。得失如今两何有？劝君相逢且相寿。试看六印尽垂腰，何似一卮长在手[4]。莫惜黄金醉青春[5]，几人不饮身亦贫。酒中有趣世不识[6]，但好富贵忘其真。便须吐车茵，莫为丞相嗔[7]。桃花满溪口，笑杀醒游人[8]。丝绳玉缸酿初熟[9]，摇荡春光若波绿。前无御史可尽欢，倒着锦袍舞鸲鹆[10]。爱妾已去曲池平[11]，此时欲饮焉能倾。地下应无酒垆处，何苦寂寞孤平生！一杯一曲，我歌君续。明月自来，不须秉烛。五岳既远，三山亦空。欲求神仙，在杯酒中。

1　将进酒：乐府旧题。《乐府诗集》曰："大略以饮酒放歌为言。"

2　"君不见"三句：说嗜酒者能做大官。陈孟公，陈遵，字孟公，西汉杜陵（今西安）人。《汉书·陈遵传》载："（遵）嗜酒，每大饮，宾客满堂，辄关门取客车辖投井中，虽有急，终不得去。"

3　"君不见"三句：说不嗜酒者官做不大。扬子云，扬雄，字子云，西汉成都（今四川成都市郫都区）人，著名辞赋家、学者。《汉书·扬雄传》载其尝作《酒箴》以讽成帝，但历成、哀、平三朝，"三世不徙官"。执戟，秦汉时的郎官，掌管宿卫殿门。

4 "试看"二句：说做大官不如痛饮酒。六印，即六国相印。《史记·苏秦列传》载，苏秦以合纵说六国，"为从约长，并相六国"。卮，酒杯。

5 "莫惜"句：说嗜酒者有黄金买醉，不嗜酒者照样没钱。醉青春，白居易《病中答招饮者》："顾我镜中悲白发，尽君花下醉青春。"

6 酒中有趣：《晋书·孟嘉传》载，桓温问孟嘉："酒有何好，而卿嗜之？"孟嘉答曰："公未得酒中趣耳！"

7 "便须"二句：说即使醉酒失礼，也能得到贤者的原谅。《汉书·丙吉传》："吉驭吏嗜酒，数逋荡，尝从吉出，醉欧（呕）丞相车上。西曹主吏白欲斥之。吉曰：'以醉饱之失去士，使此人将复何所容？西曹地（弟）忍之，此不过污丞相车茵耳。'"

8 "桃花"二句：说武陵桃花也讥笑不嗜酒的游人。李白《当涂赵炎少府粉图山水歌》："武陵桃花笑杀人。"

9 丝绳玉缸：以丝绳为提系的玉制酒缸。西汉辛延年《羽林郎》："就我求清酒，丝绳提玉壶。"

10 "前无"二句：说没有御史当筵监察，便可畅饮狂舞。《史记·滑稽列传》载淳于髡曰："赐酒大王之前，执法在旁，御史在后，髡恐惧俯伏而饮，不过一斗径醉矣。"又《晋书·谢尚传》："王导以尚有胜会，谓曰：'闻君能作鸲鹆舞，一坐倾想。'尚便着衣帻而舞，旁若无人。"倒着，翻披；舞鸲鹆，作鸲鹆舞。鸲鹆（qúyù），八哥的别名。

11 "爱妾"句：说爱妾已死，好景不再。爱妾已去，《晋书·石崇传》载崇妓绿珠美艳，拒从孙秀攘夺，愤而坠楼而死。曲池平，《汉书·景十三王·中山靖王胜传》注引"如淳曰：'雍门子以善鼓琴见孟尝君，先说万岁之后，高台既已颠，曲池又已平，坟墓生荆棘，牧竖游其上，孟尝君亦如是乎？'孟尝君喟然叹息也。"曲池，春秋时鲁桓公与杞侯、莒子会盟地，在今山东宁阳县东北。

李白《将进酒》前无古人，此篇效之，异曲同工。其同有三：

一是开篇一、二和三、四各两句均以"君不见"领起，而五、六句议论，为第一层意思；二是七、八、九、十句大体都从地位钱财上说，应轻财爱酒，为第二层意思；三是第十一句以下转入对饮酒的直接描写和抒情议论，表达必须饮、马上饮、一醉方休的豪饮之情，为"将进酒"点题，并揭出全篇劝酒之旨。其异亦有三：一是李诗一起从天上说到人间，从人之青春说到暮年，仙气淋漓，气宇阔大。此篇一起从古人好酒与否说到名位得失，贫富穷通，逸情散淡，情味悠长；二是李诗多直说，大气磅礴。此篇多用典，思致深幽；三是李诗飘逸激昂，仙气中兼有侠气、豪气。此篇放达激越，逸气中杂以诙谐与调侃。总之，此学李白而能出新者。赵翼曰："置之青莲集中，虽明眼者亦难别择。"（《瓯北诗话》卷八）

当 垆 曲 [1]

光艳动春朝，妆成映洛桥[2]。钱多自解数，筝涩未能调[3]。花如秦苑好，酒比蜀都饶[4]。深谢诸年少，来沽不待要[5]。

---

1 当垆曲：乐府旧题，因汉司马相如与卓文君临邛当垆卖酒而作。垆，酒垆，酒家安放酒瓮的土台。

2 "光艳"二句：说当垆女晨妆靓丽，与洛桥相映。洛桥，即洛阳天津桥，以桥在洛水之上，故称。

3 "钱多"二句：说生意好，忙于数钱，已不必并顾不得弹筝娱客。上句，唐代陆龟蒙《奉和袭美酒中十咏·酒垆》："数钱红烛下，涤器春江口。"下句，唐代韩偓《秋千》："下来娇喘未能调，斜倚朱阑久无语。"涩，声钝不清亮。

4 "花如"二句：说花好、酒多。上句，唐代韦庄《灞陵道中作》："秦苑落花零露湿。"花，喻指当垆女；下句，蜀都，指成都。李商隐

《杜工部蜀中离席》：“美酒成都堪送老，当垆仍是卓文君。”饶，多。

　　5　“深谢”二句：说多谢诸少年，没有邀请就来饮酒。陶渊明《拟古诗九首》其一：“多谢诸少年，相知不中厚。”要，邀请。

　　写美少女在洛阳桥上当垆卖酒，生意好得只忙着数钱，顾不上筝都没有调好。固然由于垆傍要道，酒多又好，但诸少年沽酒不邀自来，其意显然不仅在酒，又“假此以观姿耳”（刘义庆《幽明录·买粉儿》）。诗通篇白描，不假雕饰，而匠心独具，有言外之意，耐人寻味。《明诗评选》曰：“用事如不用，一色神采。究竟含蓄。”

游侠篇[1]

　　游侠向何处？荡荡长安城[2]。城中暮尘起，杀人无主名[3]。所杀岂私仇？激烈为不平。新削安陵刀[4]，光夺众目明。不畏赤棒吏[5]，里闾自横行。灌夫托为友，袁盎事以兄[6]。负气不负势，倾身复倾情。笑顾少年辈，琐琐真可轻[7]。

　　1　游侠篇：乐府旧题，汉初尚游侠，后世遂有《游侠曲》，即此题。

　　2　“游侠”二句：说游侠盛行在漫无法度的长安。荡荡，此形容法度废弛；长安，今陕西西安，汉唐京师。

　　3　“城中”二句：说长安之夜发生暗杀事件。《汉书·游侠传》：“（原）涉刺客如云，杀人皆不知主名，可为寒心。”主名，杀人者姓名。

　　4　“新削”句：新磨的名刀。安陵刀，当为古代安陵制作的名刀。安陵，一作鄢陵，古国名，故治在今河北景县安陵镇及山东陵县，战国魏之附国。

　　5　赤棒吏：执红色棍棒的吏役。《三国志·魏志·武帝纪》注引《曹瞒传》:"太祖初入尉廨,缮治四门,造五色棒,县门左右各十余枚,有犯禁者,不避豪强,皆棒杀之。"

6 "灌夫"二句:以灌夫为友,事袁盎为兄。灌夫、袁盎,均西汉初大臣,喜结游侠。《汉书·季布传》:"季布,楚人也,为任侠有名。……布弟季心……为任侠……尝杀人,亡吴,从爰丝匿,长事爰丝,弟畜灌夫、籍福之属。"

7 琐琐:卑微渺小,形容庸人。

古代中国梦:一梦明君,二梦清官,三梦游侠。待到梦游侠的时候,一定是明君、清官梦碎,只剩有侠客抱打不平,也就是"水浒气"(鲁迅语)的指望了,即本篇所歌颂的游侠精神。首四句写京师法度荡然,游侠盛行,暮色苍茫中往往有"定点清除"式的暗杀复仇活动发生;"所杀"十句写游侠思想、作为、勇气、影响、精神等,极尽肯定歌颂之能事,表达了欣羡敬重之情;结尾二句以今之少年对比,进一步烘托了汉代游侠英雄形象。诗非泛泛而言,乃囊括《史记》《汉书》之《游侠传》有关季布、季心兄弟事迹而成,有似季氏兄弟游侠之诗传。"负气"二句写游侠品格精准到位,有画龙点睛之妙。

王明君[1]

都门尘拂春风面,临别看花泪如霰[2]。君王惆怅惜蛾眉,不似前时画中见。白发呼韩感汉恩,宁胡谩号阏支尊[3]。毡裘肉食本异俗,不如但嫁巫山村。黄沙白雪无城阙,手冷鹍弦夜弹歇[4]。相随万里到穹庐,只有长门旧时月[5]。妾语还凭归使传,妾身没虏不须怜。愿君莫杀毛延寿,留画商岩梦里贤[6]。

1　王明君：乐府旧题，一曰《王昭君》。王昭君（约前52—前19），名嫱，字昭君。西汉南郡秭归（今湖北省宜昌市兴山县）人。晋避司马昭讳，改称明妃，故又称王明君。《乐府诗集》解题："《唐书·乐志》曰：《明君》，汉曲也。……汉人怜其远嫁，为作此歌……'《西京杂记》曰：'元帝后宫既多，不得常见，乃使画工图其形，案图召幸。宫人皆赂画工，多者十万，少者亦不减五万。昭君自恃容貌，独不肯与。工人乃丑图之，遂不得见。后匈奴入朝，求美人为阏氏，帝按图以昭君行。及去召见，貌为后宫第一，善应对，举止闲雅。帝悔之，而名籍已定，方重信于外国，故不复更人，乃穷按其事。画工有杜陵毛延寿……同日弃市……京师画工于是差稀。'"

2　"都门"二句：说昭君辞汉伤心欲绝之态。春风面，杜甫《咏怀古迹五首》之三："画图省识春风面，环佩空归月下魂。"泪如霰，江淹《李都尉陵从军》："日暮浮云滋，握手泪如霰。"

3　"白发"二句：说呼韩邪单于年老得明君为妇，非常欢喜，为了表示对汉朝感恩，封王昭君为"宁胡阏支"。颜师古注曰"言胡得之，国以安宁也"，见《汉书·匈奴传》。"阏支"，作"阏氏"；谩号，谎称。

4　"黄沙"二句：说住在白雪覆盖的沙漠里没有城池，夜里用铁拨弹琵琶冻得手生疼。鹍弦，用鹍鸡筋做的琵琶弦。鹍鸡，鸟名，似鹤。苏轼《古缠头曲》："鹍弦铁拨世无有，乐府旧工惟尚叟。"

5　"相随"二句：说随从万里去到匈奴的毡帐，看到与汉廷中长门宫一样的月亮。穹庐，毡帐；长门旧时月，李白《长门怨二首》其一："月光欲到长门殿，别作深宫一段愁。"长门，汉代宫名，汉武帝皇后陈阿娇失宠被软禁于此，后为冷宫的代称。

6　"愿君"二句：说留下毛延寿一条性命，使去寻找图画傅说那样的贤人进献于朝廷。毛延寿，西汉画工，事见本诗注1；商岩梦里贤，指商朝武丁（约前1250—前1192）时的名相傅说。《史记·殷本纪》载，傅说本胥靡（囚犯），在傅险（一说傅岩，今山西省平陆县东）筑城。武丁求贤梦得圣人，醒后书影图形，于傅险之下得傅说，如梦中人，遂举为相，国乃大治，史称"武丁中兴"。

王昭君和亲故事，历代诗人吟咏不辍，所关注主要有三：一是王昭君传奇性的悲剧命运，二是汉代"和亲"政策的得失，三是画家毛延寿被杀是否冤枉。佳作每见新意或有个人寄托，至元明之际似已题无剩义。但此篇作者锦心妙口，仍能翻成别调。如诗中写王明君出塞后被封"宁胡阏支"，在匈奴本为崇高，但诗人不屑而称为"谩号"；王明君以汉公主名义嫁为番国王后，本属异数，但诗中说那里诸般不好，还不如回她老家巫山嫁作农妇，都是明说昭君，暗寄个人不慕富贵，粪土王侯，追求纯朴生活的愿望。接下又以匈奴的"穹庐"与汉宫的"长门"对写，说在胡的"穹庐"与在汉的"长门"都一样的糟糕，即王安石《明妃曲》"君不见咫尺长门闭阿娇，人生失意无南北"之意，暗含了对自由生活的渴望。结末"姜语"四句，命汉使归去传话皇上请求不杀毛延寿，使图画为国进贤，就不会有被迫"和亲"之事，婉而多讽，揭示了"和亲"的根本在国无贤臣，表达了对贤人政治的渴望。诗四句一韵，变化灵活，自然流畅，情味悠长。

行路难三首[1]

其　一

君不见，盘中鲤，暂失风涛登俎几[2]。君不见，枝上蜩，才出粪壤凌云霄。推移变化讵可测[3]？勿谓明日同今朝。出乘高车入大马，半是当年徒步者[4]。范叔曾逃客溺余[5]，卫青亦在人笞下[6]。悠悠行路莫相欺，为雌为雄未可知[7]。

1　行路难：乐府旧题，备言世路艰难及离别悲伤之意，传为西汉苏武羁留匈奴牧羊，就牧竖学为此曲，归而播之中原。

2　"君不见"三句：说祸出偶然。俎几，切肉用的砧板。

3　讵：岂、怎，表反诘。

4　当年徒步者：原来是平民的人。徒步者，指平民。古代平民出行无车，故云。《汉书·公孙弘传》："起徒步，数年至宰相，封侯。"

5　"范叔"句：说范叔曾从别人的尿溺下逃得活命。范叔，即范雎（？—前255），魏国芮城（今山西芮城）人，后入秦为相，事见《史记·范雎蔡泽列传》。

6　"卫青"句：说卫青亦曾仅以不受笞骂为人生目标。《史记·卫将军骠骑列传》载，卫青出身微贱，尝有人相他说："贵人也，官至封侯。"青笑曰："人奴之生，得毋笞骂即足矣。安得封侯乎？"但后封长平侯，拜车骑大将军。

7　"为雌"句：说人生命运，高下成败殊难预料。《木兰诗》："雄兔脚扑朔，雌兔眼迷离。两兔傍地走，安能辨我是雄雌。"

《行路难三首》，这是第一首，言行路即人生游世之难，难在天命叵测，旦夕祸福。但除"盘中鲤"二句言祸自天降外，其他皆属意于位卑或困境中逆袭成功上位。从而作者或未必，而读者或可以励志，给人以行路虽难，但富贵险中求，总有希望，当永不言弃。又客观显示处世之道，当乘时以变，顺势而为，实事求是，即诗中所谓"悠悠行路莫相欺"也。诗就近取譬，或引古喻今，情感跌宕起伏，而一归于平和深沉，意味悠长。

其　二

危莫若编虎须，险莫若触鲸牙[1]。行路之难复过此，前有瞿塘后褒斜[2]。杯酒朝欢，矛刃夕加。恩仇反复间，楚汉生一家[3]。钩弋死云阳[4]，鸱夷弃江沙[5]。所以贤达人，高飞不下避网罝[6]。行路难，堪叹嗟！

---

1 "危莫若"二句：均以喻说极危险之事。《庄子·盗跖》："料虎头，编虎须，几不免虎口哉！"又李白《公无渡河》："长鲸白齿若雪山。"

2 "前有"句：说进退两难。瞿塘，即瞿塘峡，长江三峡自西向东第一峡。中有滟滪堆，航行极险。谚云："滟滪大如象，瞿塘不可上。滟滪大如马，瞿塘不可下。"褒斜，陕西省出秦岭太白山的褒、斜二水，古人沿河于绝壁凿山为栈道，为川陕交通要道。

3 "恩仇"二句：说项羽、刘邦都是楚地人，起初合力灭秦，后来兵戎相见，你死我活。

4 "钩弋"句：说汉武帝宠妃钩弋夫人之死。《汉书·外戚传》载，武帝年老，欲立钩弋之子为嗣，以其年稚母少，恐女主专权为祸，先除钩弋死，葬云阳，在今陕西咸阳淳化。

5 "鸱夷"句：说伍子胥之死。《吴越春秋·夫差内传》载，伍子胥强吴破楚，却因直谏忠而见弃，"伏剑而死。吴王乃取子胥尸，盛以鸱夷之器，投之于江中"。鸱夷，革囊。

6 "高飞"句：说贤达人高蹈避祸。唐代庄南杰《黄雀行》："小雏黄口未有知，青天不解高高飞。虞人设网当要路，白日啾嘲祸万机。"罝（jū），捕鸟兽的网。

第二首言行路难，难在世道险恶，无论江湖、官场或宫廷，到处尔虞我诈，危机四伏。表达了厌战、厌政、避世远祸，高蹈出尘的心情。即苏轼词"琼楼玉宇，高处不胜寒。起舞弄清影，何似在人间"（《水调歌头·明月几时有》）之意。诗虽多用史事，却也是作者生当乱世心情的写照。

其 三

雕床玉案刺绣茵，宜城酒多光照春[1]。坐留北方之上客²，歌侑南国之佳人³。盛时徂流若川水⁴，荣贵长存竟谁是？魏帝高台碧瓦空⁵，梁王故园黄尘起⁶。世人倾夺首未回⁷，可怜不饮冢累累⁸。

1　宜城酒：古代襄州宜城（今湖北宜城市）所产美酒。据《方舆胜览》载，宜城东一里有金沙泉，造酒极美，世谓宜城春，又名竹叶酒。

2　北方之上客：南朝宋荀昶《青青河畔草》："客从北方来，遗我端弋绨。"上客，贵宾。

3　侑（yòu）：在筵席旁助兴；南国之佳人：三国魏曹植《杂诗》："南国有佳人，容华若桃李。"

4　盛时徂流：说好日子过得很快。徂，逝、过去。

5　魏帝高台：魏王曹操所筑的铜雀台，亦作"铜爵台"。故址在今河北省临漳县西南古邺城的西北隅，与金虎、冰井合称三台。

6　梁王故园：《史记·梁孝王世家》："筑东苑，方三百余里。"一名梁苑，或称兔园。汉代名园，故址在今河南省商丘市东南。

7　"世人"句：说元末群雄并起，逐鹿中原的形势。

8　"可怜"句：说人生短暂，当及时饮酒作乐。冢累累，《搜神后记》卷一："丁令威，本辽东人，学道于灵虚山，后化鹤归辽，集城门华表柱。时有少年举弓欲射之，鹤乃飞，徘徊空中而言曰：'有鸟有鸟丁令威，去家千年今始归，城郭如故人民非，何不学仙冢累累！'遂高上冲天。"累累，一本作"垒垒"，众多貌。

第三首言行路难，又难在生命短促，荣华易逝，而可怜的世人却还在相互倾轧攘夺不息，真是荒谬啊！结句醉生梦死之意不足为训，但人知有死之憾，方知有生可恋，进而追求长寿，正是生命科学的原点，故亦不必以古人学仙仅为虚妄可笑。

陇 头 水 [1]

人间何处无流水？偏到陇头愁入耳[2]。夜杂羌歌明月中，秋惊汉梦空山里[3]。陇坂崎岖九回折，声随到处长鸣咽。欲照愁颜畏水浑，前辈曾洗金创血。回头千里是长安[4]，征人泪枯流不干。

1　陇头水：汉乐府旧题，一作《陇头》。陇头，即陇山，古代边塞地，在今甘肃天水。

2　"人间"二句：说天下流水处处，唯陇头水声令人生愁。唐代于濆《陇头吟》："借问陇头水，终年恨何事？"岑参《初过陇山途中呈宇文判官》："陇水不可听，鸣咽令人愁。"

3　"夜杂"二句：说羌、汉杂居，边境不宁。羌，古代少数民族之一，主要分布地相当于今甘肃、青海、四川一带。秋惊，秋天北方民族犯边的警报；汉梦，中原汉族百姓的安宁。

4　"回头"句：说回首京城远，隐思归意。元代张昱《五王行春图》："回首长安几千里。"长安，汉唐旧都，今陕西西安。

诗写征人之苦。首句设问，次句承问以"偏"字领起写"愁"，开门见山，先声夺人。接下写"陇头水"使人"愁"的方方面面：月、歌、秋、山、路，以及流水的鸣咽，如泣如诉；"声随"句妙有动感，又点题聚焦于诗魂"陇头水"；"欲照"句承上启下：原来陇水并非山间清流，而是一条见证将士厮杀的血腥之河；"前辈"句简括陇头古战场几度血染山河的历史；尾二句写"征人"思归，回到现实来，以见古今一辙。而作者吊古伤今，厌恶战争，向往和平之意油然而出。

长 相 思[1]

　　长相思，思何长！愁如天丝远悠扬[2]，摇风曳日不可量。未能绊去足，唯解结离肠[3]。关山碧云看欲暮，空帏坐掩荃兰香[4]。长相思，思何长！

　　1　长相思：乐府旧题，写离别相思不绝之意。

　　2　天丝：蜘蛛等昆虫所吐的飘荡在空中的游丝。唐代王建《春词》："天丝软弱虫飞扬。"

　　3　绊去足：牵住离人的脚步。柳宗元《酬娄秀才将之淮南见赠之什》："绊足去何因？"结离肠：离人之愁肠生结。唐代韦庄《应天长》："一寸离肠千万结。"

　　4　荃兰：荃与兰，皆为香草名。司马相如《长门赋》："席荃兰而茝香。"

　　诗写离愁相思，一起入题，写"思何长"之状。"愁如"句说愁思之发生，比之若"天丝远悠扬"；继以"摇风"句写愁思"悠扬"，即动荡不安之状，化无形为有形，形郁滞为飞动；"未能"二句写"天丝"之用，也就是愁思影响人之效，是不仅不能牵住离人之远去，还使留守者愁肠百结，愈思愈愁，无可奈何；乃至于"关山"二句，说只好每日远望当归，直到夜幕降临，而退入空闺，"席荃兰而茝香"了。然而空闺独守，相思之愁又生别样……无休无止，诗人乃又感叹："长相思，思何长！"先写愁思，后出愁思之人——一位少妇，结句重复开篇，首尾相照，使离愁之描摹，如画如见。全篇起落无迹，一气呵成。尤以"丝"写思，以有写无，以动写静，因愁寄怨，为本诗妙处。

征 妇 怨[1]

　　良人不愿封侯印,虎符远发当番阵[2]。几夜春闺恶梦
多,竟得将军军覆信。身没犹存旧战衣,东家火伴为收归[3]。
妾生不识边庭路,寻骨何由到武威[4]?纸幡剪得招魂去,只
向当时送行处[5]。

　　1　征妇怨:乐府新题,怨思曲。征妇,出征将士的留守妇人。

　　2　"良人"二句:说丈夫被强征戍边,对阵杀敌。良人,古时女子
对丈夫的称呼。封侯,泛指获取功名。唐代王昌龄《闺怨》:"悔教夫婿
觅封侯。"虎符,兵符,调兵的印信,如虎形,故称;番阵,北方少数
民族的军队。

　　3　东家火伴:东邻一起出征的战友。火伴,同火共食之人。北魏
军中以十人为火,共灶炊食,故称。《木兰诗》:"出门见火伴,火伴始
惊惶。"今作"伙伴",即同伴。

　　4　"妾生"二句:说征妇不知去边塞的路,无法去武威找到他的骨
殖背回来安葬。杜甫《兵车行》:"君不见,青海头,古来白骨无人收。"
张籍《征妇怨》:"万里无人收白骨,家家城下招魂葬。"武威,地名,
在今甘肃武威市。

　　5　"纸幡"二句:说无处招魂,只好到当年送他出征的地方烧化纸
幡以当招魂了。纸幡,纸制的幡旗。旧时丧家用纸作旗幡,上书死者名
讳及生卒年月日,用以招引亡魂,故又名纸引或招魂幡。幡,一种竖直
悬挂的长幅旗帜。

　　诗写征妇之怨,一怨在丈夫被迫出塞打仗;二怨在丈夫战死
塞上,仅得其伙伴带回战衣;三怨在自己不能去到武威取他的骨

殖归葬。无可奈何，只好自剪纸幡，于路烧祭招他魂兮归来。一个人没了，一个家毁了，一个新寡女人哀哀无告的形象，就从其看似平静的絮絮倾诉中鲜明起来，激发读者对战争的反思。通篇不着"悲""怨"等字，而悲愤怨恨自深。《明诗评选》曰："此则唐、宋人能之，妙在不作啼眉涕鼻态。通首皆比，是以高唐、宋人一等。"汪端《明三十家诗选》说："渲染惋恻，不忍卒读。"

悲　歌[1]

征途险巇[2]，人乏马饥。富老不如贫少，美游不如恶归[3]。浮云随风，零乱四野。仰天悲歌，泣数行下[4]。

1　悲歌：乐府旧题，皆言客游感物忧思而作也。

2　险巇（xī）：险阻崎岖。常用以比喻世路艰难。南朝梁刘峻《广绝交论》："世路险巇，一至于此。"

3　"富老"二句：言青春最好，居安即福。

4　"仰天"二句：《史记·项羽本纪》："项王乃悲歌慷慨……泣数行下。"

首二句写路途艰难险阻，人困马乏，粮草不继，引出对人生的思考。"富老"句犹今言"一个人年轻就是最大的财富"，"美游"句可与李白"锦城虽云乐，不如早还家"（《蜀道难》）句意相参观，是今言"家是人生的港湾"的古代表达。诗即景生情，特写旅途瞬间画面，就鲜明表达了"路修远以多艰"（屈原《离骚》）的悲剧性感受，与陈子昂《登幽州台歌》"前不见古人"云云同调。《明三十家诗选》附评曰："李时远云：'不数汉魏。'"

阿 那 瑰[1]

牛羊草漫野，大帐天山下[2]。十万控弦儿，闻箛齐上马[3]。

---

1 阿那瑰：乐府旧题。阿那瑰，北朝少数民族政权蠕蠕国主。《北史·蠕蠕列传》载，其自称"先世源由，出于大魏"，北魏明帝时曾尽有匈奴故地。

2 天山：世界七大山系之一，横亘欧亚大陆腹地，其中国部分主要在新疆地区，或称雪山、祁连山。

3 "十万"句：写匈奴军众骁勇之状。《汉书·娄敬传》："是时，冒顿单于兵强，控弦四十万骑。"控弦儿，指士兵。控弦，拉弓射箭；箛（gū），古代北方少数民族用的一种军乐器。《说文》："箛，吹鞭也。"即胡笳，又名角。

诗写蠕蠕国主阿那瑰，不写其人，而写其军，读者自其军想见其人，一方雄主的远影，便在天山牧场铁骑胡笳的背景上生动起来。奇人，奇笔。《明三十家诗选》附吴明熊评曰"伉健"。

猛 虎 行[1]

阴风吹林乌鹊悲，猛虎欲出人先知[2]。目光熛熛当路坐，将军一见弧矢堕。几家插棘高作门[3]，未到日没收猪豚。猛虎虽猛犹可喜，横行只在深山里。

---

1 猛虎行：乐府旧题，或借猛虎起兴，或赋猛虎，皆以劝人抗其

志节，义不苟合。

　　2　"阴风"二句：写猛虎出山之威风。《周易·乾卦》："云从龙，风从虎，圣人作而万物睹。"

　　3　插棘高作门：以高插荆棘编为家门。陆游《东湖新竹》："插棘编篱谨护持。"

　　《明三十家诗选》评曰："意在言外。"言外则孔子"苛政猛于虎"之意。虽卒章见志，但仍不直言，而以虎在深山，尚未至于横行乡里为喜，隐约以言乡民之忧，不在山中之虎，而在"猛于虎"之"苛政"。通篇作比，言在此而意在彼，讽刺婉深。

湘　中　弦[1]

　　凉风袅袅月粼粼[2]，竹色兰香秋水滨。一夜猿声流泪尽[3]，黄陵祠下泊舟人[4]。

　　1　湘中弦：新乐府杂题，内容多涉楚湘，措词多用《楚辞》。

　　2　"凉风"句：说风月。屈原《九歌·湘夫人》："袅袅兮秋风。"崔涂《湘中弦二首》其二："苍山遥遥江潾潾。"潾潾，同粼粼，水流清澈貌。

　　3　"一夜"句：说旅愁。梁元帝《折杨柳》："寒夜猿声彻，游子泪沾裳。"猿声流泪，北魏郦道元《水经注·江水》："每至晴初霜旦，林寒涧肃，常有高猿长啸，属引凄异，空谷传响，哀转久绝。故渔者歌曰：'巴东三峡巫峡长，猿鸣三声泪沾裳。'"

　　4　黄陵祠：《高青丘诗辑注》引《大明一统志》："黄陵祠在岳州潇湘之尾，洞庭之口，前代立之以祀舜二妃者，唐韩愈有碑。"

　　前三句写秋夜黄陵祠下月夜之美，若与诗人无关。末句结于

"泊舟人"，便知诗人之意，不在秋风明月、竹兰水滨，也不在猿声凄切，而在漂泊的舟中想起他留守的妻子当如二妃担心自己在外和盼其早归，而自己之归心似箭则在不言中。情景相生，寓意深永。

野　田　行¹

　　白杨树下谁家坟？火烧野草碑无文²。路旁尚卧双石马，行人指是故将军³。当时发卒开阴宅，千车送葬城东陌⁴。子孙今去野人来，高处牧羊低种麦。平生意气安在哉？棘丛暮雨棠梨开⁵。百年富贵何足恃，雍门之琴良可哀⁶！

　　1　野田行：新乐府杂题。唐代李益《野田行》："日没出古城，野田何茫茫。寒狐上孤冢，鬼火烧白杨。"或因此以名。

　　2　"白杨"二句：说坟荒碑废。白杨树下，古人坟地多植白杨。《古诗·去者日以疏》："白杨多悲风，萧瑟愁杀人。"碑无文，碑文漫灭。

　　3　"路旁"二句：说路边石马尚在，路人说墓葬是一位将军。杜甫《玉华宫》："故物唯石马。"故将军，古代的一位将军。或说指汉"故李将军"李广，恐非是。

　　4　"当时"二句：说营葬出殡之豪华。阴宅，称坟墓；千车送葬，《史记·游侠列传》："剧孟母死，自远方送葬，车盖千乘。"

　　5　棠梨开：唐代刘驾《姑苏台》："霸迹一朝尽，草中棠梨开。"棠梨，一种野生梨树，山林多有。

　　6　雍门之琴：说雍门周弹琴使孟尝君欷歔而悲事，详见前《将进酒》注11。雍门，齐都城城门。

　　写故将军荒茔，以将军生之富贵、死之荣耀，与后世名湮墓坏，万事归空之境对比展开，表明生前富贵与死后哀荣都没有什么意义，以抒发人生如梦、富贵无凭的感慨。而大陵厚葬，劳民伤财，终归于荒废，又何益哉！诗意象繁多，如白杨、墓地、野草、碑碣、石马、牧羊、麦田、棘丛、暮雨、棠梨等，而境味凄凉，可为醉心功名富贵者警，为滥筑豪墓者戒。

凉州词[1]二首

其 一

蓬婆城下净无花[2]，惨惨黄云漠漠沙。卷叶谁将番曲奏[3]？白头都护亦思家[4]。

1　凉州词：乐府旧题，都邑曲，起于凉州，故名。凉州，古代西北重镇，治所在今甘肃省武威市凉州区。

2　"蓬婆"句：写凉州城下没有花开，即"春风不到玉门关"之意。蓬婆城，在柘州蓬婆山下，即州治柘县县城，治所在今四川松潘县叠溪营西。

3　卷叶：古代北方少数民族军乐器，胡笳、角之别称；番曲：指当时西域地方曲。

4　都护：西汉地方官名。《汉书·郑吉传》："吉为安远侯……并护北道，故号曰都护。都护之起，自吉置矣。"师古曰："都犹总也，言总护南北之道。"

汉将郑吉以边功封侯，算是辛苦得值了。但是，为了这个功名，他熬白了头，而且此刻仍置身蓬婆城下。天地愁惨，归期杳然，胡笳悲音，引动其乡思。那么其他将士呢？则不言而喻。唐代李益《夜上受降城闻笛》诗："回乐峰前沙似雪，受降城下月如霜。不知何处吹芦管，一夜征人尽望乡。"可相对读，并知此诗有夺胎换骨之妙。

其 二

关外垂杨早换秋，行人落日旆悠悠[1]。陇头向处愁西望[2]，只有黄河入汉流[3]。

---

1 旆悠悠：《诗经·小雅·车攻》："萧萧马鸣，悠悠旆旌。"旆，旗子上的镶边，泛指旌旗。
2 陇头：即陇山，详见前《陇头水》注1。
3 "只有"句：王之涣《登鹳雀楼》："黄河入海流。"

写将士赴戍陇头进发，逆黄河东流而上，愈走愈远离家乡，便有"人不如水"之想。"陇头"点题，"汉"字为诗眼，家国情怀，尽在此"行人"与"黄河"相逆向之中。《皇明诗选》评曰："用意能浑唐人佳处。"《明诗别裁》评曰："高浑。"

筑 城 词 [1]

去年筑城卒，霜压城下骨。今年筑城人，汗洒城下尘。大家举杵莫住手，城高不用官军守[2]。

---

1 筑城词：乐府旧题，一作《筑城曲》，起于秦筑长城，后因用

为怨筑城之曲。筑，筑土，用木杵捣土使之坚实。

2 "大家"二句：说把城墙筑高，就不用军士把守了。这是反讽的话。唐代陆龟蒙《筑城词二首》其二："莫叹将军逼，将军要却敌。城高功亦高，尔命何劳惜。"此反用其意。杵，夯土用的木棒槌。

至正十八年（1358）七月，张士诚攻占杭州，随即"姑苏、吴兴、嘉兴、松江四郡及一州两县四隅之民，更相作息"（《玩斋集》卷九《杭州新城碑》），筑城固守。次年七月，高启游经杭州，亲见筑城作此诗。诗只把去年秋天筑城人死埋城土下，今年夏天筑城的人又在那埋葬死人的土上劲力劳作，"举杵莫住手"写出，就见这哪里是筑城？而是用筑城人的白骨支起统治者生命的保障，却到头来徒劳无用。"城高不用官军守"是反语，讽刺张士诚筑城自保，以为城高就可以不被攻破，完全是懦弱愚蠢和做梦：如果军队没有战斗力，再高的城墙也挡不住城被攻陷、政权垮台的命运。即孟子曰："城非不高也，池非不深也，兵革非不坚利也，米粟非不多也；委而去之，是地利不如人和也。"（《孟子·公孙丑下》）《明三十家诗选》于"城高"句下引澄怀评曰："此批是至正己亥张士诚大发浙西之民筑杭州城事，讽刺深洽，与刘文成（基）作同。"

野老行送陈大尹[1]

桑扈初鸣麦花落，大家小家蚕满箔[2]。村中无吏夜捉人，老身醉归行失脚[3]。自从明府一下车，短衣粝饭即有余[4]。姓名免籍弓弩手，新妇辟纑儿读书[5]。县门前头柳飞絮，春风又随官马去。鸡鸣相送拜道边，愿公受取一大钱[6]。

---

1 一作《送马明府》。野老行，《乐府诗集》《全唐诗》均无此题。

野老，称农民；陈大尹，陈姓县令，名不详。大尹，汉唐指太守，唐以后指县令。

2 "桑扈"二句：说夏末桑蚕丰收。南朝梁吴均《赠杜容成》："今来夏欲晚。桑扈薄树飞。"桑扈，鸟名，即青雀；箔，养蚕用具，多用竹编，亦称蚕帘。

3 "村中"二句：说百姓安居。杜甫《石壕吏》："暮投石壕村，有吏夜捉人。"老身，野老自称；失脚，脚踏不稳。

4 明府：称县令，即陈大尹；一下车：谓到任；粝：粗米饭。

5 "姓名"二句：说野老一家乐业。弓弩手，《元史·兵制》载："郡邑设弓手，以防盗也。"籍，簿籍，此犹言在册；辟纑，绩麻和练麻。

6 "愿公"句：说陈大尹离任清廉，可谓"一钱太守"。《后汉书·刘宠传》载，刘宠字祖荣，东莱牟平人。三为会稽太守，简除烦苛，禁察非法，为政清廉，郡中大化。后征为将作大匠。临行，"山阴县有五六老叟……人赍百钱以送宠。宠劳之……为人选一大钱受之"，人称"一钱太守"。

诗写陈太守，从"野老"视角专注其爱民，写他恤民惠民，不扰民，不折腾，轻徭薄赋，其治下百姓安居乐业，温饱有余；结以陈大尹离任，百姓不忍其离去之情。全诗不见陈大尹，但其勤政爱民形象，经"野老"诉说，即跃然纸上；而"野老"赞陈大尹之政，只是说他做了该做的事。从而表明为政之要，不是发百年宏愿，唱千年高调，而是聚焦当下，"百姓日用即道"。温柔敦厚，拙朴感人。

湖州歌送陈太守 1

草茫茫，水汨汨 2。上田芜，下田没 3。中田有麦牛尾稀，种成未足输官物 4。侯来桑下摇玉珂 5，听侬试唱湖州歌⁶。湖州歌，悄终阕⁷，几家愁苦荒村月！

---

1 湖州歌：原或为湖州地区民歌，自南宋末宫廷琴师汪元量《水云集》有《湖州歌》九十八首，后人有作，遂为乐府新题。湖州，今属浙江。陈太守，当为湖州知府，名不详。

2 泪泪：水急流的样子。

3 上田：土质及浇水等条件优良的田地。下田：土质及浇水等条件较差的田地。《吕氏春秋·上农》："上田，夫食九人；下田，夫食五人，可以益，不可以损。"

4 "中田"二句：说中等条件土地小麦的收成不足上交官府。牛尾稀，喻田里生长的小麦如牛尾的毛一样稀疏。输，交纳；官物，向官府交纳的钱粮赋税。

5 "侯来"句：说官员骑马来至桑田。侯，诸侯，此指地方长官；桑下，桑田；玉珂，马络头上的装饰物。

6 侬：吴语自称，即"我"。

7 终阕：曲终、歌罢。

写灾年歉收，农民所获不足上缴官府。难得一见官员骑马路过桑田，乃以《湖州歌》告诉之。然而歌罢依然荒村夜月，不知有多少人家愁苦无眠。诗送陈太守，为民请命，实等于书面的上访，非仅抒情而已。南宋民歌："月儿弯弯照九州，几家欢乐几家愁。几家夫妇同罗帐，几家飘零在外头？"本诗结尾"几家愁苦荒村月"，意境近之。

废 宅 行

鸣珂坊里将军第，列戟齐收朱户闭¹。里媪逢人说旧时，有庐被夺广园池。今年没入官为主，散尽堂中义宅儿[2]。厨烟久断无粱肉，群鼠饥来入邻屋。官封未与别人居，日日闲苔雨添绿。曲阁深沉接后房，画屏生色暗无光。寻常不敢偷窥处，守卒时来拾坠珰[3]。春风多少奇花树，又有豪家移得去[4]。

---

1 "鸣珂"二句：说将军宅盛衰。鸣珂坊，《新唐书·张嘉贞传》："嘉祐，嘉贞弟，有干略。方嘉贞为相时，任右金吾卫将军，昆弟每上朝，轩盖驺导盈闾巷，时号所居坊曰鸣珂里。"列戟，《旧唐书·韦斌传》载，其家"四人同时列戟，衣冠之盛，罕有其比"；朱户，王侯贵臣家红漆大门。杜甫《自京赴奉先县咏怀五百字》："朱门酒肉臭，路有冻死骨。"

2 "今年"二句：说将军获罪，住宅充公，家丁散尽。义宅儿，《新五代史·义儿传》："唐自号沙陀，起代北，其所与俱皆一时雄杰暴武之士，往往养以为儿，号义儿军。至其有天下，多用以成功业，及其亡也，亦由焉。"

3 坠珰：遗落的耳坠。珰，古代妇女戴在耳垂上的装饰品，俗统称耳坠。

4 "又有"句：说废宅的花树又被豪家移去装点富贵了。唐代周渍《废宅》："豪家莫笑此中事，曾见此中人笑人。"可相对读。

长谷真逸《农田余话》卷上载："张（士诚）氏割据时，诸公……大起第宅，饰园池，畜声伎，购图画，唯酒色耽乐是从，民间奇石名木必见豪夺。"本诗当有所指。诗借"里媪逢人说旧时"，谴责了将军当年强夺邻里之宅以广园池的霸道行径，以对比当下将军第破败凄凉之境，可见得之不义，失之容易，教训深刻，足以警世。但结尾二句仍不能不遗憾地看到"豪家"前仆后继，将重蹈覆辙。所谓"今人莫笑古人痴，须臾后人笑今人"，更可悲了！

闻角吟[1]

惊起黄榆塞下鸿[2]，一声鸣轧戍楼空[3]。此时吹动关山意[4]，十万征人归梦中。玉帐弯弓夜初起，月白不知霜似水。余声散作满天愁，风吹不入单于垒[5]。

1　闻角吟：以边塞闻角为引，写边塞荒寒，戍人艰辛。角，号角，军号。

2　黄榆塞：黄榆多产于我国东北、华北和西北等边境，因以借指边塞。唐代于濆《戍客南归》："北别黄榆塞，南归白云乡。"

3　鸣轧：指吹角声。杜牧《题齐安城楼》："鸣轧江楼角一声。"

4　关山意：指戍人心思。唐代温会《奉陪段相公晚夏登张仪楼》："欲和关山意，巴歌调更哀。"关山，边塞的山。

5　单于垒：番王居住的堡垒，即番兵主帐。王维《李陵咏》："长驱塞上儿，深入单于垒。"单于（chányú），汉代称匈奴主。

诗由"一声鸣轧"的角声惊起塞上鸿雁，夜幕降临，戍楼人静，将士梦回故里写起，刻画主帅夜不能寐，挽弓出帐巡营所见：月白如霜，霜寒似水。但听角声聒耳，漫天愁惨，而朔风逆之，并传不到番王的营帐，从而毫无震慑。是番邦以逸待劳，而我"十万征人"，领兵主帅，将年复年，月复月，日日夜夜在吹角、归梦之中，乃何以堪！言近旨远，情至思深，有唐人边塞诗风味。

牧 牛 词

尔牛角弯环，我牛尾秃速[1]。共拈短笛与长鞭，南陇东冈去相逐。日斜草远牛行迟，牛劳牛饥惟我知。牛上唱歌牛下坐，夜归还向牛边卧。长年牧牛百不忧，但恐输租卖我牛。

---

1 弯环：弯曲如环；秃速：形容牛尾巴毛稀疏。

诗写两牧牛人陇冈放牧，唱歌追逐，依牛坐卧，自由自在，似乎就是他们的"诗与远方"，引素心读者有天人合一、人生如此足矣之想。然而乐极哀来，与大自然为一的欢乐被结末"但恐"二句袭来"输租卖我牛"的隐忧一击而破。则读者不难想知，重税苦民打破牧人梦的正是那自诩"为民做主"、允诺给包括放牛人在内的老百姓以幸福的官府！故诗之所道，近在牛，中在租，矛头所指，终是官府。言近旨远，与前《猛虎行》异曲同工。

养 蚕 词

东家西家罢来往，晴日深窗风雨响[1]。二眠蚕起食叶多[2]，陌头桑树空枝柯。新妇守箔女执筐，头发不梳一月忙。三姑祭后今年好[3]，满簇如云茧成早。檐前缫车急作丝[4]，又是夏税相催时。

1　罢来往：吴地旧俗，为防止蚕病传播，养蚕期间亲朋好友暂停串门。宋代范成大《田园诗》："三旬蚕忌闭门中，邻曲都无步往踪。"风雨响：形容蚕食桑叶的声音。陆游《村居初夏》："压车麦穗黄云卷，食叶蚕声白雨来。"

2　二眠：蚕的一生要经过几次脱皮，脱皮时不吃不动的状态叫眠，依次称初眠、二眠、三眠、大眠。二眠以后食叶增多，俗云"蚕吃老食"。

3　三姑：传说中的管蚕女神。清代翟灏《通俗编·禽鱼》："《月令广义》：'凡四孟年，大姑把蚕，四仲年，二姑把蚕，四季年，三姑把蚕。'"

4　缫车：抽茧出丝的工具。

　　写江南养蚕风俗，结句含蓄讽喻，与前《牧牛词》同一机杼，然况味不同：前者写田野放牧，笛韵鞭声，自由自在；本篇写妇女忙蚕，敬慎有加，碌碌辛苦；前者以逸情为胜，本篇写苦心居多。可见作者不止拟何体似何体，更是写什么像什么，并民胞物与之心，经世济众之意，一以贯之。

采 茶 词

　　雷过溪山碧云暖[1]，幽丛半吐枪旗短[2]。银钗女儿相应歌，筐中摘得谁最多。归来清香犹在手，高品先将呈太守[3]。竹炉新焙未得尝[4]，笼盛贩与湖南商。山家不解种禾黍，衣食年年在春雨。

1　碧云暖：说春暖时节。宋代宋子安《试茶录》："民间常以惊蛰为候，以春阴为采茶得时。"

　　2　幽丛：茶树丛生深绿貌；枪旗：即旗枪，茶之嫩芽。叶梦得《避暑录话》："盖茶味虽均，其精者在嫩芽，取其初萌如雀舌者，谓之枪，稍敷而为叶者谓之旗。"

　　3　太守：汉朝时称州郡长官，明清时沿用以称知府，并非正式官称。

　　4　焙：即烘焙，用火烤制，这里指炒茶。

　　写茶农收获后，"高品先将呈太守"，剩下的亦"未得尝"就卖给了"湖南商"，即如"泥瓦匠，住草房；纺织娘，没衣裳"，采茶的没茶尝，岂非人世的不公不平？复结以"山家"二句，言茶农靠天、靠茶吃饭的无奈，便示人以此方百姓的困窘生活，只能年复一年如此下去，岂不悲哀而至于绝望！但诗写绝望的情调出语平淡，甚至有些知足常乐，成为"坐稳了奴隶"（鲁迅语）的中国人精神状态的注脚，在作者或未必，但读者再三品味，必能感受到诗中的悲凉。《明三十家诗选》评曰"新隽"。尤以银钗应答、茶香在手，妙足神韵。

卖 花 词

　　绿盆小树枝枝好，花比人家别开早。陌头担得春风行，美人出帘闻叫声。移去莫愁花不活，卖与还传种花诀。余香满路日暮归，犹有蜂蝶相随飞。买花朱门几回改，不如担上花长在[1]。

　　1　"买花"二句：唐代钱起《故王维右丞堂前芍药花开凄然感怀》："主人不在花长在，更胜青松守岁寒。"朱门，即"朱户"，见前《废宅行》注1。

全诗十句，前八句写卖花人勤劳种花，花开及早，春风里担花入城，卖花给富室美人，并传授养花知识。每天早出晚归，余香满路，蜂蝶随舞，真是美的使者，乐在其中，令人叹羡。读者或感不足者，似在其辛苦养花、卖花，只是供给了出帘美人不种花却享受赏花的快乐，乃人世间不平。其实不然。诗至尾联一转，说人生富贵俄顷，兴衰无定，"朱门"人买花观赏的快乐，实不如种花、卖花人日日与花同在，从劳动和经营中得到的快乐切实和长久，从而表达了对劳动者的赞美与尊重，以及不慕富贵，淡泊自守的心情。诗几近白话，清新流丽中意蕴深永，而雅俗共赏。

忆 远 曲[1]

扬子津头风色起[2]，郎帆一开三百里。江桥水栅多酒垆[3]，女儿解歌《山鹧鸪》[4]。武昌西上巴陵道[5]，闻郎处处经过好。樱桃熟时郎不归[6]，客中谁为缝春衣[7]？陌头空问琵琶卜[8]，欲归不归在郎足。郎心重利轻风波[9]，在家日少行路多。妾今能使乌头白[10]，不能使郎休作客。

1　忆远曲：新乐府杂题，为闺怨怀远之作。

2　扬子津：长江古渡口，在仪真（今江苏仪征）境内。扬子，即扬子江，长江自仪真以下至入海口部分的别称；津，渡口。

3　水栅：用竹、木等做成截于水流的栅栏。唐代张籍《江南行》："娼楼两岸临水栅，夜唱《竹枝》留北客。"酒垆：安放酒瓮的土台，这里代指酒店。

4 解歌：善歌；山鹧鸪：唐代乐坊曲，这里代指艳曲。唐代许浑《听歌〈鹧鸪辞〉》："南国多情多艳词，《鹧鸪》清怨绕梁飞。"鹧鸪，鸟名，俗仿其鸣声曰"行不得也哥哥"。

5 巴陵：今湖南岳阳，在武昌之西，故云"西上"。

6 "樱桃"句：说丈夫春尽不归。樱桃熟，点春尽时节。范成大《晚春田园杂兴》："牡丹破萼樱桃熟，未许飞花减却春。"

7 "客中"句：王维《送綦毋潜落第还乡》："江淮度寒食，京洛缝春衣。"

8 陌头：路口；琵琶卜：用琵琶占卜。《妖巫传》："（洪州）土人何婆善琵琶卜，……其家士女填门，饷遗满道。"

9 "郎心"句：白居易《琵琶行》："商人重利轻别离。"

10 乌头白：比喻不可能之事。乌，乌鸦。俗云："天下乌鸦一般黑。"但《史记·刺客列传》索隐曰："燕丹求归，秦王曰：'乌头白，马生角，乃许耳。'丹乃天叹，乌头即白，马亦生角。"

写妻子思念远出经商的丈夫。起首"扬子津"四句写水上，次"武昌"四句写陆上，担忧、望归、关切之情络绎而来；再次"陌头"四句写妻子无奈占卜，但没什么用，归不归来在丈夫自己。既然"郎心重利轻风波"，则一定是在家日少而出门日多。结尾"妾今"二句爱极生嗔，是绝望之辞，也是绝难割舍之辞。诗情景交融，写思妇心理真实细腻，缠绵曲折，富于变化。又用典使事，如摄盐入水，含蓄柔美。

送 客 曲 [1]

送客车在门，劝客杯在手。明日长安花，今夜宜城酒[2]。愿客饮此勿复辞，我无黄金为客寿[3]。人生无处无弟兄，乡里刺促谁知名[4]？卖书买得百金剑[5]，有身须向关山行。马四蹄，车两毂。行人欲发休踟蹰，嘐嘐鸡鸣赤日旭[6]。

1　送客曲：乐府旧题。《乐府遗声》："别离曲。"

2　"明日"二句：说饮酒饯行，祝愿客人入京应试夺魁。长安花，唐代孟郊《登科后》："春风得意马蹄疾，一日看尽长安花。"宜城酒，见前《行路难》其三注1。

3　"我无"句：说送行无贵重物相赠。黄金为客寿，《史记·鲁仲连邹阳列传》载，鲁仲连为赵国解秦兵之围，赵国平原君"以千金为鲁连寿"。鲁仲连辞不受，别不复见。

4　刺促：忙碌急促的样子，引申指碌碌无为。唐代李贺《浩歌》："看见秋眉换新绿，二十男儿那刺促。"

5　"卖书"句：说或者弃文习武，投笔从戎。杜甫《后出塞五首》其一："千金买马鞭，百金装刀头。"

6　踟蹰（chíchú）：徘徊不前貌。《诗经·邶风·静女》："搔首踟蹰。"嘐嘐（jiāojiāo）：鸡鸣声。旭，早晨的阳光。

　　写送客远行，车马在外，举杯劝酒，希望客人此去长安，不要想家，"四海之内皆兄弟也"，当不负所学，蟾宫折桂。若或不然，则"卖书"换购得"百金剑"，即弃文用武、投笔从戎，边疆上一刀一枪博取功名。是劝勉，是期待，也是诗人的自期、自励，有壮志凌云之概。此诗情感充沛，起伏变化，如波涛汹涌，青丘诗中不多见。

竹枝歌[1]六首

其　一

　　蜀山消雪蜀江深，郎来妾去斗歌吟[2]。峡中自古多情地，楚王神女在山阴[3]。

1　竹枝歌：《乐府诗集》："《竹枝》本出于巴渝。唐贞元中，刘禹锡在沅湘，以俚歌鄙陋，乃依骚人《九歌》作《竹枝》新辞九章，教里中儿歌之，由是盛于贞元、元和之间。"

2　斗歌：对歌，西南少数民族的一种风俗。

3　峡中：三峡之中，这里指夔州（详下注）；楚王神女：指战国末期辞赋家宋玉《高唐赋》所写楚顷襄王之前某位楚王与神女，二人于巫山欢会；山阴：巫山之北面。

组诗总起，说三峡地区有斗歌之俗，自古多情，乃楚王、神女欢会之遗风。

其　二

鱼复浦上石垒垒，恰似侬心无转回[1]。船归莫道上滩恶，自牵百丈取郎来[2]。

1　"鱼复"二句：说爱心如石之坚。《诗经·邶风·柏舟》："我心匪石。不可转也。"鱼复，即鱼腹浦，在今重庆长江夔门之西奉节城南一公里处。相传诸葛亮于此垒石为阵，为"八阵图"。

2　"船归"二句：说我思如拉纤，能用百丈纤绳把郎牵回来。苏轼《监洞霄宫俞康直郎中所居四咏·退圃》："百丈休牵上濑船，一钩归钓缩头鳊。"

写留守妻子之爱：心如磐石，思如长纤，无论江滩如何险恶，爱的力量一定能牵引郎船平安归来。比喻新颖。

其　三

江水出峡过夔州[1]，长流直到海东头。郎行若有思家日，应教江水复西流。

　　1　夔州：古州郡名，治在今重庆奉节长江边，江上有著名的夔门，又名瞿塘关，峡险水恶，是古代长江出入蜀的重要关隘。

　　写留守妻子之情：郎去如江水东流，我思逐江水东去；如果郎有一天想家了，那么江水就该回头向西流了。说不得是盼，说不得是怨，说不得是嗔，说不得是愿，读之但见其真情，但觉其娇好。

其　四

踯躅花红鹎鶋飞[1]，黄牛庙下见郎稀[2]。大艑摊钱卖盐去[3]，短钗簪叶负薪归[4]。

　　1　踯躅花：崔豹《古今注》："羊踯躅，黄花，羊食之则死，见即踯躅不前进。"即杜鹃花，又名映山红、山石榴，为常绿灌木；鹎（bēi）鶋：催明鸟，又名夏鸡。
　　2　黄牛庙：又称黄牛祠、黄牛灵应庙、黄陵庙，在今湖北宜昌三斗坪镇长江南岸黄牛岩下。
　　3　"大艑"句：说盐商集资雇佣大艑船，贩卖川盐出三峡销售。艑，船之别称。
　　4　"短钗"句：说当地女俗。杜甫《负薪行》："夔州处女发半华，四十五十无夫家。……十犹八九负薪归，卖薪得钱应供给。至老双鬟只垂颈，野花山叶银钗并。"

写夔州女子的命运：每逢夏日，黄牛庙下游玩的青年男子就少了。郎们外出经商卖盐，女子则荆钗布裙，每天去山里打柴。《诗经·郑风·野有蔓草》毛序云："思遇时也。……民穷于兵革，男女失时，思不期而会焉。"即此诗之旨。笔致隽永。

其　五

妾爱看花下渚宫[1]，郎思沽酒醉临邛[2]。春衣未织机中锦[3]，只是长丝那得缝。

1　渚宫：春秋时楚宫名，传为楚襄王建，故址在今湖北江陵。
2　沽酒醉临邛：说买醉于酒家。临邛，秦置，治所在今四川邛崃。《汉书·司马相如列传》："文君夜亡奔相如……相如与俱之临邛，尽卖车骑，买酒舍，乃令文君当垆。相如身自着犊鼻裈，与庸保杂作，涤器于市中。"
3　机中锦：唐代鱼玄机《早秋》："思妇机中锦。"

写留守妻子之怨思：曾经的我爱去渚宫赏花，你每思酒家买醉。如今你一去不归，我为你纺织缝制春衣，但心乱如麻，丝在机而锦未成，只有长丝（思），怎么能缝制春衣呢？后二句意略可比李后主词曰"剪不断，理还乱，是离愁"（《相见欢》），但翻新出奇。

其　六

枫林树树有猿啼，若个听来不惨凄[1]。今夜郎舟宿何处？巴东不在定巴西[2]。

---

1 "枫林"二句：说三峡啼猿故事。详见前《湘中弦》注3。
2 巴东、巴西：东汉末年至隋朝分别为郡名，与巴郡合称"三巴"，故地在今四川和重庆交界。

组诗之总结，说思妇念念不置，而无可奈何，思前想后，乃唱《竹枝》，歌如猿鸣，令人肠断。仍又念及郎因生计所迫，依旧未归，居无定所，当不在巴东，就在巴西，而总是茫茫然不可见也。诗人未到过夔州，当因杜甫《夔州歌十绝句》等诗启发而作，是其欲兼诸体努力之一。组诗有总体设计，虽每首自有机杼，但不离总旨，读者自可体会。

五言古诗

拟古[1]十二首（选四）

其　三

出郭见坟墓，累累满山阿。四海能几人，逝者何其多。
封树日萧条，狐狸走蓬科[2]。英灵无人吊，牧儿暮来歌。浮
华一世中，倏若飞鸟过。生时不肯饮，死后将如何？

1　拟古：《高青丘集》金檀辑注：“《文选》：‘《古诗十九首》。陆士
衡、陶渊明有《拟古诗》。’注：‘拟，比也。比古志以拟今情。’”
2　“封树”二句：说坟荒树少，狐狸出没。封树，堆土为坟，旁种
以树，以为葬地标识，古代士以上人殡葬之礼制。

孔子曰：“未知生，焉知死？”（《论语·先进》）这首诗无意离
经叛道，结论也仅为及时享乐耳，但从死的角度思考人生，即“不
知死，焉知生”，实为对孔子思想的超越。又虽风格平易，明白如
话，但“四海”“浮华”两联，均惊心动魄，堪称名句。

其　四

离离白云翔，悠悠清川逝[1]。天地如传邮，阅人以为世[2]。
良时难再得，游乐咸阳中[3]。咸阳名都会，衣冠集王公[4]。

南山对魏阙，嘉树何茏葱[5]？九衢十二城[6]，逶迤回相通。卫霍开上第[7]，车马争春风。娱意勿自惜，当至百年终。

---

1 "离离"二句：说白云悠扬，清河流逝。离离，飘荡貌；清川逝，《论语·子罕》："子在川上，曰：'逝者如斯夫！不舍昼夜。'"

2 "天地"二句：说天地运转如驿站之传递，人生相代以为世之计数。欧阳修《与曾舍人巩书》："然俯仰年岁间，如传邮尔。"传邮，古代通过驿站传递信件等物；世，一辈，或指三十年。

3 "良时"二句：说趁此良辰，畅游京城。伪李陵诗曰："良时不可再。"咸阳，秦朝的都城，今属陕西。

4 "咸阳"二句：说达官贵人，冠盖云集。衣冠，这里指王公的衣服与帽子；王公，王爵和公爵，此以泛指达官贵人。

5 "南山"二句：说从终南山到皇宫，王气郁郁葱葱。南山，指终南山，在今陕西西安南；魏阙，古代宫门外两边高耸的楼观，代指朝廷；嘉树，名贵美好的树。屈原《橘颂》："后皇嘉树，橘徕服兮。"

6 九衢十二城：说咸阳街市的繁华。九衢，纵横交叉的大道。韦应物《长安道》："朱门峨峨临九衢。"十二城，道教传说天庭有十二座城。李商隐《月夜重寄宋华阳姊妹》："十二城中锁彩蟾。"

7 "卫霍"句：说权贵建有豪宅。卫霍，指汉代名将卫青、霍去病。韦应物《长安道》："贵游谁最贵，卫霍世难比。"开上第，建造上等豪宅。上第，即甲第。《史记·武帝本纪》："赐列侯甲第。"注："有甲乙次第，故曰第。"

首句至"车马争春风"，从"白云""清川"说到"天地"，说岁月如流，人生如寄，生命短暂，看京师繁华，王公贵臣，衣冠楚楚，车马春风，尽情游乐，是何等惬意，为古意；结末"娱意"二句，从"南山对魏阙"逗出，写由恬退转而欲仕之心，是今情。其意若曰：自古人生都不过是这个样子，我又何必做旁观者自苦，且去咸阳富贵场中拼个一世风光欢欢乐乐吧！诗人看起来此时似不甘

寂寞，实际是看破红尘后的一个反拨：功名富贵好不好都不说吧，但如果因此能够快乐，那就去拼一把，快乐了就好！

其　十

明星烂东方，北斗亦已旋[1]。独宿悲夜徂，空床藉兰荃[2]。鸡鸣整环佩，思奉君子筵。君子行未归，新妆为谁妍[3]？意疏觉去遥，咫尺越与燕[4]。含情乏彤管，何以写中悁[5]。君如绠上瓶，妾如井底泉[6]。不垂汲引惠，澄莹徒终年[7]。

1　"明星"二句：说星光灿烂，斗转夜深。明星，启明星，即金星。《诗经·郑风·女曰鸡鸣》："明星有烂。"烂，灿烂；旋，转。

2　"独宿"二句：说夜来独守空床之苦。徂，至；藉（jiè），垫；兰荃，兰与荃，均香草名，这里指织席用的香草，代指卧席。

3　"君子"二句：说丈夫未归，没有兴致化妆。《战国策·赵策一》："女为悦己者容。"宋代朱淑真《马塍》："不知春色为谁妍！"

4　"意疏"二句：说感情淡薄就觉离得远了，咫尺之间竟如越与燕之远。越与燕，春秋战国时越国与燕国，相距遥远。

5　"含情"二句：说心有郁闷，但无笔可以写出。彤管，古代女史记事所用杆身漆朱的笔。《诗经·邶风·静女》："贻我彤管。"悁（yuān），忧闷。

6　"君如"二句：说期待君子主动示好。白居易《井底引银瓶》："井底引银瓶，银瓶欲上绳欲绝。"绠，绳索。

7　"不垂"二句：说君子若不垂爱，我将徒有美质。澄莹，清澈透明。

写女子久守空闺，夜深难眠，及至鸡鸣时分，忽然想起要为丈夫准备早餐，——实是想得心神恍惚，误以为丈夫还在家中，则不言愁苦，而愁苦自见。接下写心思回到现实中来，早起便当梳妆，但是夫君未归，便也无所谓了……如此种种，万转千回，直至发誓心如澄井，不再起感情的波澜；"君如"四句承前"古意"，写思妇"今情"。其思念几入于痴迷，却得不到任何响应。于是思无可思，而生怨尤。虽因此愈见其爱意之深，但也愈见其爱而不得之悲。诚所谓"状难写之景如在目前，含不尽之意见于言外"（欧阳修《六一诗话》）。

其十一

人生一沤水，所欲乃无涯[1]。志意苦未毕，荣华忽然衰。天地有终坏[2]，谁能待其期？聊为一日欢，勿作千载悲。神仙俱好饮，得醉复何疑？

---

1 "人生"二句：说人生短暂，欲望无穷。一沤水，一个水泡。《楞严经》："空生大觉中，如海一沤发。"无涯，《庄子·养生主》："吾生也有涯，而知也无涯。以有涯随无涯，殆已。"涯，水边。

2 "天地"句：佛教认为世界生灭变化有成、住、坏、空"四劫"。陆游《卧病》："生死亦何有，成坏同一沤。"

揭示人生痛苦的根源，在于生命短暂而欲望无穷。人为了满足欲望辛苦不辍，殊不知欲望永远不可能满足，而不知不觉间老之将至。试想天地终坏，人谁能不老？是以人当及时行乐，饮酒为欢，勿作他想。神仙都好饮酒，就证明一醉方休才是人生的真谛。这看起来也太颓废了，实际是诗人不满现实之苦闷的象征。

寓感二十首（选六）

其 一

天旋海水运，日月驰奔辉[1]。不知此往来，伊谁斡其机[2]？谅由任元气，推迁不能违[3]。人生处宇内，行止无定依。唯当乘大化[4]，逍遥随所归。

---

1 "天旋"二句：说宇宙运转不息。东汉蔡邕《月令章句》："天左旋，出地上而西，入地下而东。"西晋张华《博物志》："天地四方，皆海水相通。"

2 "不知"二句：问谁是宇宙运行变化往复不绝最后的掌控者。斡（guǎn），主管、掌握。

3 "谅由"二句：说元气是世界运转的动力。谅，料知；元气，天地之气；推迁，推移变迁。

4 "唯当"句：说人生当顺应自然。陶渊明《神释》："纵浪大化中。"又《归去来兮辞》："聊乘化以归尽。"大化，宇宙规律。

诗问宇宙的主宰、世界的动力，是高启式的"天问"和"仰望星空"。其以"元气"为宇宙动力的认识，虽属玄想，未经实验，故说不上"科学"，但在七百年前，能够不信神灵，还是走在了人类探索宇宙奥秘的正确方向上。前半说宇宙，后半说人生，一定程度上达到了诗与哲学的融和，表达了顺其自然的处世心情。

其　三

　　盛衰迭乘运，天道果谁亲[1]？自古争中原，白骨遍荆榛。乾坤动杀机，流祸及蒸民[2]。生聚亦已艰，一朝忽胥沦[3]。阳和既代序[4]，严霜变肃晨。大运有自然，彼苍非不仁[5]。咄咄堪叹嗟，沧溟亦沙尘[6]。

　　1　"盛衰"二句：说一代代王朝之兴亡系于天命，天道对世人一律公平对待。运，命运，上天的旨意。《老子》："天道无亲，常与善人。"此反其意。

　　2　"乾坤"二句：说战争是天罚下民，使之受苦受难。杀机，杀人之心。汪元量《杭州杂诗和林石田》："日月往来毂，乾坤生杀机。"蒸民，百姓。《诗经·大雅·荡》："天生烝民。"蒸，古同"烝"。

　　3　胥沦：全部沦亡。胥，全部，都。

　　4　"阳和"句：说春夏温暖的季节过去了。代序，这里指季节轮换。《离骚》："春与秋其代序。"

　　5　"大运"二句：说天道有常规，老天非不仁。《老子》："天地不仁，以万物为刍狗；圣人不仁，以百姓为刍狗。"此反其意。

　　6　"咄咄"二句：说使人惊叹的是沧海也能变成沙尘。咄咄，表感叹、惊怪之声。《世说新语·假谲》："殷中军被废，在信安，终日书空作字。扬州吏民寻义逐之，窃视，唯作'咄咄怪事'四字而已。"晋葛洪《神仙传·王远》："麻姑自说：'接待以来，已见东海三为桑田。向到蓬莱，水又浅于往昔会时略半也，岂将复为陵陆乎？'方平笑曰：'圣人皆言海中行复扬尘也。'"沧溟，大海。

　　诗人在以天道无亲而堪敬畏的同时，对战争给百姓带来的苦难寄予同情，所以虽属玄思，但仍有反映现实的品格。虽然战争本是人为，而作者委之于天命，属认识上的局限，但客观上体现了诗人反战而无可奈何的心情。所以，其消极无为不值得赞赏，但关切现实，厌恶战争，向往和平的愿望，体现了人类的良知，值得肯定。气势磅礴，议论风发。

其　十

桃李初不语[1]，凤凰岂长喧[2]？末俗矜辩议，穷口祸之源[3]。所以国武子，杀身由尽言[4]。妙哉无为谓，默默道斯存[5]。

1　"桃李"句：说以不语为贵。《史记·李将军列传》："桃李不言，下自成蹊。"

2　"凤凰"句：说以少言为贵。《宋书·符瑞志》："凤凰者，仁鸟也……其鸣，雄曰'节节'，雌曰'足足'。"均短促，故云。

3　"末俗"二句：说末世尚议论，言语启祸端。《金人铭》："古之慎言人也，戒之哉！无多言，多言多败。"穷口，穷尽口舌之功，犹言多嘴多舌。

4　"所以"二句：说国武子以言不谨慎导致国乱身死的教训。事见《左传·成公十七年》。

5　"妙哉"二句：称扬"无为"之道。《老子》曰："是以圣人处无为之事，行不言之教。"

古语云："祸从口出，言多必失。"《论语·宪问》载："子曰：'邦有道，危言危行；邦无道，危行言孙。'"杨伯峻注："孔子说：'政治清明，言语正直，行为正直；政治黑暗，行为正直，言语谦逊。'"（《论语译注》）《列子·周穆王》载："左右曰：'王默存耳。'""言孙（逊）""默存"，就是少说话，不抢说话，不乱说话。这看似浅显的道理，其实并不容易做到，所以有俗语云："三年学说话，一生学闭嘴。"

其十三

驽马放田野，志本在丰草[1]。偶遇执策人，驱上千里道。顾非乘黄姿，岂足辱君皂[2]？负重力不任，哀鸣望穹昊。奈何相逢者，犹羡羁络好[3]。

---

1 "驽马"二句：说马之天性乐在田野奔跑食草。嵇康《与山巨源绝交书》："此由禽鹿……逾思长林，而志在丰草也。"

2 "顾非"二句：说身姿驽钝，不堪重任。乘黄，黄帝所乘龙马。《文选·封禅书》注："翠黄，乘黄也，龙翼马身，黄帝乘之而仙。"皂，牛马的食槽，此以喻指官位。文天祥《正气歌》："牛骥同一皂。"

3 羁络：约束驾驭马的络头，此以喻指官职。

以驽马志在田野食丰草自比，寄托性好山林，厌恶做官的心情，对世俗官迷有所针砭。托物言志，如画如见。其象可哀，其情可悯。

其十八

千秋取丞相，一语悟君衷[1]。长孺多谠言，白头摈居东[2]。人命有通塞，主听无违从[3]。失如鱼去波，得若云遇龙[4]。会合感冥相，佳期谅难逢[5]。卞生未闻道，无事涕沾胸[6]。

---

1 "千秋"二句：说汉武帝时车千秋奏上为卫太子辨冤，"特以一言寤意，旬月取宰相封侯"事。见《汉书·车千秋传》。千秋，西汉车千秋，本姓田；君衷，君心。

2 "长孺"二句：说汲长孺好直言而外放地方官。《汉书·汲黯传》载，汲黯以政绩官至主爵都尉列于九卿，武帝称其为"社稷之臣"，但后来仍"以数切谏，不得久留内，迁为东海太守"。长孺，西汉汲黯（？—前112）字，濮阳（今河南濮阳）人；谠（dǎng）言，正直之言。

3 "人命"二句：说人的命运有好有坏，但皇上听不听劝谏就全凭他自己的心思了。通塞，顺境与逆境。李商隐《酬别令狐补阙》："人生有通塞。"违从，违背与顺从。

4 "失如"二句：说失君心如鱼失水，得君心如云从龙。李白《远别离》："君失臣兮龙为鱼，权归臣兮鼠变虎。"

5 "会合"二句：说君臣际遇是神使鬼差的事，机会绝少。会合，这里指君臣相处融洽；冥相，天地鬼神默佑。冥，幽冥。

6 "卞生"二句：说卞和向楚王献玉是自寻苦恼。用和氏璧故事，见《韩非子·和氏》载。卞生，指楚人卞和，一作和氏。

感慨人生穷达、君臣遇合，全在天意即皇帝一人之一时好恶。忠心做事，直言谏主的人，往往没有好下场。拿性命去赌君心眷顾的机会太不值得，就不要去干这种傻事了。这正是高启曾不愿应诏的原因。但本诗只是说到做了官不由自主，殊不知皇帝在上，"溥天之下，莫非王土；率土之滨，莫非王臣"（《诗经·小雅·北山》），不做官也有"草根"的烦恼。例如诗人辞官避祸，结果仍未躲过。但亦由此可见，如此诗之作，诗人当年顾虑重重，既非多余，也防不胜防。世事难料，令人悲慨。

其二十

鸿鹄横四海，鷦鹩恋蓬榛[1]。长松凌风烟，小草亦自春。各禀造化育，逍遥适其真。无将赫赫者，下比栖栖人[2]。

---

1 "鸿鹄"二句：喻说人各有异，志向不同。《汉书·张良传》载汉高祖刘邦歌曰："鸿鹄高飞，一举千里。羽翼以就，横绝四海。横绝

四海，又可奈何！虽有矰缴，尚安所施！"又《庄子·逍遥游》："鹪鹩巢于深林，不过一枝。"鹪鹩，巧妇鸟，一名工雀。

　　2　"无将"二句：说不要将大人物与普通人相比。赫赫者，指显贵。《史记·日者列传》："居赫赫之势，失身且有日矣。"栖栖人，四处奔走，无暇安居之人。《抱朴子·外篇·正郭》："而乃自西徂东，席不暇温，欲慕孔、墨栖栖之事。"

　　以"鹪鹩"和"小草"自比，抒发了不慕富贵，恬退自适的心情。其高明之处，是对人生出处穷达，不作褒贬，而视若自然，是各以其志，顺其自然。这就体现了平等和尊重他人的态度，格调自然高远。《明三十家诗选》："潘次耕云：'为早退自得之词，与傲然不屑者迥异。'"

吴越纪游十五首并序（选七）

　　至正戊戌、庚子间，余尝游东南诸郡，顾览山川，所赋甚夥，久而散失。暇日理箧中，得数纸而坏烂破缺，多非完章，因择其可存者，追赋当日之意，以足成之。凡一十五首，虽未能北溯大河，西涉嵩华，以赋其险径绝特之状，然此所以写行役之情，纪游历之迹，与夫怀贤吊古之意，亦往往而在，固不得而弃也。因录以自览焉[1]。

始发南门晚行道中

　　岁暮寒亦行，征人有常期。辞我家乡乐，适彼道路危。

酒阑别宾亲，驱车出郊岐[2]。我马力未痡[3]，已越山与陂。回头望高城，落日云树滋。遭乱既少安，谋生复多饥。途逢往来人，孰不为此驰。远游亦吾志，去矣何劳悲。

1　诗人于至正十八年（1358）戊戌自北郭移居青丘，出为吴越之游。至至正二十年（1360）庚子结束，历时达两年之久，是其短暂一生中时间最长的一次漫游。其间作诗，归后整理为《吴越纪游十五首》，并作序，概述组诗之由来。《高青丘集》移之于《年谱》，兹仍复其旧。

2　郊歧：城外的路口。

3　痡（pū）：疲劳。《诗经·周南·卷耳》："我马痡矣，我仆痡矣。"

这是组诗第一首。由诗序能知的是诗之来历，但由此诗方知诗人此游的内情：一是从首四句看此行非其自愿，而是"征人有常期"的一种职务行为；二是从"遭乱"六句看，他勉为此行是"谋生"的需要，兼以"远游"也是他的兴趣。因此，这首诗隐约道出了诗序说"行役"的真实性质，当是受有饶介安排的使命。而组诗但言山水，乃讳莫如深，其背景有待探讨。

早过萧山历白鹤柯亭诸邮[1]

客起何太早？村荒绝鸡鸣。况时江雨晦，不得见启明[2]。凌兢度高关[3]，山空县无城。隔林闻人呼，已有先我行。侧身避径滑，聚足防厓倾[4]。衣寒复多风，潺潺远水声[5]。千峰雾中过，不识状与名。岚开见前邮，始觉历数程。越禽啼枫篁[6]，冷日傍午晴。烟生沙墟寂，叶落涧寺清。登临亦可悦，但恨时非平[7]。

1　萧山：地名，在杭州东部，钱塘江下游；白鹤：地名，在萧山东三十里；柯亭：地名，在绍兴西北二十余里；邮：驿站。

2　启明：启明星，即金星。

3　凌兢：寒凉战栗之状。王安石《九井》："飞虫凌兢走兽骇。"

4　聚足：登台阶时一步一并足。《礼记·曲礼上》："拾级聚足，连步以上。"厓：同"崖"。

5　漷漷（guōguō）：水流声。《明诗综》作"聒聒"。

6　篁：竹林。

7　时非平：当元末战乱中，故云。

　　写途经萧山、白鹤亭、柯亭等地途中所见：荒村、冷雨、高关、空城，寒风凛冽，雾霭沉沉，沙墟生烟，涧寺落叶等等，构图阴冷，寂寥灰暗，读来有沉抑之感。结末以"时非平"相照应，则见作者乱世之忧。诗以行程为序，写一路景中情、情中景，如"过高关"时的"凌兢"，"避径滑"的"侧身"，"防厓倾"的"聚足"时的小心翼翼，"岚开"二句云云的欣喜自得等，情景交融。且移步换形，声色并作，读之如卧游，令人神往，唯不免感染其忧郁之色。

登蓬莱阁望云门秦望诸山[1]

　　旅思旷然释，置身苍林杪[2]。群山为谁来？历历散清晓。奇姿脱雾雨，奋首争欲矫。气通海烟长，色带州郭小[3]。曲疑藏啼猿，横恐截归鸟[4]。流晖忽激荡，下有湖壆绕。佳处未遍经，一览心颇了。秦皇遗迹泯，晋士流风杳[5]。愿探金匮篇，振袂翔尘表[6]。

1　蓬莱阁：指浙江绍兴蓬莱阁，唐丞相元稹始建，在今绍兴卧龙山；云门：指浙江绍兴云门山，又称东山；秦望：指秦望山，在今浙江杭州西南，以秦始皇曾登此山望南海得名，详见本篇下注5。

2　"旅思"二句：隐言登阁，登阁心旷神怡，在置身阁上已高出山林，可以不被树林遮蔽，以启下句。杪，树端。

3　"气通"二句：写群山之气势山色，通大海而连州郭，绍兴城显得很小。色带，韩翃《送李渙下第归卫州便游河北》："西山翠色带清漳。"带，连接。

4　"曲疑"二句：上句说山之深幽，下句说山之长大。曲，弯曲，此指山木林深僻处；横，山势高广形成的截面；恐，恐怕；截，挡住。

5　"秦皇"二句：说秦王碑已毁，晋人风流亦逝。秦皇遗迹，《史记·秦始皇本纪》载："三十七年十月癸丑，始皇出游……上会稽，祭大禹，望于南海，而立石刻颂秦德。"晋士流风，云门山以晋名士书法家王献之（字子敬）曾居，旧有子敬亭。

6　"愿探"二句：表达飘飘欲仙的心情。金匮，铜柜，指国家收藏重要文献之处；探，学习研究；振袂，挥动衣袖；拂尘表，飞升。

写越地山川之美，以其所写为"望……诸山"，诗中又有"为谁来""截归鸟""一览心颇了"等语，对照杜甫《望岳》，可知此诗学杜，已入化境。故读者皆知其所写为"望云门秦望诸山"，并且是自诗人眼中望见，绝非其他任何一群山，而或不觉其心思笔法，乃从杜甫《望岳》而来。非妙手不能为，非深思不可见。

登凤凰山寻故宫遗迹[1]

兹山势将飞，宫殿压其上。江潮正东来，朝夕似奔向。当时结构意，欲敌汴都壮[2]。我来百年后，紫气愁不王[3]。乌啼壁门空，落叶满阴障。风悲度遗乐，树古罗严仗。行人悼降王，故老怨奸相⁴。苍天何悠悠，未得问兴衰。世运今复衰，凄凉一回望。

1　凤凰山：在杭州城南，南宋建都时曾将其圈入内苑；故宫：指南宋遗宫，国亡遭毁成废墟。

2　"当时"二句：说南宋临安皇宫建造欲以超越北宋汴京的雄壮。汴都，北宋都城汴梁，又称汴京，即今河南开封。

3　"紫气"句：说王气不盛。紫气，紫色的云气，古代以为帝王、贤圣出现的预兆。王，通"旺"，旺盛、兴旺。

4　降王：指宋恭宗㬎（xiǎn）。宋度宗次子，南宋第七位皇帝。四岁继位，由太皇太后谢道清临朝称制，但亡国时名义上还是他代表南宋向元军投降；奸相：指贾似道，宋理宗宠妃贾氏的弟弟。度宗时为太师。恭宗时督府临安，被认为是南宋亡国的直接责任者。后被贬谪，途为监押官郑虎臣所杀。

写南宋临安皇宫的兴废，起句说凤凰山势欲飞，而宫殿力压其上，与钱塘江潮东来成逆向之势，有过于当年汴都之壮，象征未必不有卷土重来，北上收复中原的希望。但是出乎南宋人意料的，是百年后诗人来此所见所闻，竟是"紫气"以下七句所写败落之迹，行人慨叹之辞。从而引出"苍天"以下四句，前二句怀南宋之教训，令人疑惑"天命"之有无；后二句伤今之又至改朝换代的历史关头，从而引出兴亡之感，是此诗真正的主题。

宿汤氏江楼夜起观潮¹

舟师夜惊呼，隔浦乱灯集。潮声若万骑，怒夺海门入²。初来听犹远，忽过顾无及。震摇高山动，喷洒明月湿。霜风助翻江，蛟龙苦难蛰。应知阴阳气，来往此呼吸³。登楼觉神壮，凭险方迥立⁴。何处望灵旗⁵，烟中去波急。

---

1 汤氏江楼：不详。诗写钱塘江观潮，此楼当在钱塘江畔。

2 海门：钱塘江入口处，两山相对，谓之海门。因江岸逼仄，潮流涌为巨浪洪涛，故称"海门潮"。

3 "应知"二句：说钱江潮是天地阴阳之气一呼一吸形成的。晋郭璞《江赋》："呼吸万里，吐纳灵潮。"

4 迥立：屹立、独立。

5 灵旗：神灵的旗帜。刘禹锡《七夕》其一："河鼓灵旗动。"

写至正十九年（1282）钱塘观潮所见，从每天在海涛风浪里行船应司空见惯的"舟师"也"惊呼"领起，共十六句，前十二句写钱江潮与观潮，写潮来之势，多侧面、多角度写江潮之盛大，观潮人之热情，感慨天地阴阳变化之妙不可测。酣畅淋漓，美不胜收。"潮声"八句尤传神。中"震摇"二句堪称佳句。"登楼"以下即结末四句点题写"我"，前两句写观潮之来，后二句写观潮之去。诗中有我，诗中有情，神韵天成。读之如临其境，如闻其声。

过奉口战场¹

路回荒山开，如出古塞门。惊沙四边起，寒日惨欲昏。上有饥鸢声，下有枯蓬根。白骨横马前，贵贱宁复论？不知将军谁，此地昔战奔²。我欲问行人，前行尽空村。登高望废垒，鬼结愁云屯。当时十万师，覆没能几存。应有独老翁，来此哭子孙。年来未休兵，强弱事并吞。功名竟谁成，杀人遍乾坤³。愧无拯乱术，伫立空伤魂。

---

1 奉口：村名，古属德清，今属浙江杭州余杭区仁和街道，西邻

东苕溪大运河，与德清三合乡毗邻。

　　2　战奔：兵败而逃。奔，逃亡。

　　3　"功名"二句：是谁在此因杀人多而得了功名呢？唐代曹松《己亥岁二首》其一："凭君莫话封侯事，一将功成万骨枯。"

　　写过奉口战场见闻，怀想这里发生过的一场战事。当时两军厮杀，悲惨的结局是失败的一方十万人没有几个活下来，至今尸骨暴露，鬼气如云。那位带兵到此全军覆没的将军也没有留下姓名。作者想象除了"应有独老翁，来此哭子孙"之外，再没有什么人肯关心和纪念这场杀戮的悲剧了，可说毫无意义！接下说"年来"又在打仗，有力者又在"杀人遍乾坤"，不知道会给谁换来功名，也同样毫无意义！然而又有什么办法呢？作者陷入反战无力、回天乏术的境地。最后诗人"伫立空伤魂"的形象，凝固了读书人良知的悲哀，生动感人。

舟次敢山阻风累日登近岸荒冈僧舍[1]

　　高岸鸣枯桑，湖阴北风厉[2]。寒涛汹我前，几日不得济。孤舟恐漂荡，石根暮牢系。忧来厌闲卧，近寺聊独诣。雀饥残林空，人倦危磴细。年荒无居僧，树死石门闭。神伤却欲返，微霰洒征袂。穷冬已峥嵘，故国尚迢递[3]。仰看浮云驰，东路阻归计。长叹复何言，吾生信多滞[4]。

　　1　次：停留；敢山：山名，亦作澉山，以山在敢村，故名。

　　2　"高岸"二句：写在敢山阻风等候开船的窘况。鸣枯桑，自汉乐府《饮马长城窟行》"枯桑知天风"句化出；湖阴，这里指太湖的南面；北风厉，蔡琰《悲愤诗》其二："北风厉兮肃泠泠。"

　　3　峥嵘：冷冽的样子，这里引申指深冬。南朝宋鲍照《舞鹤赋》：

"岁峥嵘而愁暮。"故国：指家乡；迢递：遥远。

4　信多滞：确实不顺利。信，实；滞，不通。

写归舟阻风泊于敢山，登荒冈、寻僧舍所见所感。从高岸枯桑，湖阴北风，波涛汹涌，孤舟系缆，写到困卧舟中的诗人自我；进而写诗人难耐寂寞而舍舟登岗，诣寺访僧，所见残林、危磴、死树、石门，荒凉破败，了无生气，不仅没有消解诗人连日的郁闷，反而越发神伤。"穷冬"二句，尤见诗人归心似箭。归舟阻风，本属偶然。但诗人感事，情不自禁，由此及彼，思前想后，忽然觉得这一辈子也真是太倒霉了，从而有生不逢时的怨叹。由此可见诗写阻风，非因记事，而为抒愤，是使如朝云所谓"学士（苏东坡）一肚皮不合时宜"（宋代费衮《梁溪漫志》）者，借此以宣泄耳。

春日怀十友诗¹（选二）

宋军咨克²

看花西涧寺，忆子昔同行³。兰入华觞气，波泛绿琴声⁴。兹欢随节逝，离恨坐相婴⁵。安得重联骑，射雉出东城⁶。

1　十友：高启的十个朋友，包括余尧臣、张羽、杨基、王行、吕敏、宋克、徐贲、陈则、僧道衍、王彝，大都属"北郭十友"之列。

2　宋军咨克：即宋克，字仲温，吴人。博涉书传，任侠，能诗，工草隶，时赋诗见志。国初，征为侍书，出为凤翔府同知。家南宫里，高启作《南宫生传》。军咨，军中的参谋，这里称州同知。

3　"看花"二句：忆昔春天与宋克同游西涧寺。看花，点春天；西涧寺，即海云庵，旧址在今苏州穹窿山北麓，当时他们的友人僧道衍（姚广孝）住在那里。

4　"兰人"二句：写同游西涧寺时的诗酒欢歌。华觞，华美的酒杯，代指美酒；绿琴，绿绮琴之省称。《风俗通义·佚文》："绿绮，司马相如琴。"

5　"兹欢"二句：说那次同游之后分别再未见面。坐，因；婴，触，缠绕。

6　射雉：箭射野鸡，此代指游猎。

约作于洪武四年（1371）春，时作者辞官后居青丘，怀想旧日苏州的十位友人，各为赋诗一首。高启与宋克情义甚笃，酬唱颇多。这首诗就与宋克同游西涧寺后未见，追忆当时欢乐，抒发别恨，表达深厚诚挚的感情。诗首起"看花"，忽然而来；结末"射雉"，戛然而终。起落无迹，含蓄蕴藉。

陈孝廉则[1]

徂春易为感，复此栖孤寂[2]。莺啼远林雨，怅望乡园隔。客舍换衣晨，僧斋听钟夕。知君思正纷，杂英共如积[3]。

1　《明史·陈则传》："陈则，字文度，昆山人。洪武六年举秀才，授应天府治中。俄擢户部侍郎，以阅实户口，出为大同府同知，进知府。"陈则为"北郭十友"中人。

2　"徂春"二句：说春天容易动情，何况孤身独处之际。徂，到。

3　"知君"二句：说知道你也正在思绪纷纷，如杂花委地。杂英，杂花。

首六句写春天客居孤寂中易生愁思之状，尾二句想象陈则也在思念于"我"，并点暮春。本是写"我"思，却只写"我"之环境；处处启人"思"，而偏不说，想象跳跃至友人之"思"，然后以"杂英"句沟通彼我，关键又在一个"共"字。东坡词云："但愿人长久，千里共婵娟。"此则共相"思"也。诗写旅况苦寂，若信笔挥洒，而实一字不苟，笔笔见意。构思之巧，炼字之妙，直追老杜。

秋怀十首（选四）

其　一

少时志气壮，不识秋气悲[1]。呼俦射鸣雁，深骛东山陂[2]。中年渐多怀，恻恻当此时[3]。登高望原陆，不见车马驰[4]。思我平生欢，高坟郁累累[5]。世人非羡门，谁能久华滋[6]？惟有盈觞酒，可以持自怡。

　　1　"少时"二句：南宋辛弃疾《丑奴儿·书博山道中壁》词："少年不识愁滋味。"秋气悲，宋玉《九辩》："悲哉，秋之为气也！萧瑟兮草木摇落而变衰。"

　　2　呼俦：招呼好友。俦，同类，伙伴；深骛：深入。骛，疾驰。

　　3　"中年"二句：说中年才识愁滋味。宋代丁默《齐天乐·重游番阳》："中年怀抱易感。"恻恻，凄凉消沉。

　　4　"登高"二句：说登高望远，已不见友人车马奔驰。梁简文帝《登城诗》："登城望原陆。"唐代刘禹锡《游桃源一百韵》："喧喧车马驰。"原陆，田野。

　　5　"思我"二句：说年轻时的好友，有不少已作古为墓中人了。郁累累，《悲歌行·古辞》："思念故乡，郁郁累累。"

6 "世人"二句：说世人都不是神仙，哪能长生不老？羡门，《史记·封禅书》："羡门子高，燕人，为方仙道。"华滋，形容肌肤丰润。

以"少年"意气，呼朋引类，驰骋射猎的欢愉，与"中年"多忧，落拓江湖，甚至当年朋俦多已作古相对比，自然引出我不过暂时活着而已，时日已无多，更没有什么意义，只有独酌饮酒是人生快乐的一点想法。这是高启诗中反复表现的主题。看似消沉，但其人生不快乐的本质是对生命的爱恋和不得自由释放的苦闷。诗多用赋，由乐出哀，又哀中求乐，感情起伏跌宕。中年多事之秋读之，或更易于心有戚戚焉。

其 二

明月出远林，流辉鉴床帏[1]。促促草下虫，催我索故衣[2]。起叹秋夜长，欲取鸣琴挥[3]。掩抑不成弄，中心复乖违[4]。有怀难自宣，勿谓知音稀[5]。

---

1 "流辉"句：说月光如镜映照床帐。自阮籍《咏怀诗》其一"薄帷鉴明月"翻出。鉴，照。

2 "促促"二句：说促织促促的叫声，提醒我找出去年秋天的衣裳换上。促促，状草虫鸣声。唐代王建《当窗织》："草虫促促机下啼。"

3 "起叹"二句：曹丕《杂诗二首》其一："漫漫秋夜长。"阮籍《咏怀诗》其一："夜中不能寐，起坐弹鸣琴。"

4 掩抑：形容声音低沉。南朝齐王融《咏琵琶》："掩抑有奇态。"弄：乐曲的一段；中心：内心；乖违：错乱反常。

5 知音稀：听懂的人少。《古诗十九首·西北有高楼》："但伤知音稀。"

以"明月"起兴，写诗人苦闷，不敢告人却又盼人知，欲言难言却又欲罢不能。明月流辉不解人意，促促草虫仅催故衣。诗人既不能像李白那样"我寄愁心与明月"，也不能向草虫倾诉情衷。秋夜漫漫，辗转反侧，欲弹琴抒怀，却不能达意。我既无法说，当然也就不可能有人理解。以不说为说，诗旨遥深。

其　四

志士忧岁晚，羁人感秋早[1]。骚骚鬓丝垂，索索枯叶槁[2]。谁言众芳歇[3]，时菊正鲜好。日暮餐其英[4]，聊开我怀抱。贫贱难久居，欲去恐违道[5]。时命恐未通，徜徉以终老[6]。

1　"志士"二句：说志士有岁暮之忧，旅人易感秋之来临。羁人，旅客。南朝宋鲍照《代悲哉行》："羁人感淑景，缘感欲回辙。"

2　骚骚：寂寞凄凉貌。唐代姚合《秋日书事寄秘书窦少监》："秋气日骚骚。"索索：犹瑟瑟，形容细碎之声。董解元《西厢记诸宫调》卷六："丹枫索索满林红。"

3　"谁言"句：说谁谓花季过，菊花正盛开。众芳歇，王维《山居秋暝》："随意春芳歇。"芳，花；歇，凋零。

4　"日暮"句：屈原《离骚》："夕餐秋菊之落英。"英，指花。

5　"贫贱"二句：说贫贱使人难耐，求富贵又怕有违中道。汉乐府《东门行》："白发时下难久居。"道，儒家为人的要求。《孟子·滕文公下》："富贵不能淫，贫贱不能移，威武不能屈。此之谓大丈夫。"

6　"时命"二句：说生不逢时，就自甘平庸一生吧。时命，命运；通，顺；徜徉，安闲自得的样子。韩愈《送李愿归盘谷序》："终吾生以徜徉。"终老，到老。

写岁入晚秋，感伤失落，却餐英自得；不甘贫贱，却无可奈何。情感变化，一波三折：由感秋之萧瑟而悲伤，转而因秋菊之美好而

欣喜；由身处贫贱之无奈，转而担心苟求富贵之违心失道；最后乃自以时乖运蹇，只好优哉游哉，一天天到老罢了。诗以时序、秋景、衰颜等象或赋或比，交替而出，错综成篇，也与诗中矛盾而复杂的心态相谐和。

其　八

弱龄弄篇翰，出门结群贤[1]。俯仰几何时[2]？已有好新年。欢娱虽常逢，忧患亦屡牵。世故逐人老，发鬓能久玄[3]？沉思复何为，省我既往愆[4]。问道行已歇，中途曷归旋[5]。

1　"弱龄"二句：说自少好文，结交群贤。弱龄，此指少年。篇翰，文章翰墨，这里指诗文。鲍照《拟古诗三首》之三："十五讽诗书，篇翰靡不通。"群贤，指诗人在苏州的朋友。

2　俯仰：低头和抬头，比喻时间短暂。

3　"世故"二句：说世事挫磨，人生易老。宋代刘学箕《乌夜啼·夜泊阳子江》词："世故催人老。"玄，黑色。

4　"沉思"二句：《论语·学而》："曾子曰：'吾日三省吾身：为人谋而不忠乎？与朋友交而不信乎？传不习乎？'"省，反省；愆，过错。

5　"问道"二句：说自己的追求将中道而止。曹操《苦寒行》其二："水深桥梁绝，中道正徘徊。"问道，追求真理。

追忆少年时以文会友，成年来欢娱与忧患交替，感慨岁月如梭、人生易老，表现了反省既往、沉思人生的中年彷徨心态。诗以时间为序，从少年居家读书作文，出门以文会友，结交群贤的蓬勃向上，到如今俯仰应世，虽有欢娱，但屡遭忧患，身心俱疲，日渐衰老的凄楚感受，生动透显了世事挫磨给诗人造成的心态变化。"世故"二句悲凉，引出"问道"二句退步之想。是诗人自叙之《行路难》也。

答张山人宪¹

听君辛苦词，感我艰难情²。百年自有为，安用文章
名³？鸡鸣海光动，车马尘满城。相逢无新旧，言合意自倾⁴。
奉觞置君前，长歌发哀声。时乎苟未得，饮此全其生⁵。

1　张山人宪：即张宪，字思廉，山阴（今浙江绍兴）人，生卒年
不详。能诗，负才不羁。晚为张士诚枢密院都事。吴亡，变姓名，走杭
州，寄食报国寺以终。著有《玉笥集》十卷。山人，隐居于山中的士人。

2　"听君"二句：说读了你的来诗，我也有同样艰难的感受。辛
苦词，唐代戎昱《苦辛行》："且莫奏短歌，听余苦辛词。"这里指张宪
来诗；艰难情，唐代翁绶《行路难》："行路艰难不复歌，故人荣达我
蹉跎。"

3　"百年"二句：说张宪已自成名，无须文章加持。唐代张说《五
君咏·苏许公瑰》："处高心不有，临节自为名。"文章名，曹丕《典
论·论文》："盖文章经国之大业，不朽之盛事……古之作者，寄身于翰
墨，见意于篇籍，不假良史之辞，不托飞驰之势，而声名自传于后。"

4　"鸡鸣"四句：隐言张宪当年为吴王张士诚高官之地位与荣耀。
海光，拂晓日出前海上的光亮；倾，钦佩。

5　"时乎"二句：告诫张宪如果没有机会，一定不可妄动，但饮酒
避世以保全性命要紧。

答张宪来诗，首二句破题，照应来诗，称人生艰难辛苦，与君
有同感，拉近了彼此的距离；"百年"二句称颂张宪一生很有作为，
当指其仕张士诚为枢密都事等事，历史上已经成名，不必再有"雕
虫小技"的"文章名"了；"鸡鸣"二句境界宏大，气势雄放，对张

宪在吴（都）城的名气与影响给予高度评价；"相逢"二句写张宪交友之道，唯在意气相投，有侠气。结以"奉觞"四句，表达对张宪命运的关怀与担忧，祝愿其哪怕不能够再有机会用世做官了，也要苟全性命。当时张宪是明朝廷缉拿的逃犯，而高启不仅仍与之来往，而且对其推重、同情、劝慰与关切兼而有之。所谓患难见知己者，诗人有焉。

会宿城西客楼送王太史 ¹

君来欢不足，君去忧何遽²！共听枫桥钟，留连恐将曙³。蛩鸣故苑草⁴，鸟起高城树。明日独登楼，归帆渺何处？

1　王太史：指王彝，字常宗，自号妫蜼子。居嘉定，少孤贫，读书天台山。洪武初，与高启同以布衣召修《元史》。后入翰林，以母老乞养归。因魏观案与高启同死于南京。

2　遽（jù）：急。

3　枫桥钟：即寒山寺钟声。张继《枫桥夜泊》："姑苏城外寒山寺，夜半钟声到客船。"枫桥，江苏苏州西郊的一座古桥，今存，在姑苏区上塘河上；曙：天刚亮。

4　蛩（qióng）：蟋蟀。

写于洪武六年（1373），高启送王彝自苏州返乡，行前同宿苏州城西客楼一夜将别的情景与感受。首起二句一写相见之欢，一写将别之忧，亦"相见时难别亦难"之意。接写一夕夜话，至枫桥半夜钟声响起，还不想入睡，珍惜这见面的机会以致不愿意天亮，实

是说不忍友人天明后就要离去。但即使没有钟声，天还是要亮的。所以"蛩鸣"二句以天将拂晓的物候，引出诗人一下想到明天送客，将是我独上高楼，望他归帆远去的光景。以将别说送别，以别前之夜叙衷肠说送别，不着"别"字，更不及"别"之场景，而别情别状，如在目前。翌年二人同死，殊堪悲矣！

始迁西斋[1]

乍县南楼榻，始布西斋筵[2]。西斋非吾庐，幽静亦可怜。风牖竹袅袅，露庭菊鲜鲜。图史左右陈，永日坐一毡[3]。婉娈数童子[4]，哦诵当我前。为尔竟寂寂，低回欲穷年。读书将何为？乃与始志愆[5]。进无适时才，退乏负郭田[6]。我生非匏瓜，谋食有道焉[7]。苟得随群趋，顾此不稍贤[8]？饮余解衣卧，毋嘲腹便便[9]。

1　西斋：作者教书的馆舍，在苏州虎丘之西，或称云岩之西岗。

2　"乍县"二句：说主人新置南楼悬榻以待，在西斋设宴接风。《后汉书·徐稚传》："（陈）蕃在郡不接宾客，唯稚来特设一榻，去则县之。"县，通"悬"。

3　图史：泛指书籍；永日：长天，终日。

4　婉娈：俊秀可爱；童子：生童，即学生。

5　始志：初心；愆：违背。

6　"进无"二句：说做官没有济世之才，退隐无好田可种。《史记·苏秦列传》载，苏秦并相六国，曰："使我有洛阳负郭田二顷，吾岂能佩六国相印乎！"负郭，靠近城；郭，外城。

7　"我生"二句：说自己又不能像匏瓜那样挂着无用，但谋生也有自己的原则。上句，《论语·阳货》载孔子说："岂匏瓜也哉？焉能系而不食？"匏瓜，如葫芦，一说就是葫芦；下句，《论语·卫灵公》："子曰：'君子谋道不谋食……忧道不忧贫。'"

8 "苟得"二句：说如果随众拜趋做官，相比而言坐馆教书岂不更好一点。

9 "饮余"二句：用边韶故事说教书更好。《后汉书·边韶传》："边韶字孝先……教授数百人。韶口辩，曾昼日假卧，弟子私嘲之曰：'边孝先，腹便便。懒读书，但欲眠。'韶潜闻之，应时对曰：'边为姓，孝为字。腹便便，《五经》笥。但欲眠，思经事。寐与周公通梦，静与孔子同意。师而可嘲，出何典记？'嘲者大惭。"

写作者刚到西斋教书的情景。内容不难懂，值得探究的是作者对教书的态度异乎寻常。在他看来，这种当时读书人一般走投无路才临时屈就的教书生涯，似乎也比跟随大队官员磕头礼拜的生活要好！这在几千年"官本位"的传统里，岂非惊世骇俗的一大怪人？但正是这种与世格格不入的观念，造就了高启天才的创作。

因病不饮

我昔无所求，但愁酒杯空[1]。引满先四座，醉豪压春风。年来病稍侵，积忧复相攻。举觞不能吞，若有物梗胸[2]。岁晏风雨多，拥炉坐窗中。酒徒散去尽，欢呼与谁同？三杯即颓然，憔颜映灯红。后老当奈何？即今已如翁。斯味禹所恶，摄生笑无功[3]。从此便可止，赋诗继陶公[4]。

---

1 "我昔"二句：以孔融好酒自比。《后汉书·孔融传》："及退闲职，宾客日盈其门。常叹曰：'坐上客恒满，尊中酒不空，吾无忧矣。'"

2 "年来"四句：说今年以来身体多病，心情也不好，喝酒好像胸中有什么堵住了，不能下咽。侵，进入，这里指染病。

3　"斯味"二句：说酒为大禹所不喜，被讥笑无益于养生。禹所恶，《孟子·离娄下》："禹恶旨酒，而好善言。"摄生，养生。《世说新语·任诞》："刘伶病酒……妇……涕泣谏曰：'君饮太过，非摄生之道，必宜断之。'"

4　"从此"二句：说从此学陶渊明戒酒。陶潜《止酒诗》："始觉止为善，今朝真止矣。"

　　这是一篇戒酒诗，写嗜酒伤身，不胜酒力，与好朋友推杯换盏的欢乐也没有了。因此，在三杯辄醉，嗒然若丧之后，作者想到如此下去，大事不好，进而从"禹恶旨酒"和陶渊明也曾作《止酒诗》得到启发，上纲上线到以古圣前贤为榜样，宣布自己以后也不再喝酒了。诗人誓以止酒，虽系痛悔己过，但也不啻现身说法，嗜酒者可引以为戒了。

三　鸟 [1]

　　三鸟生异林，相逢偶同飞。各矜好羽毛，吟弄朝阳辉。惊风动地至，群飞各乖违 [2]。一翔入云天，一落陷虞机 [3]。一止野田间，蓬蒿郁相依。啄啄有余粟，岁晏谅不饥。犹惧雪霜侵，啁啾独鸣悲。我行见此鸟，相对发叹歔。当知皇天仁，遍恤尔陋微 [4]。视陷宜省畏，瞻高勿贪希 [5]。田间适本性，舍此欲何归？

1　三鸟：传说中仙鸟。《楚辞·九叹》："三鸟飞以自南兮，览其志而欲北。愿寄言于三鸟兮，去飘疾而不可得。"

2　乖违：错乱反常，这里指相异、不同。

3　虞机：猎人捕猎的设施。

4　"当知"二句：说此鸟虽卑微，但是老天会保佑它。《老子》："天之道，损有余而补不足。"恤，同情、照顾。

5　"视陷"二句：说临渊当止步，求高不过为。陷，陷阱，喻祸患，指以上"一落陷虞机"；省畏，反省、戒惧；瞻，往上或往前看；贪希，犹言用力过头。

以三鸟比自己和两位或两类友人的出处：友人"一翔入云天，一落陷虞机"，也就是一个做官，一个入狱，天上地下，判若云泥；他自己则如三鸟之"一止野田间"云云，过着温饱有余，但"犹惧雪霜侵，啁啾独鸣悲"的苟安生活。对比"三鸟"，诗人借着"我行见此鸟，相对发叹欷"的嘱告，表达了远离官场、明哲保身之"止野田间"的愿望，并认为是最适合自己"本性"的一种生活。这在诗人不排除有世路艰难不得已而隐逸的考量，但其言欲依着个人"本性"生活，即人应当生而自由的取向更有价值。形象鲜明，寓意深刻，而情味悲凉。

青丘道中 1

霖雨江暴溢，奔流绝津涯2。茫茫野田白，何由见春华3？居人久已亡，流萍满其家。昔我过此土，极目桑与麻。故道不可寻，舟行但蒹葭。岁凶岂宜客4？四顾空长嗟。

1　青丘：地名，在苏州郊外吴淞江岸边。高启二十三岁移居于此，自号青丘子。

2 "霖雨"二句：说久雨和江水暴溢成灾。霖雨，连绵大雨；津涯，河岸。

3 "茫茫"二句：说大水淹没过的农田泛出盐碱，白茫茫一片，无法耕种。春华，春花，这里指庄稼的春苗。

4 岁凶：灾荒年岁；客：作客，居停。

写青丘道中所见，一场大水灾之后，农田毁坏，庄稼湮没，居民逃散，村落荒芜，过去桑麻之地，如今一片水泽，满目惨象；结末感慨这等荒年，这等灾区，已无可居停，只好四望叹息，无可奈何。从中见出诗人对社会灾难的惊骇与悲伤，对民生痛苦的同情与怜悯，以及无力救灾的苦恼。诗以所见、所感、所思，景与事与情与理次第或错综写来，浑然而成，朴素流利，感人肺腑。

我愁从何来

我愁从何来？秋至忽见之[1]。欲言竟难名，泯然聊自知[2]。汲汲岂畏老，栖栖讵嗟卑[3]。既非贫士叹，宁是迁客悲[4]。谓在念归日，故乡未曾离。谓当送别处，亲爱元无暌[5]。初将比蔓草，夕露不可萎[6]。又将比烟雾，秋风未能披[7]。蔼然心目间[8]，来速去苦迟。借问有此愁，于今几何时。昔宅西涧滨，尚乐山水奇。兹还东园中，重叹草木衰。闲居谁我顾，惟有愁相随。世人多自欢，游宴方未疲。而我独怀此，徘徊自何为？

1 "我愁"二句：即前《秋怀十首》其四"羁人感秋早"之意。

2 "欲言"二句：说难言而清醒自知。难名，难以称述。泯然，消失净尽，引申指无碍；聊，略微。

3 "汲汲"二句：说不是怕老，也不是感叹地位低。汲汲，急于得到的样子；栖栖，孤寂零落貌；讵，难道；嗟卑，叹息地位低下。

4 "既非"二句：说不因为穷，也不因为遭贬流放。贫士叹，唐代刘驾《苦寒行》："谁言贫士叹，不为身无衣？"迁客悲，唐代罗邺《早梅》："迁客岭头悲袅袅。"迁客，遭贬谪流放之人。

5 "谓当"二句：说不是在送别的地方，没有亲友离别之事。亲爱，亲友；暌，别离。

6 "初将"二句：说欲把愁思比作蔓草，晚上的露水并不能使之枯萎。

7 "又将"二句：说欲把愁思比作烟雾，秋风不能把它吹散。披，散去。

8 蔼然：云烟弥漫状。

　　自写愁情，说每到秋天就来了，而不知何故，不知何状，并不知何解，而来得速，去得迟……记其来时，乃自"昔宅西涧滨……兹还东园中"，从此没有友人往来，闲居生愁。结末"世人"四句，前两句写世人为乐不知疲倦，自己却终日闷闷不乐，不知为何，不知如何，似囫囵语。实则不然，首二句就说了，皆因于一个"秋"字。"昔宅"以下四句写由西涧之"山水乐"，迁移至东园而生"草木忧"，实是说山水永恒，而人生如草木。可见此诗写"我愁"，实为文人悲秋的传统。但写得微妙，把人人心中所有，而人人笔下所无的感觉从方方面面提点形容出来，引起读者实获我心的共鸣。以问句起兴，"欲言"十句主赋，"初将"八句为比，贴切鲜明，情景交融，最见功力。"昔宅"十句前后对比，人、我对比，以结于"而我独怀此，徘徊自何为"，以无答案为答，愈增其愁情。愁之为物，得此诗而神态毕现。

尹明府所藏徐熙《嘉蔬图》[1]

少贱习圃事，种蔬每盈畴[2]。深根閟玄冬，老叶凌素秋[3]。采撷风露余，山庖足嘉羞[4]。故园经乱后[5]，蔓草日已稠。野水流畦间，虫声暮啁啾。披图似见之，恻怆起我愁。食肉岂无人，斯世谁与谋[6]？君多恤民意，毋忽岁馑忧[7]。

1　尹明府：即尹本中，至正十五年（1355）任萧山县尹。此诗当为高启过萧山时作；徐熙（？—975）：五代南唐画家，金陵（今南京）人，一说钟陵（今江西进贤）人。入宋后病故。一生未仕，善画花木、禽鱼、蝉蝶、蔬果，妙夺造化；嘉蔬图：以优良蔬菜为题材的图画。

2　"少贱"二句：说早年家庭不够富裕，曾经种过菜。少贱，《论语·子罕》："子闻之，曰：'大宰知我乎！吾少也贱，故多能鄙事……'"习圃，《论语·子路》："樊迟请学稼，子曰：'吾不如老农。'请学为圃，曰：'吾不如老圃。'樊迟出。子曰：'小人哉，樊须也……焉用稼？'"

3　閟：古同"闭"；玄冬：冬天。玄，黑色，古代以四方为四季之位，北方冬位，其色黑，故称"玄冬"；素秋：秋季。古代五行之说，秋属金，其色白，故称"素秋"。

4　山庖：即山家的庖厨。陆游《山庖》："更剪药苗挑野菜，山家不必远庖厨。"山，山家，作者自称；嘉羞：佳肴。羞，古同"馐"。

5　"故园"句：指至正十六年（1356）二月，张士诚攻陷平江（苏州）之战事。

6　"食肉"二句：说朝廷高官厚禄者众，而无人可以止乱救世。《左传·庄公十年》："肉食者鄙，未能远谋。"肉食者，即食肉者，指当权者。

7　"君多"二句：借赏画称赞并勉励尹明府，不使百姓连蔬菜和野菜都吃不上。馑（jǐn），《说文》："蔬不熟曰馑。"

当作于至正十八年（1358），借观赏尹明府所藏徐熙《嘉蔬图》，追忆自少曾种菜和亲见蔬菜丰收的景象，对比故乡苏州乱后农田荒芜，不复"嘉蔬"可见，乃从此图见之，心中怆然。因又感慨世无英雄可以救民涂炭，希望爱民如尹君者，能注重民生，不使其治下百姓连蔬菜也吃不上，表达了感时悯乱、重农恤民的忧患意识。诗以画面内容与现实生活相互映发，在赞美《嘉蔬图》写物可以乱真的同时，表达了对社会民生的强烈关切。读之见画、见蔬、见世、见人……次第而来，浑然天成，高格自见。

读　书[1]

世物寡所嗜，雅情竹素间[2]。凭案理残帙，乐此终日闲[3]。爱观自周衰，盛治不可还[4]。淫辨相挤倾，大道成榛菅[5]。巧诈足眩世，苟得不顾患。嬴秦任商君，王制欲尽删[6]。厚赋山泽空，亟战原野残。流风自斯降，诛求困孤孱。是非千万途，欲辨亦已艰。赖兹圣册存[7]，足启昏与顽。谁云古哲驾[8]，邈矣难仰攀？于焉诵其言，如造揖让班[9]。寄语向俗子，幸勿叩吾关[10]。何暇从尔谈，方对孔与颜[11]。

1　作者另有五古《读史》部分诗句与此篇同或稍异，但论其内容，确各如其题，当各自为篇。

2　"世物"二句：说对于人世间物，自己没有别的嗜好，唯好读书。竹素，竹简和缣素，代指书籍。

3　"凭案"二句：说读书是快乐的事，等于休闲。理残帙，读古书。理，温习、钻研。

4　"爱观"二句：说于是见治道自西周而衰，其后盛世不可复兴。

周，指文、武、周公时的周朝，后至春秋礼崩乐坏而衰；盛治，即盛世。孔子等儒家论治道言必称"三代"，后世即以夏、商、周三代为理想盛世，称"三代之治"。

5　"淫辨"二句：说衰世邪说盛行，儒学被弃。榛菅，丛生的茅草。喻无用之物。

6　"嬴秦"二句：说战国秦任用商鞅，尽弃三代遗法。商君，即商鞅（前395？—前338？），战国卫人，辅秦孝公变法强秦，后被诬谋反，车裂死；王制，指夏、商、周三代之制度。

7　圣册：指儒家的"四书五经"等著作。

8　古哲驾：圣人逝世。古哲，古代圣人，这里指儒家孔子等先哲；驾，以轭加于马上，引申指乘马或驾车而走，这里婉言辞世。

9　"如造"句：说好像加入了圣贤的队列。揖让班，学习遵守礼教的群体。揖让，作揖谦让，儒家礼仪之一。

10　俗子：不读儒书、讲礼教的人；幸：希望；叩吾关：敲门求见。

11　孔与颜：孔子与颜回。儒家把人生最高境界称为"孔、颜乐处"。《宋史·周敦颐传》载程颢、程颐兄弟学于周敦颐，"敦颐每令寻孔、颜乐处，所乐何事。二程之学源流乎此矣"。

诗人虽多与道、释人物来往，不薄二氏，杂学旁收，但他根本上是一位儒生，以儒学自任，以理学家所倡"孔、颜乐处"为人生最高追求，由此诗可见。诗中并说周衰以来，邪说腾炽，儒道不行，才导致篡弑攘夺纷纷，战争苦难不息，进而表明崇儒向道的政治立场和追求孔、颜乐处的人生态度。

孤　鹤　篇

凉风吹广泽，日暮多浮埃。中有失侣鹤，孤鸣迥且哀。修翮既摧残，一飞四徘徊。矫首望灵峤，云路何辽哉[1]！渚田有遗粟，欲下群鸿猜。岂不怀苦饥，惧彼罗网灾。翮翮浮丘伯，朝从东海来。相呼与之归，谓是仙骥材²。荫之长林下，濯之清涧隈。圆吭发高唳，华月中宵开。誓从临玄景，永戏昆丘台³。

1　矫首：抬头；灵峤（qiáo）：仙山。峤，本指高而尖的山，泛指高山或山岭；辽：遥远。

2　"翮翮"四句：说孤鹤得仙人浮丘伯赏识提携。《列仙传》："王子晋好吹笙，作凤凰鸣，于伊、洛之间，有道士浮丘伯，接以上嵩高山。"仙骥材，成仙之才。《相鹤经》："盖羽族之宗长，仙人之骐骥也。"骥，良马。

3　玄景：仙境。《云笈七签》："太极有玄景之王，司摄三天之神仙者也。"昆丘台：《十洲记》："昆仑山，其旁有瑶台十二，上安金台五所。"

以孤鹤自况，写遭际坎坷之中，得浮丘伯拯救提携升入仙境，寄寓了诗人急于改善处境的愿望。虽然世无浮丘伯，现实中无论受伤的孤鹤还是被压抑损害的人才，既难得及时有效的救助，也不容易有自主生存和自由发展的机会。从而这首诗多半只是高启人生的一个梦想。但是，这首诗的作年尚未考定，而于他有"十年知"（见本书《哭临川公》）的饶介一号浮丘公童子，那么诗中浮丘伯形象是偶合于饶，还是即为饶介的象征呢？则不可知。

送黄主簿之湖州归安县¹

我歌柳恽诗，送子南汀发²。山城逢社雨，绿树啼莺歇³。留连孤艇迟，怊怅双壶竭⁴。高士尚为簿⁵，休惭府中谒⁶。

无事坐闲厅，弹琴看湖月。

1　黄主簿：不详。主簿，职官名，明代为内官寺卿或外官县令以下佐官，或称典簿；之：去、到；湖州归安：明代归安、乌程二县同城而治，归安县衙旧址位于今浙江省湖州市中心骆驼桥东堍。

2　"我歌"二句：以柳恽诗起兴，点春暖、河洲、送行，兰舟待发，而微有谐谑意。柳恽诗，指柳恽《江南曲》"汀洲采白苹，日暖江南春"云云。《梁书·柳恽传》载柳曾两任吴兴太守，有政声。世称"柳吴兴"。南汀（tīng），城南之汀洲。汀洲，水中小洲。

3　"山城"二句：说当山城雨后，绿树莺啼暂歇，实足令人伤神。韦应物《假中对雨呈县中僚友》："残莺知夏浅，社雨报年登。"卢照邻《相如琴台》："寂寂啼莺处，空伤游子神。"社雨，即社翁雨，乃社日之雨。社，此指土地神。

4　"留连"二句：说孤舟待发已久，对饮酒瓶已竭，而难舍难分。艇，小船；怊（chāo）怅，惆怅失意的样子；双壶，当指两瓶酒，以言对饮。

5　"高士"句：说真正高人不辞为主簿这样的小官。见《汉书·孙宝传》载孙宝不辞为主簿之微职事。

6　"休惭"句：说休嫌官小位卑而不赴任。《后汉书·周泽传》附孙堪传："堪字子稚……喜分明去就。尝为县令，谒府，趋步迟缓，门亭长谴堪御吏，堪便解印绶去，不之官。"

以"我歌柳恽诗"起兴，写饯行之际，客为留连，我为不舍，而"孤艇"已迟，"双壶"已竭，乃不得不珍重道别曰：古有高尚如孙宝不嫌为主簿，正不必学孙堪一不如意即辞官，即《论语》所谓"君子之仕也，行其义也"（《微子》）。而卒章告黄主簿曰："无事坐闲厅，弹琴看湖月。"则《论语》"子路、曾皙、冉有、公西华侍坐"气象。诗以言歌诗起，以劝弹琴终，温文尔雅，风流倜傥。《明诗评选》曰："简俊。亦似唐人，古诗赖其温浃。"

天　平　山¹

入山旭光迎，出山月明送。十里松杉风，吹醒尘土梦²。兹山凡几到，题字遍岩洞。阳崖树冬荣，阴谷泉夏冻。怪石立谁扶，灵草生岂种。白云翁然来³，诸峰欲浮动。高鹘有危栖，幽禽无俗哢⁴。凌薜知履滑，披岚觉袭重。尝登最上巅，远见湖影空⁵。渔樵渡溪孤，鸟雀归村众。还寻老僧居⁶，隔竹听清诵。慰我跻攀劳，为设茶笋供。几年历忧欢，造物若揶弄。迷途远山林，迟暮堪自讼⁷。谁追谢公游，空发阮生恸⁸。身今解组绶，明时愧无用⁹。闲持九节筇，寻访事狂纵¹⁰。石屋秋可眠，山猿许分共。

1　天平山：在苏州城西十五公里处，以红枫、清泉、奇石并称三绝，有"吴中第一山"之誉。

2　"十里"二句：说一日登山之快，俗念顿消，尘心尽扫。尘土梦，世俗人生的欲望，此指读书做官的追求。

3　翁（wěng）然：密集貌。

4　高鹘（hú）：高飞的鸷鸟；哢（lòng）：鸟鸣。

5　"尝登"二句：说曾经登天平山顶远眺太湖。

6　"还寻"句：天平山有白云寺。

7　"迷途"二句：说未能隐居山林，而误入了仕途，老来悔恨。迷途，错误的道路；迟暮，老年；自讼，反省，自责。

8　"谁追"二句：说自悔未能尽情遨游山林，如今只能空发阮籍哭穷途之恸。谢公游，《宋书·谢灵运传》载，谢灵运好游，"尝自始宁南山伐木开径，直至临海，从者数百人"；阮生恸，《晋书·阮籍传》载，阮籍"时率意独驾，不由径路，车迹所穷，辄恸哭而反"。

9 "身今"二句：说自己已经辞官，盛世赋闲无用。组绶，本指佩玉的丝带，借指官职；明时，政治清明之世。

10 "闲持"二句：说将扶杖游山，随心所欲。九节筇（qióng），竹杖名。

作于洪武三年（1370）高启辞官还乡之后。起首二句，上句写"入山"，下句写"出山"，句式自杜甫《佳人》诗"在山泉水清，出山泉水浊"化出，而不着痕迹；"十里"二句概括登山的感受与收获，说等于经历了一次精神上的洗濯与启迪；"兹山"以下写登山一路所见，岩洞、题字、树木、清泉、怪石、灵草、白云、山峰、高鹘、幽禽、苔藓、雾气等接踵而至，令人应接不暇，直至其曾登峰造极，远眺太湖，写出其眼中心里天平山之胜景；"渔樵"六句写渔夫、樵客、老僧，而全篇以"我"为线索，一以贯之；"几年"六句对比"老僧""清诵""茶笋供"等自写我心，即一度出仕的愧悔；"身今"以下六句明志："明时愧无用"是显示政治正确的门面话，应该反着读；"闲持"四句说与山有约终老其间，是愤世语，却因天平山而得，在天平山而发，则是对天平山倾心的赞美。赵翼曰："长篇强韵，层出不穷，无一懈笔。"（《瓯北诗话》卷八）。

剑 池[1]

干将欲飞出，岩石裂苍矿[2]。中间得深泉，探测费修绠[3]。一穴海通源，双崖树交影。山中多居僧，终岁不饮井。杀气凛犹在，栖禽夜频警。月来照潭空，云起嘘壁冷。苍龙已化去[4]，遗我清绝境。听转辘轳声，时来试新茗[5]。

1　剑池：传说中有二，一在浙江省湖州市德清县的莫干山剑池，相传春秋战国时，铸剑名匠欧冶子铸剑于此，剑成，化龙去；一在苏州虎丘山，相传其下为吴王阖闾墓，因入葬时以他生前所爱"专诸""鱼肠"等三千宝剑殉葬故名。一说为秦始皇或孙权所开凿。

2　"干将"二句：说名剑出世之前，其处岩石先裂，深如矿坑。《吴越春秋·阖闾内传》："阖闾复……请干将铸作名剑二枚。干将者，吴人也，与欧冶子同师，俱能为剑。越前来献三枚，阖闾得而宝之，以故使剑匠作为二枚：一曰干将，二曰莫耶。莫耶，干将之妻也。"苍矿，深青或深绿色的大坑。

3　修绠：汲水用的长绳子。

4　"苍龙"句：照应首句，谓名剑已自池中化龙飞去。《晋书·张华传》载，雷焕得丰城双剑，一送与张华，一留自佩。张华报焕书曰："详观剑文，乃干将也，莫邪何复不至？虽然，天生神物，终当合耳。"后焕卒，两剑化龙并去。

5　"听转"二句：说以辘轳汲水试瀹茶。辘轳，以转轮绕绳从井中汲水的工具；新茗，新茶。

　　写苏州虎丘剑池，合多书铸剑传说咏剑。但作者毕竟文人，而非剑侠，所以"剑池"之剑神威虽在，却在他不过空闻其传，除了"遗我清绝境"是喝茶的好地方之外，并无其他任何意义了。从而诗在前面大半的激烈之后，终归于平和，似乎全篇只是游客"吃瓜"之余的道听途说，不足为意。其实不然，宋代诗人梅尧臣云："作诗无古今，唯造平淡难。"（《读邵不疑诗卷》）进一步说一首诗中由激昂奔进突转而为平和淡定更难，而此诗有焉。观其一番心潮澎湃后能即刻放下，末句若老僧曰："吃茶去！"（《祖堂集·雪峰和尚》）则情感跌宕若此，真妙笔也。

越 来 溪 [1]

溪上山不改，溪边台已倾[2]。越兵来处路，流水尚哀声[3]。
昨日荷花生，今朝菱叶死[4]。亡国不知谁，空令怨溪水[5]。

1　原注："在横山下，越伐吴，兵自此入。"越来溪在今江苏苏州
市西南，胥门外五里。

2　溪上山：指横山，位于苏州市横塘街道，下临越来溪；溪边台：
指越王台，在绍兴市区卧龙山（府山）东南麓。

3　"越兵"二句：写溪水，怀越王勾践乘溪流入吴事，以志吴亡之哀。

4　"昨日"二句：言昨日吴王还在享乐，今朝越兵已乘溪水而至。
以荷花、菱叶生死为象征，互文见义，写人代冥灭，世事沧桑。

5　"亡国"二句：感慨亡吴实因，千年后人尚不知，而无端致怨于
越来溪水给了越王勾践出兵灭吴的方便。

诗质疑世俗以吴国为越王勾践所灭之原因，实非越国利用越来
溪进兵的方便，而在其他，即诗中"不知谁"之"谁"。诗中虽然没
有揭明此"谁"为何人，但读者不假思索即可以明白，就是吴王夫
差及其宠幸的奸臣。由此可知此诗似无见识，而见识独到，乃诗家
直说易尽，婉道无穷。又诗写兵事，却饰以"荷花""菱叶"出之，
艳以含悲，故《明诗评选》曰"冷隽不佻"。

驱　疟

我生东海壖，气湿素善支[1]。方暑忽遭痁，未旬愧消羸[2]。

俄顷水火争，寒冰继炎曦[3]。楚纩甫谢挟，齐纨遽寻持[4]。战如恐坠陷，烧若当遭炊[5]。向夕势渐消，临风与清池[6]。既去谓遂息，明午复如斯。俯仰天地宽，无地审眇躯[7]。思我到贫病，由是生笑嗤。岂伊水帝子[8]，遗威肆相欺。会当濯滞昏，灵药杂进施。里闾习巫风，拍鼠劝禳驱[9]。韩子盖有托，谁能辨其诗[10]？

---

1 "我生"二句：说我是东海边上人，对于湿气还较为适应。海堧，海边。堧（ruán），海边地；善支，善于支持，即能够忍耐。

2 "方暑"二句：说暑季偶染痁病，不出十天就支撑不住瘦弱下来了。遭痁，害疟。遭，相遇；痁（shān），多日之疟曰痁。

3 "俄顷"二句：说害疟乍寒乍热之症状。炎曦，指炽烈的日光。

4 "楚纩"二句：说刚才还裹着楚纩，马上又要换成齐纨。楚纩，楚地的丝绵；齐纨，齐地出产的白细绢。

5 "战如"二句：说害疟打战和发烧症状。

6 "向夕"二句：说傍晚症状轻一点，就挺舒服的。

7 眇躯：区区一身。眇，微小。

8 水帝子：传说中疫鬼。《后汉书·礼仪志·大傩》注引《汉旧仪》曰："颛顼氏有三子，生而亡去为疫鬼。一居江水，是为虐；一居若水，是为罔两蜮鬼；一居人宫室区隅沤庚，善惊人小儿。"

9 "拍鼠"句：《辽史·国语解》："地拍，田鼠名。正旦日，上于窗间掷米团，得双数为不利，则烧地拍鼠以禳之。"

10 "韩子"二句：说谁能辨明韩愈所说"疟鬼"是怎么回事呢。韩愈《遣疟鬼》："屑屑水帝魂，谢谢无余辉。如何不肖子，尚奋疟鬼威。"

疫病是与战争并存的人类两大祸害之一。疟疾曾是世界三大死亡疾病之一，在屠呦呦研制出青蒿素之前，千百年间不知夺去多少生命，以致人们谈疟色变。我国古代诗歌中写及此疫者颇多，但以为题目者罕见。当此新冠病疫肆虐之际，这首有关疟疾的古代抗疫诗就特别值得重视。诗细致生动地描写了作者所了解或可能曾罹患疟疾的发病症状，病人的痛苦感受，"灵药杂进施"和"拍鼠劝禳驱"之巫医并用的抗疫实况，都是古代抗疫病史上有价值的资料。尤其诗所表现出的心态：虽万般痛苦，却并不悲观厌世，而是以自嘲坦然受之，并努力战而胜之。这种乐观尤值得赞赏。

袁氏高节楼 [1]

海上有高楼，朱甍焕晨光。清风自远至，吹动罗衣裳[2]。楼中单栖人，忧思起彷徨。良匹已久殁，自誓不再行。欲取哀琴弹，仰见孤鸿翔[3]。孤鸿去何极？抚景空叹息。感伤婵娟容，思作憔悴色。憔悴非一时，黄泉以为期。含情不能道[4]，聊咏两髦诗[5]。

1　金檀《高青丘集》解题引张适《乐圃集·高节楼赋序》："节妇陈姓，昆山人，适袁而早寡，教养其子，卓然成立。子因构楼为亲宴安之所，颜其眉曰'高节'。"

2　罗衣裳：轻软丝织品制成的衣服，适合舞蹈时穿用。唐代崔国辅《怨诗二首》其一："妾有罗衣裳，秦王在时作。为舞春风多，秋来不堪着。"

3　孤鸿：象征其夫君。杜牧《题安州浮云寺楼寄湖州张郎中》："恨如春草多，事与孤鸿去。"

4　"含情"句：梁武帝《襄阳蹋铜蹄》："含情不能言，送别沾罗衣。"

5　两髦诗：指《诗经·鄘风·柏舟》。《毛诗序》："《柏舟》，共姜自誓也。卫世子共伯蚤死，其妻（共姜）守义。父母欲夺而嫁之，誓而弗许。故作是诗以绝之。"诗中两用"髧彼两髦"，故称。两髦，古代一种儿童发式，发分垂两边至眉，故谓之"两髦"，此以代指儿童。

写袁氏寡妇守节，虽颂其谨遵礼教，堪称完人，但更多描绘袁氏作为"单栖人"之"忧思""感伤""憔悴"，和将憔悴以终老的凄苦命运。尤其点出其"含情不能道"的郁闷，以及只好借助于念诵《柏舟》诗以压抑内心感情的精神自杀行为，表明作者实已意识到寡妇守节之"不能道"的反人性实质，并给予有限然而真诚的同情，是难能可贵的。诗化用前人诗句，灭迹刮痕，浑然自成。

柳 絮

轻盈易漂泊，思逐春云乱[1]。已拂武昌门[2]，还萦灞陵岸[3]。沙头雀啄堕，水面鱼吹散[4]。官树晓茫茫，哀歌肠欲断。

1　"思逐"句：韦应物《郡楼春燕》："思逐花光乱。"

2　"已拂"句：见前《折杨柳歌辞》其二注2。

3　"还萦"句：唐代吴融《咏柳》："灞陵千万树，日暮别离回。"

4　雀啄堕：杜甫《曲江陪郑八丈南史饮》："雀啄江头黄柳花。"鱼吹散：唐代韩偓《残春旅舍》："池面鱼吹柳絮行。"

句句写柳絮，只将其种种特点写出，读者心领神会，便知其句句为写思绪。前六句极尽形容，末二句卒章显志，为离人写心。诗中有画，画中有人。虽咏物以寄情，又词句多脱化自前人，但信手拈出，如无来路，需读书多又细读深思才见。故无经营之痕，而有浑成之象。《明诗评选》曰："真才子、真诗人必不入炫烂。"

迁娄江寓馆[1]

寓形百年内[2]，行止固无端。我生甫三九，东西宜未阑[3]。去年宅山陲，今年徙江干[4]。野性崇俭陋，经营唯苟完[5]。闲窗俯平畴，幽扉临远湍。岂忘大厦居，弗称非所安[6]。披榛始来兹，霜露凄以寒。谁云远亲爱[7]，弟子相与欢。室中有名酒，岁暮聊盘桓[8]。

---

1 迁：移居；娄江：《姑苏志》卷十："吴淞江即古之娄江也，又名下江。"

2 寓形：寄身，这里指人生在世。白居易《和答诗十首·和〈思归乐〉》："人生百岁内，天地暂寓形。"

3 甫三九：正当二十七岁。甫，才、当；三九，三与九相乘；东西：东奔西走。《礼记·檀弓上》载孔子曰："今丘也。东西南北之人也。"宜未阑：即有兴趣。宜，应该；阑，残，尽。

4 "去年"二句：点题，说去年自青丘迁来娄江。《唯亭志》："户部侍郎前翰林国史院编修高启第：在青丘浦大树村。"山陲，山脚；江干，江边。

5 "野性"二句：说性尚简朴，住房仅略事整理而已。经营，修缮；苟完，大致完备。《论语·子路》："子谓卫公子荆：善居室。始有，曰'苟合矣。'少有，曰'苟完矣。'富有，曰'苟美矣。'"

6 "岂忘"二句：说大厦虽好，但非我可安居。唐代方干《尚书新创敌楼二首》其一："常闻大厦堪栖息，燕雀心知不敢言。"

7 亲爱：指妻子。

8 盘桓：徘徊，逗留。

元至正二十二年（1362），作者二十七岁，移居娄江有感赋此诗。首二句说人生百年，如萍漂蓬转，原无定处。我才二十七岁的年纪，还不至有孔子"今丘也，东西南北之人也"（《礼记·檀弓上》）的倦游之感，但"去年"二句说移居又外出寓居的频繁，也使他多少有了些不耐；"野性"六句说住房简陋，却环境清幽。所以，并非不念高屋广厦的宽敞宜居（实是说做官），但是深知自己住上了也会觉得不安。这是牢骚话，也是见性语；"披榛"二句说寓所的偏僻冷清，引出独居可能的孤独，但笔锋一转，道出此来的兴趣，在于有弟子相伴，还有美酒可饮，便转而释然。层层铺叙，卒章见意，写出了作者谋生之艰和随遇而安的达观心情。述事婉转，曲折尽意，允为佳作。

登西城门[1]

登城望神州，风尘暗淮楚[2]。江山带睥睨，烽火接楼橹[3]。并吞何时休？百骨易寸土[4]。向来禾黍地，雨露长榛莽。不见征战场，那知边人苦。马惊西风笛，鸟散落日鼓。呜呜城下水，流恨自今古[5]。

1　西城门：苏州城西门。

2　"登城"二句：说登西城门远望，淮楚一代战事正酣。《晋书·桓温传》："（温）过淮泗，践北境，与诸僚属登平乘楼，眺瞩中原，慨然曰：'遂使神州陆沉，百年丘墟，王夷甫诸人不得不任其责！'"神州，指中国；风尘，烽烟战尘，这里代指元末的战争；淮楚，指淮河流域属于楚的部分，即淮南、淮北。

3　"江山"二句：说战争涉及范围之大，望中城池、山原、江湖无不烽火连天。睥睨（pìnì），城墙上锯齿形的短墙；楼橹，古代军中用以瞭望、攻守的无顶盖的高台，建于地面或车、船之上。

4　"并吞"二句：说群雄争战无已，死人无数。并吞，兼并。《史

记·秦始皇本纪》："囊括四海之志，并吞八荒之心。"百骨，参见曹松
《己亥岁二首》其一："凭君莫话封侯事，一将功成万骨枯。"

　　5　"流恨"句：说恨如流水，自古及今。唐代杜牧《金谷怀古》：
"夜泉流恨恨无穷。"权德舆《严陵钓台下作》："人世自今古。"

　　写于元末，抒发登苏州西城门远望淮楚战尘的感受。起首二句
用东晋桓温登平乘楼北望感慨神州陆沉事，彰显作者感时忧世之心；
"江山"六句写战事范围之广，死人之多，破坏之大，其中"并吞"
二句警策，"百骨"句尤惊心动魄，与"一将功成万骨枯"之句异曲
同工；"不见"四句更具体写战士被驱以性命相搏，以为欲行"并
吞"者"百骨易寸土"；结尾二句议论，深化了全诗的反战意识。
作为一位有济世之心的读书人，诗人不在群雄争霸中"选边"，而
是一概反对他们"并吞"土地，是难能可贵的。因为这种"并吞"
对于百姓而言，不过是被掠夺和被争夺双重叠加的痛苦，而且未来
"新主"不见得能给予百姓更多的幸福，还可能相反。所以，诗人在
这首诗中表现的反战意识有一定历史的进步性。诗境雄阔，情调悲
凉，感慨万端，余味悠长。

送 倪 雅[1]

　　交游结深欢，离别生远念。聊持毛子檄[2]，暂脱刘生剑[3]。
南风柳下亭，杯动江色滟[4]。山遥马嘶驿，日落蝉鸣店[5]。
此去渐成名，驱驰君勿厌[6]。

　　1　倪雅：作者乡里挚友，自幼相交，意气相投，后奉调入淞江幕。
其余不详。

2 毛子檄：《后汉书·刘平王望等传序》载，庐江毛义少节，家贫，以孝行称。以养母而喜奉檄为守令；及母死去官，公车征不至。后世因以"毛子檄"称不贪利禄，只为养亲而出仕的孝子行为。

3 刘生剑：《乐府诗集》卷第二十四梁元帝《刘生》解题："刘生，不知何代人，齐梁已来为刘生辞者，皆称其任侠豪放，周游五陵三秦之地。或云抱剑专征，为符节官所未详也。"按《古今乐录》曰："梁鼓角横吹曲，有《东平刘生歌》，疑即此《刘生》也。"

4 "南风"二句：说江畔折柳送别风情。滟（yàn），水闪闪发光貌。

5 "山遥"二句：说拟想中倪雅途中辛苦。

6 "此去"二句：勉励其耐得幕中长官驱使和事务繁杂，历练升迁，以成名宦。

据高启《送倪雅序》，知作者与倪雅自幼交好，性格相类，情同莫逆，所以倪雅出为幕僚，过访辞行并求赠言，高启不仅为之序，而且赠之以诗，即此作。诗之前半对倪雅为养亲而不得不出就此等卑职表示理解和安慰。后半依次写饯行与怜念其前途，顺势而出末二句对倪雅上任后的忠告，实隐括《送倪雅序》之末"余闻良材之木，不就刻斫，则无以为美观"诸语。"此去"句中"渐"字意即能"缓"，于宦游尤为要紧。叙事抒情，移步换形，层层深入，格高句响，语重心长。

题《漂麦图》[1]

田中刈麦罢，把卷忘其疲。风雨忽云至，千穗漂无遗。于书苟有得，岁晏何忧饥[2]？

---

1 漂麦图：画家不详。《后汉书·高凤传》："高凤字文通，南阳叶

人也。少为书生，家以农亩为业，而专精诵读，昼夜不息。妻尝之田，曝麦于庭，令凤护鸡。时天暴雨，而凤持竿诵经，不觉潦水流麦。妻还怪问，凤方悟之。其后遂为名儒，乃教授业于西唐山中。"

2　岁晏：岁晚，年底。

咏关于高凤读书故事的画图，虽不脱当时"万般皆下品，唯有读书高"的俗谛，但其赞扬高凤耕读相兼，刻苦为学值得肯定。毕竟高凤是劳动者，只是耕读难得相兼，比较麦之有无，他一时疏忽而致"漂麦"罢了。至于诗末句之俗，既因当时"于书苟有得"（例如科举做官），就确实不愁吃喝了，也有成事不说的慰勉之意，乃作者算计得来，当然更可能指书中真意的悟得。我辈不可以呆看。宋人郑思肖《高凤读书漂麦图》诗云："癖爱诗书苦未休，肯将俗事挂心头。等闲痛快语言外，那见雨来和麦流。"直以护麦为"俗事"，才不食人间烟火，是真俗了。

送贾凤进士[1]

新逢洛阳客，握手共游般[2]。如何异乡土，乃得此交欢。相逢既不易，相违亦良难[3]。驱马夕云返，北风野多寒。登高望山川，浮云杳漫漫。群兽相号呼，哀音摧心肝。游子念高堂[4]，岁晚身得安。人生如蓬萍[5]，飘流无定端[6]。重合谅有日，长歌聊自宽。

1　贾凤进士：即贾祥凤，浙江海宁人。至正己亥来吴，为学道书院山长。

2　"新逢"二句：说与贾凤是新交，一见倾心。洛阳客，指西汉贾谊，洛阳人，才华横溢。《史记·贾生列传》载"孝文帝说之，超迁，一岁中至太中大夫"。游般（pán），游乐。

3 "相逢"二句：说难得相识，则不忍分手。唐代李商隐《无题》："相见时难别亦难。"违，离别。

4 高堂：对他人父母的敬称。

5 蓬萍：蓬与萍，均草名。蓬为陆生，实为瘦果，有刺毛，熟落后随风转徙；萍为水生，浮水面流动。陆游《古风》："吾本淡荡人，转徙如蓬萍。"

6 定端：固定的地方。李白《古风》："浮云无定端。"

为新交友人贾凤进士送别，相见恨晚，又乍见即别。首六句自屈原《九歌·少司命》"乐莫乐兮新相知"和李商隐《无题》"相见时难别亦难"等句意化出，因旧为新；"驱马"八句写其归途山高路远，天寒风冽，野兽哀号，殊为艰难，但省亲须归，也只好祝愿其年底能够平安到家；"人生"四句收束，前二句说人生本无定处，后二句说能相识则可再见，为宽慰之辞，也是美好的期待。推心置腹，情真意切，胜却套语无数。

初开北窗晚酌[1]

春暄罢凄风，朝始开北牖[2]。青山入吾座，不异延故友[3]。自扫榻上尘，琴册列左右。悠然坐其间，傲兀醉杯酒[4]。况当江花落，微雨斜日后。远见帆度川，高闻鸟鸣柳。孰云非吾庐？居止亦可久[5]。人生处一席，累榭复何有[6]？幽怀悟淡泊，末事辞纷揉[7]。更拟长夏眠，风期结陶叟[8]。

———————

1 原注："时寓江上外舅周隐君宅。"周隐君，即高启的岳父周仲达，时居青丘。外舅，《尔雅·释亲》："妻之父为外舅。"

2 "春暄"二句：说春日风暖，早晨可以打开北窗了。春暄，春暖。

3 "青山"二句：说开窗见到青山，好像请来了老朋友。延，请。

4 傲兀：傲岸。韩愈《寄崔二十六立之》："傲兀坐试席。"

5 "孰云"二句：说虽然不是自己的房子，但可以长住。

6 "人生"二句：说人一辈子有一席坐卧就够了，用不着高房大屋。榭，建在台上的房屋。

7 "幽怀"二句：说既有避世之心，淡泊名利，住房就是小事，何足介意。末事，微末之事，此指他住的不是自己的房子；纷揉，纷乱，此指坏了心情。

8 风期：风度品格。《晋书·习凿齿传》："其风期俊迈如此。"陶叟：陶渊明。《晋书·陶潜传》："高卧北窗，自谓'羲皇上人'。"

写春日风暖，可以打开北窗，看到青山如同老朋友来了，可以弹琴、读书、饮酒，遥看江花、微雨、落日、远帆、园柳变鸣禽……真是快活惬意得很。此诗表现了作者寓居青丘时知足快乐的心情，其不同寻常处为诗人不在乎住的是否自己的房子，而是久住即安；也不在乎房子大小，能容一席坐卧即好，完全没有"房奴"心态。其所以能够如此，既是因为住岳父的房子不必缴租金，又是因为对于他淡泊名利的心态来说，房子是小事一桩，不值得为它坏了好心情。再说北窗之下，他正准备学陶渊明过一个长夏呢！诗题与命意即从《陶潜传》"高卧北窗，自谓'羲皇上人'"脱化而来。唯渊明寄傲北窗是在"吾庐"，而高启以居外舅之房以为吾庐，其旷达之意，忧道不忧贫之心，似又过之。虽此作不过诗人一时兴致，后来则时发"未有庐"之叹，但由此可见才子兴会，意到笔随，随处有诗，而有作必工。

陈氏秋容轩

西郊莽迢递，川树凝烟景。雨过落红蕖，斜阳半江冷。

蝉鸣山欲暗，雁去天逾永[1]。孤客对萧条，应嗟镜中影。

1　永：长、远。

写陈氏秋容轩所见，用心在刻画"秋容"。首联写西郊辽阔，川树烟景；颔联写雨后红蒌，秋水斜阳；颈联写蝉鸣山暗，雁去天永，皆为"秋容"写照。然而仅此，读者或觉其好，却未必会作者之心，所以关键在尾联。尾联前句一总六句所画"秋容"曰"萧条"，后句写揽镜自照，则何所见耶？亦"萧条"二字，前六句之"秋容"亦即诗人镜中之愁容矣。唐代王建《望行人》云"久不开明镜，多应是白头"，可与对读。构想奇特，句烹字炼，轻灵跳脱。"蝉鸣"两句，于声、色和远、近相通相形之感受，颇得其趣，而又难言者也。

瞻木轩并引

道士李玄修所居，庭有凌霄花，依树而生。近树伐而凌霄独存，因以名室，求予赋诗[1]。

凌霄托高树，引蔓日已长。缠绵共春荣，幽花霭敷芳[2]。高树忽见伐，无依向风霜。亭亭还自持，柔姿喜能强。君子贵独立[3]，依附非端良。览物成感叹，为君赋新章。

1　瞻木轩：道士李玄修轩名。引：写在前面的话，犹序；李玄修：

道士，不详；凌霄花：攀援藤本植物，夏日开红花。

2　霭敷芳：说花开如云之密集。霭，云气；敷，铺开。

3　贵独立：《周易·大过》："君子以独立不惧，遁世无闷。"又《老子》："有物混成，先天地生。寂兮寥兮！独立不改，周行不殆，可以为天下母。"

诗咏李道士所居庭之凌霄花傲然独立的形象，弘扬了儒、道两家不同而同的"独立"精神，诚咏物之佳作。作者"览物成感叹"，我则读诗得启发：是此凌霄柔而能刚，又大过于刚而不能柔之独立矣。

月林清影 [1]

疏林逗明月，散乱成清影。流藻舞波寒，惊虬翔壑冷 [2]。云来稍欲翳 [3]，风动纷难整。圆魄忽西倾 [4]，愁看堕空境。

1　本题及诗首二句自杜甫《游龙门奉先寺》"月林散清影"句化出。

2　"流藻"二句：写月光泻地如积水空明，林影动摇如流藻、惊虬飞舞于寒波冷壑。苏轼《记承天寺夜游》："庭下如积水空明，水中藻荇交横，盖竹柏影也。"流藻，流动的水藻；惊虬，受惊的蛟龙。虬，传说中的一种无角龙。

3　翳：遮蔽，隐藏。

4　圆魄：圆月。魄，指月、月光。

写"月林清影"，就"月""林""清""影"四象及其共象刻画，表现了孤独、空寂、惊惧、凄凉和纷乱无奈的心境。格调凄清，色彩惨淡，意境幽深而又朦胧暗昧。末"愁看堕空境"句点题，诗人内心莫名之痛苦甚至绝望和盘而出，实乃以"月林清影"之如散如乱，如梦如幻，如惊如颤，以喻人生，以喻其当时心态与处境。其写造化，妙喻无双；写心境，哀哀无告，乃借明月西堕之象，一扫而空，凄凉惨淡。

送家兄西迁[1]

昔别归有期，此别去何极。西迁属事变，咎责非自得[2]。家贫无行资，空橐辞故国[3]。匆匆逐徒旅，宛宛谢亲识[4]。牵攀不能留，恸哭野水侧。离鸿为回翔，浮云暮愁色。别时虽云苦，未若别后忆。愿行勿忧家，养亲自我职[5]。殊方气候异，炎雾秋未息[6]。委命毋怨尤，长年强餐食[7]。

1　家兄：指高启之兄高咨；西迁：吕勉《槎轩集本传》："稍长，兄咨戍淮右。"

2　"西迁"二句：说迁戍之事因大局牵累，非个人有过。事变，指至正二十七年张吴集团灭亡，从官及家属等被押赴金陵，高咨在列。南京在苏州之西北，故称"西迁"。

3　空橐（tuó）：空囊。橐，一种盛钱物的口袋；故国：这里指他们的家乡苏州。

4　徒旅：同行的伙伴或徒众；宛宛：迟回缠绵貌。

5　"养亲"句：说奉养父母由我负责。

6　殊方：异地他乡；炎雾：暑气。

7　"委命"二句：说听任命运安排，一定要好好吃饭。委命，听天由命；强餐食，即"加餐饭"。《古诗十九首·行行重行行》："弃捐勿复道，努力加餐饭。"

送兄长迁谪，骨肉分离，后会无期，自是心情悲痛。但悲之无益，故全篇重在劝慰、同情、安抚、嘱告，手足情深，推心置腹，深切感人。"至亲无文"，高诗凡涉家人者，风格大抵如此。作者另有《闻家兄谪寿州》，可以对读。

移家江上别城东故居 [1]

人情恋故乡，谁乐远为客？我行岂得已，实为丧乱迫[2]。凄凄顾丘陇，悄悄别亲戚[3]。不去畏忧虞[4]，欲去年隔离[5]。虽有妻子从，我恨终不释。出门未忍发，惆怅至日夕。

1　江上：江指娄江，即吴淞江。《元和唯亭志》卷九："元隐君周仲达宅：在青丘。""明户部侍郎前翰林国史院编修高启第：在青丘浦大树村。"青丘浦大树村，即今苏州工业园区胜浦街道青丘街；城东故居：高启在苏州城东的老宅。
2　丧乱：指朱元璋与张士诚之间的战事。
3　凄凄：凄凉貌；丘陇：坟墓，这里指诗人的祖墓；悄悄：忧愁貌。《诗经·邶风·柏舟》："忧心悄悄。"
4　忧虞：忧愤、忧惧、忧烦，这里指某种危险。
5　年隔离：意谓快到年了，不适合搬家。

至正二十七年（1367）九月，朱元璋大将徐达攻占平江（苏州）。诗人自觉在城东居住不稳，遂于年底携家迁居娄江，作此诗。按朱元璋灭张士诚，从朱的方面说是王师靖乱，高启诗中固然没有公开否定此性质，但他一贯地只是以"乱""丧乱""事变"等中性词称之，可见其时高启还没有把朱元璋奉为"真命天子"，思想上与后来《金陵雨花台望大江》中"我生幸逢圣人起南国"云云的认识，还有很大距离。而诗写他的这次移居，实为逃避朱元璋接管苏州的逃难性质。如果他对新主人是信任与欢迎的，自然就不必移居城外了。所以诗中写"我恨终不释"大可玩味。诗首起设问，写故宅难居，去留两难，恨意难平，"惆怅至日夕"，而发愤为此诗，直抒胸臆，悲怆感人。"老家是回不去的远方"，此诗有焉。

见花忆亡女书[1]

中女我所怜，六岁自抱持[2]。怀中看哺果，膝上教诵诗。晨起学姊妆，镜台强临窥。稍知爱罗绮，家贫未能为。嗟我久失意，雨雪走路歧[3]。暮归见欢迎，忧怀每成怡。如何属疾朝，复值事变时[4]。闻惊遽沉殒，药饵不得施[5]。仓皇具薄棺，哭送向远陂。茫茫已难寻，恻恻犹苦悲。却思去年春，花开旧园池。牵我树下行，令我折好枝。今年花复开，客居远江湄[6]。家全尔独殁，看花泪空垂。一觞不自慰，夕幔风凄其[7]。

1　高启有三女一子。至正二十七年（1367）九月前某月日，次女高书得疾，以全家尚在平江（苏州）围中，不治夭折。次年即洪武元年（1368）诗人移居娄江后作此诗，故曰"忆"。

2　"中女"二句：说对这个女儿特别喜爱。按《论语·阳货》载孔子曰："子生三年，然后免于父母之怀。"此说中女六岁尚"自抱持"，故云"我所怜"。中女，三女中之次女，故称。

3 "嗟我"二句：说事业生活坎坷不顺。嗟，语助词，表感叹；雨雪，喻生计的坎坷；路歧，歧路，喻事业之不顺，用《列子·说符》载杨朱感邻人歧路亡羊故事。李白《行路难三首》其一："行路难，多歧路。"

4 "如何"二句：感伤中女得病恰逢"事变"。属（zhǔ）疾，生病。李商隐《属疾》："兹辰聊属疾，何日免殊方。"

5 "闻惊"二句：说时当苏州城破，中女闻惊即刻死亡，没有来得及施药医治。

6 "今年"二句：平江（苏州）兵乱后，诗人移家江上。江湄，江边。

7 凄其：寒凉。《诗经·召南·绿衣》："絺兮绤兮，凄其以风。我思古人，实获我心。"常用为思念亡人之辞。

悼念亡女高书，写父爱，写亡女之可爱，写父女深情，写女儿病中"闻惊"，不得医疗而死，草草埋葬，以及去年花开等等，都托于一个"忆"字；然后以"今年花开"，家已迁居，与中女既阴阳两隔，又时移境迁，见花思人，潸然泪下。即使以酒浇愁，而愁不能止，但见黄昏降临，帷幔被凉风吹动，诗人似以呼唤爱女魂兮归来。长歌当哭，凄楚哀怨：命也，时也，一个小生命与一个大时代的惨遇，碰撞出父爱的悲歌。诗布局谋篇，遣词造句，"此正是细腻风光，看是平易，实则洗炼功深。……固不必石破天惊以奇杰取胜也"（清赵翼《瓯北诗话》卷八）。

独　酌

白日下远川，寒风振高柯。萧条掩关卧，暮雀忽已过。我有羁旅愁，郁如抱沉疴[1]。起坐呼清尊[2]，独饮还独歌。一斟解物累，再酌回天和[3]。数觞竟复醺，翻恨愁无多。所以古达士，但饮不顾他。回头向妇笑，戚戚终如何⁴！

1　沉疴：久治不愈的疾病。

2　清尊：酒器。亦借指清酒。王勃《寒夜思》："清尊湛芳渌。"

3　物累：外物给予人的拖累。《庄子·天道》："故知天乐者……无物累，无鬼责。"天和：天地之和气，即自然和顺之理。《庄子·天道》："与天和者谓之天乐。"

4　"所以"四句：用刘伶病酒故事。《世说新语·任诞》载刘伶病酒，从妇求酒，誓得酒祝鬼神断之，"妇曰：'敬闻命。'供酒肉于神前，请伶祝誓。伶跪而祝曰：'天生刘伶，以酒为名，一饮一斛，五斗解酲。妇人之言，慎不可听。'便引酒进肉，隗然已醉矣。"戚戚，忧伤貌。

写羁旅愁深，借酒销愁，愁因得销，甚至"数觞竟复醮，翻恨愁无多"，乃反李白"举杯销愁愁更愁"（《宣州谢朓楼饯别校书叔云》）之意而为之；中间写饮酒"一斟""再酌"云云，拟卢仝诗写饮茶"一碗喉吻润，两碗破孤闷。三碗搜枯肠……七碗吃不得也，唯觉两腋习习清风生"（《走笔谢孟谏议寄新茶》）云云为之；后半"所以"四句又用刘伶故事，写独酌之乐，嗜酒如命之心。全篇使事用典，恰如其分，兼且情景殊异，意象新奇，诚学古能化、翻新铸奇之佳构。

我　昔¹

我昔在家日，有乐不自知。及至出门游²，始复思往时。贫贱为客难，寝食不获宜。异乡寡俦侣³，童仆相拥持。天性本至懒，强使赋载驰⁴。发言恐有忤，蹑足虑近危。人生贵安逸，壮游亦何为⁵？何当谢此役，归守东岗陂。

1　我昔：忆旧之辞。摘起句为题，是《诗经》《论语》等先秦诗文中拟题常式。

2　出门游：外出做官。游，这里特指出仕。

3　俦侣：同伴，朋辈。

4　载驰：放马快跑。《诗经·鄘风·载驰》："载驰载驱，归唁卫侯……大夫跋涉，我心则忧。"

5　壮游：怀抱壮志而远游，这里指宦游，即下句说的"此役"。

出游途中作。由诗中用"载驰""此役"等，知此游为职务行为即官事，负有使命。前半意谓"在家千日好，出门一时难"，加以穷游，同行只有书童仆人侍从，心情孤独寂寞，颇感不快；后半说做官乃"高危职业"，难免言出祸随，动辄得咎，不如退守田园。此虽因于个性，但无道之世，士人出处之难，于此可见一斑。诗风平淡，朴实感人。

赠薛相士 ¹

我少喜功名，轻事勇且狂。顾影每自奇，磊落七尺长。要将二三策²，为君致时康。公卿可俯拾，岂数尚书郎³？回头几何年，突兀渐老苍。始图竟无成，艰险嗟备尝。归来省昨非⁴，我耕妇自桑。击木野田间，高歌诵虞唐⁵。薛生远挐舟，访我南渚旁⁶。自言解相人，视余难久藏⁷。脑后骨已隆，眉间气初黄⁸。我起前谢生，弛弓懒复张⁹。请看近时人，跃马富贵场。非才冒权宠，须臾竟披猖¹⁰。鼎食复鼎烹，主父世共伤[11]。安居保常分，为计岂不良？愿生毋多言，妄念吾已忘[12]。

1　原注："至正辛丑，嘉禾薛月鉴过予求诗，因赠。"至正辛丑，元顺帝至正二十一年（1361）。嘉禾，浙江嘉兴府别称；薛相士，即薛月鉴，诗中的薛生。相士，以相貌断人吉凶祸福的术士。

2　二三策：比喻一点建议。《孟子·尽心下》："孟子曰：'尽信书，则不如无书。吾于《武成》，取二三策而已矣。'"

3　"公卿"二句：说做官到公卿很容易，到尚书郎就更不在话下。公卿，中国古代"三公九卿"的简称；尚书郎，官名，东汉置，尚书台官员通称，职佐皇上处理朝廷政务。

4　省昨非：反省认识到以前的错误。陶渊明《归去来兮辞》："悟已往之不谏，知来者之可追。实迷途其未远，觉今是而昨非。"

5　"击木"二句：说甘心做个野人，去歌颂天子的圣明。《新唐书·陆羽传》："上元初，羽隐苕溪，自称桑苎翁，阖门著书，或独行野中，诵诗击木，徘徊不得意，或恸哭而归。时谓今接舆也。"析，古代打更用的梆子；虞唐，唐尧、虞舜的并称，或作唐虞。

6　挐舟：撑船；南渚：作者在娄江居处附近。渚，水中的小块陆地。

7　解相人：懂得相术者，即相士；藏：在野，为民。《论语·述而》："用之则行，舍之则藏。"

8　"脑后"二句：说其脑骨眉宇间已现做官的征兆。上句，《唐书·袁天纲传》："大业末，窦轨客游德阳，尝问天纲，天纲谓曰：'君额上伏犀贯玉枕，辅角又成，必于梁、益州大树功业。'武德初，轨为益州行台仆射。"下句，韩愈《郾城晚饮奉赠副使马侍郎及冯李二员外》："城上赤云呈胜气，眉间黄色见归期。"

9　"弛弓"句：已经放松了弦的弓不愿意再拉紧了。弛弓，比喻已无出仕的想法。《仪礼·乡射礼》："加弛弓于其上。"

10　"非才"二句：说力小而任大，必然很快失败。冒，充当；披猖，失意、狼狈。《北齐书·王晞传》："帝欲以晞为侍中，苦辞不受。或劝晞勿自疏，晞曰：'我少年以来，阅要人多矣……人主恩私，何由可保？万一披猖，求退无地。非不爱作热官，但思之烂熟耳。'"

11　"鼎食"二句：说官做得越大，可能死得越惨。《汉书·主父偃传》载偃曰："丈夫生不五鼎食，死则五鼎烹耳！吾日暮，故倒行逆施之。"后相齐得罪死。鼎食，以鼎为食器，显贵的标志；鼎烹，以鼎烹煮杀之，为极刑。

12　妄念：本佛教语，指不切实际或不正当的念头。

　　作于至正二十一年（1361），作者二十六岁。赠薛相士，但至"薛生远挈舟"，其前自述于功名显贵之事，已觉没什么兴趣了；其后才写有薛相士来说他官运已通，即劝其求仕意。但诗人并不因此高兴，而是予以拒绝，说做官之风险，"鼎食复鼎烹"，实在太大，安分守己，一生平安，才是处世之良策云云，表达了全身避祸的决心。但后来高启果然做官，果然因做过官而死于非命，薛相士的预言和诗人自己的预感都兑现了。此何以故？是否"是福不是祸，是祸躲不过"？或如墨菲定律所认为，如果事情有变坏的可能，不管这种可能性有多小，它总会发生。高启就是这样中招的吗？赠人诗而自抒胸襟，似颇少见。又全诗自"薛生远挈舟"前后两扇，读者合而观之，乃知皆"赠薛相士"之言，便觉跌宕与照应，结构巧妙。

晚步游褚家竹潭 [1]

　　落日犹半野，闲来潭上游。非因恋幽赏，聊欲散烦忧。澄波鱼噞夕 [2]，荒竹鸟吟秋。不是愚溪上 [3]，胡为吾久留？

　　1　褚家竹潭：《姑苏志·园池》："褚家林亭：《松陵唱和集》云：'在震泽之西。'范《志》云：'当在松江之旁。'"

　　2　噞（yǎn）：鱼出水面张口状。

　　3　愚溪：在今湖南永州市西南。柳宗元《愚溪诗序》："灌水之阳有溪焉……为冉溪……予以愚触罪……家是溪，而名莫能定，士之居者，犹断断然，不可以不更也，故更之为愚溪。"

褚家林亭是唐代著名园林，竹潭是园林之一景，至明初已废。高启晚步于此，尚见景色幽美。但他来此闲步，不为观景，而图散忧。那么他的目的达到没有？尾联说自己连柳宗元为其谪居之处命名的资格都没有，来此前人的园林观赏，犹望屠门而大嚼，适足以自愧而增忧，岂非晚步消愁愁更愁？还不如赶快回去呢！诗风古淡，若优游从容，而实忧愤丛起，而格调凄清，含蓄蕴藉。

召修《元史》将赴京师别内[1]

承诏趣严驾[2]，晨当赴京师。佳征岂不荣，独念与子辞。子自归我家，贫乏久共之。闺门蔼情欢[3]，宠德不以姿。天寒室悬罄[4]，何忍远去兹。王明待紬文[5]，不暇顾我私。匆匆愧子勤，为我烹伏雌。携幼送我泣[6]，问我旋轸时。行路亦已遥，浮云蔽川坻[7]。宴安圣所戒，胡为守蓬茨[8]。我志愿裨国，有遂幸在斯[9]。加餐待后晤，勿作悄悄思[10]。

1　洪武二年（1369）作者应诏修《元史》，将赴南京，临行作此诗别夫人周氏。内，称妻子。

2　趣（cù）：同"促"，督促，催促；严驾：整备车马。曹植《杂诗》之五："仆夫早严驾，吾将远行游。"

3　蔼：笼罩，布满。

4　悬罄：形容极贫，空无所有。罄，或作磬。《国语·鲁语上》："室如悬罄，野无青草，何恃而不恐？"

5　王明：犹言皇明；紬（chōu）文：编著文章，此处指修《元史》。紬，缀集。

　　6　旋轸：指回车，返回。轸，古代车箱底部四周的横木，这里代指车。

　　7　川坻：河岸。三国魏王粲《从军》其一："陈赏越丘山，酒肉逾川坻。"

　　8　宴安：逸乐。《汉书·景十三王传赞》："是故古人以宴安为鸩毒，亡德而富贵，谓之不幸。"蓬茨：用蓬草作顶的房屋，指穷人的住房。

　　9　遂：成功、实现；幸：希望。

　　10　"加餐"二句：希望你在家吃饱饭，不要闷闷不乐。悄悄思，指忧思。《诗经·邶风·柏舟》："忧心悄悄。"

　　诗留别妻子，一面说能修史是人生的一个机会，不得不去；另一面更重要的是表白对妻子的爱与系念。所以中间大段写夫妻之情、之别、之念，缠绵悱恻，情真意切，又语重心长。更话里有话：一曰"王明待紬文，不暇顾我私"，二曰"宴安圣所戒，胡为守蓬茨"，都暗示不能不去，不去将后果严重！从而诗中虽有"佳征岂不荣""我志愿裨国"那样的话，也一定程度是实情，但显然诗人内心去得有些勉强，不快活，甚至忐忑不安。后来也就证明，这果然是他"鼎食复鼎烹"似的绝路，唯作此诗时诗人尚在梦中！

寓天界寺雨中登西阁[1]

　　片云出钟山[2]，阴满江东晓。幽人阁上寒[3]，风雨啼莺少。红尘禁陌净[4]，绿树层城绕。不为怨春徂[5]，离怀自忧消。

　　1　天界寺：《江宁府志》载，天界寺在聚宝门外，善世桥南，今南京中山南路以西，朝天宫以东。

　　2　钟山：位于南京东郊，又名紫金山。

3　幽人：隐士，深居简出之士。苏轼《定惠院寓居月夜偶出》："幽人无事不出门。"

4　禁陌：禁城即京城的街道。

5　徂：消逝，引申指尽。

明洪武二年（1369）春，高启至南京与修《元史》，寓天界寺，作此诗。前六句写登天界寺西阁望京城春雨中所见；后二句写登临之意，不为伤春，而是为了消解离愁，与上篇"别内"一脉相承。诗人多情，易感于暮春。此诗由伤春而怀内，与怀内相比，伤春不在话下。是虽以伤春起，却以伤春烘托怀内，写怀内更甚于伤春，是此诗新颖处。

答 内 寄 [1]

落月入晓闺，相思不须啼[2]。我非秋胡子，君岂苏秦妻[3]？风从故乡来，吹诗达京县[4]。读之见君心，宁徒见君面。拔草不易绝，割水终难开。行云会有时，飞下巫阳台[5]。莫信长安道，花枝满楼好[6]。白马系春风，离愁坐将老[7]。

1　内寄：妻子的来信。

2　"落月"二句：述内寄信中意并安慰之。

3　"我非"二句：说我非拈花惹草之夫，同时肯定妻亦非薄情寡义之妇。秋胡子，《列女传》载，秋胡娶妻五日后出仕，越五年归，路遇采桑女戏之遭拒。回家后发现采桑女即其妻，而惭之。妻面数其过，愤而投河死。苏秦妻，《战国策》载，苏秦说秦无功而返，"归至家，妻不下纴，嫂不为炊，父母不与言"。

4　诗：当指妻子来书有诗，高启妻周氏能诗；京县：京城。

5 "行云"二句：隐喻会有同床共枕之时。宋玉《高唐赋》载楚之先王游高唐，梦与神女交。神女去而辞曰："妾在巫山之阳，高丘之阴，旦为朝云，暮为行雨，朝朝暮暮，阳台之下。"

6 "莫信"二句：说不要相信我在京城会拈花惹草。白居易《长安道》："花枝缺处青楼开。"

7 "白马"二句：说坐骑虽然早已在春风里，但我心无旁骛，只在想念你的忧愁中一天天老去。上句，李白《少年行二首》之二："银鞍白马度春风……笑入胡姬酒肆中。"下句，《古诗十九首·涉江采芙蓉》："同心而离居，忧伤以终老。"坐，因为。

答妻子来诗。虽来诗失载，但从本诗可以推知来诗思夫之心，情致缠绵，兼有担心丈夫富贵易妻，自已秋扇见捐的隐忧。所以答诗重在爱的表白，是古代难得一见写夫妻之爱的情诗。首二句慰情；次二句表忠心与信心；"风从"四句称道来诗之好；"拔草"四句表衷情，述期待；"莫信"二句再次表白，打消妻子疑虑。尾二句誓言即使有"银鞍白马度春风"，他也只是把白马系在春风里，而绝不会拈花惹草，"笑入胡姬酒肆中"，因为我想你想得快要老了。诗关合彼我来写，情深意好，信誓旦旦，兼以舌灿莲花之妙。

真氏女并序

余在史馆日，谈次有言姚文公承旨翰林时，尝饮玉堂。有侍妾闽语者，询之，乃真文忠公裔孙也。父为笐库，负县官钱，鬻之以偿，遂流于娼家。公愍之，白于执政，落其籍，以嫁院吏黄棣。棣后至显官。同馆之士闻之，多赋诗者，余亦为作一首[1]。

妾恨非缇萦，上书动天子[2]。自鬻偿县官，幸得脱父死[3]。谁知故相家，失身居狭斜[4]。遂令园中柏，翻作道旁花[5]。

当筵唱《金缕》，朔客惊闽语[6]。相问忽相怜，开笼放鹦鹉[7]。弃置舞衣裳，新理嫁时装。良人身作吏，不是贩茶商[8]。花钗映罗扇，初与郎相见。贵贱古难常，妾心那敢怨！愿郎去作官，莫掌官钱谷。生子但生男，家门免多辱。

1　姚文公，指元代姚燧（1238—1313），字端甫，号牧庵。原籍营州柳城（今辽宁朝阳），迁居河南洛阳。官至翰林学士承旨、集贤大学士。文学与虞集并称；玉堂，宋以后对翰林院的称呼；真文忠公，即真德秀（1178—1235），字实夫，号西山，福建浦城人，南宋著名理学家，官至参知政事等职；执政，即元丞相三宝奴。筦（guǎn），同“管”；愍（mǐn），怜悯。

2　“妾恨”二句：说不如汉缇萦能上书救父。《史记·仓公列传》载，文帝四年，太仓令淳于意被罪系于长安。意小女缇萦上书请没为官婢，以赎父刑。文帝悲其意，除肉刑，缇萦父得免。

3　“自鬻”二句：说真氏女只能鬻身救父。

4　故相：真德秀曾任参知政事，在宋相当于丞相，故称；狭斜：小街曲巷，指妓院。

5　园中柏：喻贵族贞节之女；道旁花：喻狭邪招客之女，即妓女。

6　金缕：歌曲《金缕衣》，传为唐代名伎杜秋娘所唱，此处代指歌姬之曲。朔客：北方人。姚燧原籍营州柳城（今辽宁朝阳），故称。

7　“开笼”句：《新唐书·新罗传》：“贞观五年，新罗王献女乐二。太宗曰：‘比林邑献鹦鹉，言思乡乞还，况于人乎！’付使者归之。”这里以比姚文公为真氏女落籍。

8　“良人”二句：说真氏女嫁的丈夫在官府做事，而不是茶叶商贩。贩茶商，代指婚姻上不靠谱的商人。白居易《琵琶行》：“……老大嫁作商人妇。商人重利轻别离，前月浮梁买茶去。”

诗以真氏女即南宋丞相、著名理学家真德秀后裔自叙口吻出之，大半篇幅追述其以代父偿负故流落娼家，幸遇姚燧为除落娼籍，使嫁与吏人黄棣，而后因棣而至显贵之大起大落的身世，寄寓了诗人对真氏女人生遭际的同情，抒发了对家国盛衰、人生沉浮、世事无常的感慨，当然也表彰了姚燧念重斯文的义行。诗不重在写真氏女故事的传奇性，而重在从真氏的遭遇引出男女不平等，做官如何不致贪腐和规避贪腐之嫌的教训。诗之后半"愿郎"二句即说做官一涉钱物，就容易出问题，即俗语"长在河边站，哪能不湿鞋"。其说虽不无偏颇，但做官管钱物，确实更容易在经济上出问题。这也是高启后来"自以不能理天下财赋力辞"（张适《哀辞序》）户部右侍郎的原因之一。

天界玩月有序

　　洪武二年八月十三日，《元史》成，中书表进，诏赐纂修之士一十六人银币，且引对奖谕，擢授庶职，老病者，则赐归于乡。阅二日中秋，诸君以史事甫成，而佳节适至，又乐上赐之优渥，而惜同局之将违也，乃即所寓天界佛寺之中庭，置酒为玩月之赏，分韵赋诗，以纪其事，启得衢字云[1]。

　　圣主念前鉴，述作征名儒[2]。群来高馆间，厕迹愧我愚。孰谓此责轻，毫端有褒诛[3]。书成进丹陛，召对共拜趋[4]。去留虽不同，雨露均沾濡。已淹三时劳[5]，可废一夕娱？况逢端正月[6]，当空照眉须。流光满金界[7]，境与人间殊。广庭布长筵，嘉肴荐芳腴。岂唯多士集[8]，亦有名僧俱。兴酣贵形忘，谐笑不复拘。觞行岂辞勤，仰看转斗枢[9]。明晨即分袂[10]，此乐诚须臾。人生四海间，相见皆友于[11]。

不知谁使令，流荡无根株。忽然此相遇，旋复成天隅¹²。
愿各崇令名，逍遥步亨衢¹³。明年复见月，相忆当长吁。

1　天界：即天界寺，见前《寓天界寺雨中登西阁》注1；玩月：赏月；庶职，翰林院庶吉士的简称。

2　"圣主"二句：说皇上以前朝兴衰为借鉴，为修《元史》而召集著名学者。圣主，称明太祖朱元璋。

3　"孰谓"二句：说修史事关重大，笔下褒贬等同生杀予夺。《孟子·滕文公下》："孔子成春秋，而乱臣贼子惧。"晋代杜预《春秋经传集解序》："《春秋》虽以一字为褒贬。"褒诛，表彰和贬斥。

4　"书成"二句：洪武二年（1369）八月，《元史》成，李善长等奉表进。丹陛，指宫殿前的台阶，也借指朝廷或皇帝；拜趋，碎步表诚恐以进的拜谒，谓对尊长的小心侍奉。

5　"已淹"句：说修《元史》经历了三个季节。即自洪武二年（1369）二月丙寅（初一）至秋八月癸酉（十一日），跨春、夏、秋三季共一百八十八天，修成除元顺帝一朝以外的绝大部分共一百五十九卷，为第一个阶段。后又于洪武三年二月六日重开史局，至七月初一书成，增编合成为今本二百一十卷。高启参加的是第一阶段。淹，满；三时，三季。

6　端正月：指中秋月。韩愈《和崔舍人咏月二十韵》："三秋端正月。"

7　金界：佛地，佛寺，此指天界寺。

8　多士：众贤。《诗经·大雅·文王》："济济多士，文王以宁。"

9　斗枢：北斗七星的第一星，名天枢，亦泛指北斗。

10　分袂：分别。袂，衣袖，袖口。

11　"人生"二句：《论语·颜渊》：孔子曰："四海之内，皆兄弟也。"友于：兄弟友爱。《尚书·君陈》："惟孝友于兄弟。"

12　天隅：天边，极远的地方。杜甫《雨》："物色岁将晏，天隅人未归。"

13　崇令名：以美名为重。崇，尊崇、推重；令名，美好的声誉；亨衢：坦途，比喻美好的前程。

《元史》告成，皇上嘉奖，史臣"雨露均沾"，中秋饮宴，玩月庆功，也是散伙，故嘉肴美酒，分韵赋诗。此高启之作，以"圣主"云云领起，首二句跪捧了皇上，次二句恭维了同僚，"孰谓"六句概括并主要说《元史》修成散馆之事，"已淹"以下过渡并突出"玩月"宴饮之盛与快乐的场景，以及即将分手的忧郁与惆怅。"仰看"句为全诗转折，诗人乐极而悲，感叹欢娱短暂，人生无常。同时，诗人对人生偶然相遇、又忽然分开的遇合深感玄妙难解。一方面有"人生四海间，相见皆友于"同事之谊的满足，另一方面对转眼各奔东西、天各一方深感失意与悲凉，"忽然""旋复"措辞尤精当。尾联余音绕梁。诗虽为应酬，但如实记述了《元史》告成后散馆历史的一幕，也生动显示了作者率真的感情，是高启自写生平一大快诗。

晓出趋朝 [1]

正冠出门早，杳杳钟初歇。嘶骑踏严霜，惊鸦起残月。逶迤度九陌，窈窕瞻双阙[2]。长卿本疏慢[3]，深愧陪朝谒。

1　趋朝：上朝。趋，小步快走，表诚惶诚恐意。

2　逶迤：曲折行进貌；九陌：本指长安城中的九条大道，后泛指都城大道和繁华闹市；窈窕：深远貌；双阙：皇宫两边高台上的楼观。

3　"长卿"句：说自己像司马相如一样处世不够谨慎。《世说新语·品藻》："王子猷、子敬兄弟共赏《高士传》人及赞，子敬赏'井丹高洁'，子猷云未若'长卿慢世'。"长卿，司马相如字长卿。

从"晓出"写上朝一路情景，读来便知作者之强打精神，恹恹无绪。"长卿"二句卒章见志：不是说做官不好，也未明说不愿意做官，而是自怨为人疏懒简慢，言外之意是自己不适合于做官，却非常惭愧地做了这天天早起"点卯"的差使。这固然只是说做官不合自己的性情，但是对于当时"治尚严峻"（《明史·太祖本纪》）的明太祖来说，至少是忠心不十分，就十分不忠心了。

梦　姊

我家白头姊，远在娄水曲[1]。昨夜梦见之，千里地谁缩[2]。不知别已久，尚作别时哭[3]。觉来旅斋空，风雪洒窗竹。田家有弟妹，终岁喜相逐。我非王事縻[4]，胡忍离骨肉！城东先人庐，尚有书可读。何当乞身还，亲为姊煮粥[5]。

1　"我家"二句：说姊姊头发白了，住在娄江拐弯的地方。娄水，即娄江，见前《迁娄江寓馆》注1。

2　"昨夜"二句：说昨天夜里梦中见了姊姊，是谁施了缩地法呢。《神仙传》："费长房有神术，能缩地脉，千里在目前。"

3　"不知"二句：说梦到与姊姊分别时哭了。

4　王事縻：《诗经·唐风·鸨羽》："王事靡盬。"縻，牵绊。

5　乞身：即辞官。古代以做官为委身事君，故称请辞为乞身；为姊煮粥：《新唐书·李勣传》："性友爱，其姊病，尝自为粥而燎其须。姊戒止。答曰：'姊多疾，而勣且老，虽欲数进粥，尚几何？'"

作于洪武三年（1370）翰林院编修任上。高启有一姊，据《高青丘集》卷十二《送钱氏两甥度岭》说："东送投荒去，应归下濑营。一家十口散，万里两身行。"应该是他有两个外甥被罪流放，而此诗虽未提及，但用"煮粥"之典，也似写于两甥去母"投荒"之

后。诗说想念已经白发苍苍的姊姊，积想成梦，即本诗所写姊弟相
逢在梦中，哭泣未止，而"觉来旅斋空，风雪洒窗竹"，便有无限
的伤感。因而想到农家兄弟姐妹终年团聚，自己却因为官弄得骨肉
分离，言外之意是太不值得了！再说家里尚有屋可住，有书可读，
怎么能把这个官辞了，回家像李勣那样给姊姊煮一顿粥喝呢？骨肉
亲情，感人肺腑。

至吴松江[1]

江净涵素空，高帆漾天风[2]。澄波三百里，归兴与无穷。
心期弄云月，迢递辞金阙[3]。晚色海霞销，秋芳渚莲歇[4]。
久别钓鱼矶，今朝始拂衣[5]。忘机旧鸥鸟，相见莫惊飞[6]。

1　吴松江：松，或作淞，见前《迁娄江寓馆》注1。

2　涵素空：指水映晴空。唐代温庭筠《春江花月夜》："千里涵空
照水魂。"漾：飘动。苏轼《好事近·献君猷》："明年春水漾桃花。"

3　迢递：遥远貌；金阙：道家谓天上有黄金阙，为仙人或天帝所
居，这里代指朝廷。

4　渚莲：水边的荷花。赵嘏《长安晚秋》："红衣落尽渚莲愁。"

5　钓鱼矶：指严子陵钓矶。《大明一统志》：严州府"城东五十里东西
二台，各高数百丈，汉严子陵钓台处。"子陵，西汉初严光字；拂衣：振拂
其衣而起身，引申指归隐。李白《侠客行》："事了拂衣去，深藏身与名。"

6　"忘机"二句：消除机巧之心。《列子·黄帝篇》载："海上之人
有好鸥鸟者，每旦之海上，从鸥鸟游，鸥鸟之至者百住而不止。其父曰：
'吾闻鸥鸟皆从汝游，汝取来，吾玩之。'明日之海上，鸥鸟舞而不下也。"

洪武三年（1370）八月，高启辞官出南京，挂帆归，至吴淞

江，作此诗。首四句写江天静好，一帆风顺，心胸开朗，快意无穷；"心期"二句承前写归兴：一是"弄云月"，不问世事；二是远离朝廷，再不会入朝为官；"晚色"二句比喻说功名心尽，下启"久别"二句，说归隐的决心；结尾两句荡开去，以劝"忘机旧鸥鸟"放心与我相处，表达自己再无应世干时之心，已生与鸥鸟为侣的终老之志。这是一首"久在樊笼里，复得返自然"和"无官一身轻"的抒情诗，也是一首觉今是昨非、迷途返航、回归天性的明志诗。气象恢宏，境界阔大，轻松愉悦，又从容淡定。儒者所憧憬"孔、颜乐处"，于此见矣。"心期"二句，奇情奇语，可与李白"仰天大笑出门去，我辈岂是蓬蒿人"对读。

始归田园二首（选一）

其　一

辞秩还故里，永言遂遐心[1]。岂欲事高骞，居崇自难任[2]。清晨问田庐，荒蹊尚能寻。秋虫语左右，翳翳桑麻深。别来几何时，旧竹已成林。父老喜我归，携榼来共斟[3]。闻知天子圣，欢然散颜襟[4]。相期毕租税，岁暮同讴吟。

　　1　秩：官职，俸禄；永言：长言。《尚书·尧典》载尧曰："诗言志，歌永言，声依永，律和声。"这里指吟咏诗歌。遐心：放逸之心。南朝齐高帝《塞客吟》："悟樊笼之或累，怅遐心以栖玄。"
　　2　高骞：高蹈、隐逸；居崇：居高位。

3　"父老"二句：杜甫《草堂》："邻舍喜我归，酤酒携胡芦。"榼（kē），盛酒的器具。

4　散颜襟：即散襟颜。说没有了忧愁。陶渊明《庚戌岁九月中于西田获早稻》："盥濯息檐下，斗酒散襟颜。"

作于洪武三年（1370）七月辞官回青丘后。首二句说可以做一个闲适的人了，言作诗之由；次二句说辞官不是为了高蹈避世，而是因为在高位力不胜任，是谦抑的话，也与其面奏朱元璋辞官的理由一致，更意在自保；"清晨"六句说田庐依旧，但变化亦复不少；"父老"六句，一写乡亲之谊，为之接风洗尘，共颂"天子圣"；二写共同的想法就是该交租就交租，该纳税就纳税，一起讴歌盛世，做个顺民。看起来诗人很高兴，心地也很平和，但是"闻知"二句，还是逗露诗后隐秘，即对于高启的辞归，父老乡亲有何"颜襟"要"散"呢？无他，是怀疑诗人惹天子不快被褫职为民了吧？人之常情，故诗亦有告白之意。《明三十家诗选》评曰："有江湖魏阙之思。"不如一言以蔽之曰：谢天谢地，终于回家！

睡　觉[1]

炉熏霭宿润，秋满床屏里[2]。曙色透窗来，幽人眠未起。风惊露树怯，日出烟禽喜。却忆候东华，朝衣寒似水[3]。

1　睡觉（jué）：睡醒了。觉，醒悟。

2　"炉熏"二句：说睡醒后的环境，谓火炉中的轻烟带着隔夜的湿气，秋色满床。熏，暖；霭，烟雾；宿，夜；润，浸润；床屏，床前放置的屏风。

3 东华：宫城门名。《宋史·地理志》："宫城周回五里，南三门，中曰乾元，东曰左掖，西曰右掖，东、西面门曰东华、西华。"朝臣上朝，自东华门入。后泛指宫门。

写于高启辞归之后，以居家晏起的懒散生活与心境，对照在官时"候东华，朝衣寒似水"的苦况，写出一位古代高层"上班族"，一旦为平民自由自在的喜悦。其实，人生能睡个好觉是生活中最基本的需求之一，诗人能从"风惊露树怯"的上朝中乞身脱出，得有一觉醒来"日出烟禽喜"的快活，当然高兴。但是，此可为智者道，不可与俗人言也。此诗平淡，却自有高格。

效 乐 天 [1]

谁言我久贱，明时已叨禄[2]。谁言我苦贫，空仓有余粟。辞阙是引退，还乡岂迁逐？旧宅一架书，荒园数丛菊。俗缘任妻子，家事烦童仆。性懒宜早闲，何须暮年促。犹着朝士冠，新裁野人服。杯深午醉重，被暖朝眠熟。旁人笑寂寞，寂寞吾所欲。终老亦何求？但惧无此福。功名如美味，染指已云足[3]。何待厌饱余，肠胃生疢毒[4]。请看留侯退，远胜主父族[5]。我师老子言，知足故不辱[6]。

---

1 效乐天：一种诗体。乐天，唐代诗人白居易字。白居易诗风平易畅达，后人追慕，因有此体，如宋代黄庭坚、姜特立、周必大等有作。

2 叨（tāo）禄：接受俸禄，婉言做过官。

3 "染指"句：说浅尝辄足。《左传·宣公三年》："楚人献鼋于郑灵公。公子宋与子家将见。子公之食指动，以示子家，曰：'他日我如此，必尝异味。'及入，宰夫将解鼋，相视而笑。公问之，子家以告。及食大夫鼋，召子公而弗与也。子公怒，染指于鼎，尝之而出。"

4 疢（chèn）毒：疾病。

5 "请看"二句：《史记·留侯世家》载，张良辅刘邦兴汉，与韩信、萧何并称"三杰"，功成身退，仅受留侯之封，得保善终；又，《史记·主父偃列传》载主父偃相齐，自以为得宠，后以致齐王自杀而触武帝怒，灭族。

6 "我师"二句：《老子》第四十四章："知足不辱，知止不殆，可以长久。"

诗效乐天，不仅效仿白居易之诗风，而且效仿白居易诗中闲适处世、乐天知命的态度；又诗说归田之乐，仍颇有为辞官辩白之意。可知此时当地或仍有流言说他命"贱"、家"贫"，"还乡"是被"迁逐"之类。这在前《始归田园》中也有逗露。其一再如此，可见官场入之难，由官员特别是高官退而"转型"为民，也不容易。《水浒传》写鲁智深谢绝宋江劝他还俗做官"封妻荫子"，或主持一个名山大刹以显亲扬名，即"摇首叫道：'都不要！要多也无用。只得个囫囵尸首，便是强了。'"高启也曾有如此担心，但退步未能如鲁智深之彻底，所以最后不能"得个囫囵尸首"，岂不可悲！使笔如舌，侃侃而谈，流利畅达，平易近人。

赋得小吴轩赠虎丘蟾书记[1]

丹霞结飞甍，迥出鹫岭上[2]。平招西山云，浅挹东海浪。五湖水如杯，归棹安可放？当年笑夫差，乃欲百里王[3]。吾观大千界，等彼一尘相[4]。始悟轩中僧，非真亦非妄[5]。

1　赋得：古人与朋友分题赋诗，分到题目称为"赋得"；小吴轩：虎丘山上可以凭栏四望的小屋，谓登临可以小吴之轩；蟾书记：或称蟾公、蟾上人，明初诗僧，其余不详。书记，旧称从事文书工作的人，或称记室。

2　飞甍（méng）：檐头翘起如飞的屋顶，此指小吴轩；迥出：高出；鹫岭：此指虎丘山。

3　"当年"二句：讥笑春秋时吴国夫差本是东周一诸侯，却欲称霸为王，是妄想的行为。夫差（？—前473），春秋末吴王，与越王勾践争霸，先胜后败死；百里王，以百里之地而称王。《孟子·万章下》："天子之制，地方千里，公侯皆方百里。"

4　"吾观"二句：佛教谓大千世界只是一粒微尘。一尘，一粒尘土，比喻细微的事物。佛教禅宗用指一念，即心尘也。

5　"始悟"二句：说蟾书记是得道高僧。轩中僧，指蟾书记；宋释惠洪《林间录》卷上："长沙岑禅师因僧亡，以手摩之……有偈曰：'目前无一法，当处亦无人。荡荡金刚体，非妄亦非真。'"

写小吴轩，首二句写轩之形势，红瓦飞檐，跃然鹫峰之上；"平招"四句写轩中望见，平揖西山之云，而俯览东海、五湖，尽收眼底。五湖之小也，竟不足以容归舟停泊，出"小吴"题意；"当年"二句由小吴之湖山一转怀古及于人间事，乃觉吴王夫差当年"欲百里王"，真乃井蛙之见的妄想；"吾观"二句又从"大千界"论人世，视王霸等一尘，直抒胸臆。但其粪土王侯之意，并无"彼可取而代之"之想，而是超越世俗，致敬"轩中僧"，向"非妄亦非真"的佛家空境看齐了。

送陈秀州 ¹

我行秀州野，马首迷荆榛。路逢病老翁，涕泣说苦辛。前年乱兵来，杀戮存几人！崎岖垦旧田，欲活未死身。官府事征索，书版日下频²。点丁不遗孤³，输谷不待新。屋中儿啼嗥，门外吏怒嗔。岂无冻馁忧？天远不可陈⁴。我初听此语，回思一蹙呻。国家昔平治，九土贡赋均⁵。中间致兹变，主吏失抚循。须知奋梃徒，原是负耒民⁶。虐之乃为敌，爱之则相亲。此邦固易治，风俗自古淳。奈何不加怜，使作涸辙鳞⁷。因留告老翁，无为重沾巾。归当率弟子，努力耕作勤。除书已报下，太守今甚仁⁸。

1　陈秀州：陈姓嘉兴知府，其余不详。秀州，这里指明朝嘉兴府，今属浙江嘉兴。

2　书版：指按户籍征收赋税的文书。书，文书；版，名册，此指户籍簿。

3　点丁：征用壮丁。点，选用；丁，成年男子；孤：幼年丧父或父母双亡。

4　"天远"句：天高皇帝远，无由上达朝廷。天，指天子。

5　九土：九州的土地。

6　"须知"二句：说揭竿起义者原本都是农民。梃（tǐng），棍棒；耒（lěi），农具名。

7　涸辙鳞：即将干涸的车辙中的鱼，比喻身处绝境，本《庄子·外物》载涸辙之鲋鱼向庄周求水续命故事。

8　除书：拜官授职的文书。韦应物《始治尚书郎别善福精舍》："除书忽到门，冠带便拘束。"太守：官名。秦置郡守，汉景帝时改称太守，为一郡最高行政长官。后世无此职，此用为知府的别称；甚仁：是对官员特别是地方官政事最高的评价。《论语·子路》："子曰：'如有王者，必世而后仁。'"

送陈姓友人赴任秀州知府，只把自己路经秀州时所见和与老翁交谈所闻，以及所思写出，即一面对秀州战乱之余，灾荒之重，官吏之恶，民生之苦，深表忧虑、愤慨或同情；一面也为皇上开释，把责任都推给地方官——这是皇权统治下写诗作文的"潜规则"，不必苛求；从而水到渠成，顺理成章，安慰并勉励老翁：一是回家好好干活，二是说一个好消息，已有新任命来一位陈知府，甚是能行仁政！全诗为自述或转述，直到最后一句还是对老翁说，而无一句直接说及陈姓知府，却句句都说给陈姓知府听，若曰：秀州这些年战乱、灾荒、弊政使老百姓太苦了，您责任重大，那里的百姓如久旱盼甘霖般等您驾临，您是能仁民爱物的官员，赶快去那里大施仁术，救民于水火，解民于倒悬吧！立意正大，爱人以德，赠人以言，结末一语点题，构思奇警，同时是从儒家理想说对地方官员最高的褒奖。可与杜甫《自京赴奉先咏怀五百字》相参观。

冬至夜感旧二首¹（选一）

其　一

今夕亦常夕，悲感何用并²？寒月初死魄，沉沉闭层城³。忆我为儿时，早起不待明。踉跄试新衣，上堂拜父兄。于今几何年，节序嗟屡更。中庭风木号，哀多尚余声。空复有两孩，灯前语纵横[4]。挽须向我笑[5]，宁解识此情？

1　冬至：中国农历二十四节气之一，在大雪与小寒之间。

2　"今夕"二句：说冬至也只是一个平常的夜晚，为什么更加感伤呢。《诗经·唐风·绸缪》："今夕何夕，见此良人。"并，加在一起。

3　"寒月"二句：说月亮也才开始有了一线亮色，平江（苏州）城在夜幕沉沉之中。死魄，月有光部分为明，无光部分为魄。农历每月朔日后月明渐增，月魄渐减，谓之死魄；反之，望后月明渐减，月魄渐生，即谓之生魄。

4　"空复"二句：高启有三女一子，但中女早夭，儿子祖授晚至其三十八岁时才生，此时仅两女，无后，故曰"空复"云云；纵横，竖和横互相交错，这里引申指两女童言无忌。

5　挽须：捋胡须。杜甫《北征》："生还对童稚，似欲忘饥渴。问事竞挽须，谁能即嗔喝？"

吴俗重冬至，有"肥冬瘦年""冬至大如年"之说。这首诗写于至正二十六年（1366）冬至夜，诗人在苏州围城中，回忆幼年家道方盛时，此日早起与父兄拜节的天伦之乐，对比当下危若累卵、朝不虑夕的处境，而有"悲感何用并"的愁思：即一者遭时多故，全家身处围城之中，性命堪忧；二者中女夭折之后，虽仍有二女，但还没有儿子，后嗣堪忧。这多重的悲感使之极度压抑。"空复"二句有轻视女性意，则是中国家庭以男传后姓氏制度的实际所致。但诗写"两孩"，并未作男女之别，而慈祥温馨，天伦之乐，读之心有戚戚焉。

七言古诗

江上看花

　　两年京师不见花，青衫白马驱尘沙[1]。今年江边偶无事[2]，狂醉烂漫寻春华。游蜂飞蝶日妍暖，红紫正发纷交加。穿蹊每入邻媪圃，叩门或到山僧家。渐老都无少年乐[3]，底用箫鼓随行车[4]。攀条绕树对吟咏，不忍归去至日斜。花应得我相慰赏，似笑欲舞争矜夸。我如无花亦寂寞，闭户有酒谁能赊[5]？夜来茅屋卧闻雨，晓起走看成咨嗟。飘英堕萼不可缀，余艳只似销残霞。明知春色不久住，岂料便去难留遮。野莺啼罢一回首，恨与芳草盈天涯[6]。

　　1　"两年"二句：高启自洪武二年（1369）二月与修《元史》，至洪武三年七月二十八日授户部侍郎不就辞归，前后在南京共度过两个春天，公务繁忙，无暇赏春，故云。

　　2　"今年"句：洪武四年春，诗人已辞归，闲居娄江之滨。

　　3　"渐老"句：韩愈《除官赴阙至江州寄鄂岳李大夫》："少年乐新知，衰暮思故友。"

　　4　"底用"句：说何必跟在吹箫打鼓奏乐行车后面取乐？底用，何用；随行车，唐代张籍《车遥遥》："年年道上随行车。"

　　5　"我如"二句：比喻女儿也能外出为老父赊酒。杜甫《遣意二首》之二："云掩初弦月，香传小树花。邻人有美酒，稚子夜能赊。"

　　6　"野莺"二句：说野莺啼罢，春留不住，回首来处，恨如芳草，遍满天涯。

写于洪武四年（1371）春。"两年京师不见花"，一旦解组归田，有闲赏花，心情愉悦。"今年"十二句写赏花之乐；"我如"二句以花喻说有女如花之可以慰情；"夜来"以下写春花易落，人生短暂，恨如芳草丛生，无边无际。句句写看花，即句句写人生。花即人，人即花，物我两融，天人合一。"野莺"二句，落想新颖，妙笔生花。

送叶卿东游¹

问君辞家今几年？布衣线断芒屦穿²。江湖梦回灯火夜，听雨每忆山中田。兵戈忽断故乡路，虽有两足归无缘。上书愿雪父兄耻，画地聚米筹山川³。居然无成困逆旅，白日但看孤云眠。时人不容祢生傲，坐客岂信毛生贤⁴。黄金已尽酒徒散，壮士反为儿女怜。饥吟倚壁气未馁，有如病鹘栖荒烟。却欲南游探禹穴⁵，仆夫整驾鸡鸣前⁶。波涛翻江畏饥鳄，雾雨连海愁飞鸢。相逢谁肯问憔悴？山水自为穷人妍。乾坤无家去何止？漂泊不异回风船。区区愿君自爱惜，今古遇合无非天。乱离贫贱何足叹？王孙亦在道路边⁷。我今岂少四方志？读书坐破床头毡。恩仇两无欲谁报？送子空歌《宝剑篇》⁸。

1　叶卿：高启、周砥、张宪等共同的友人，从《高青丘集·遗诗》

有《送叶卿海上寻侄》诗称其为"剑士""身事陇西公"等可知其为人豪侠，曾为陇西公幕府，其余不详。

2 "布衣"句：说叶卿离家已久。布衣线断，孟郊《汴州留别韩愈》："四时不在家，弊服断线多。"芒屦穿，《管子·轻重篇》："五衢之民，衰然多衣弊而屦穿。"

3 "上书"二句：上句本事不详，当指叶卿有家仇欲借力报复之举；下句，《后汉书·马援传》："援因……于帝前聚米为山谷，指画形势……昭然可晓。"

4 祢生：即祢衡（173—198），字正平，东汉末平原郡（今山东临邑，一说乐陵）人，为人狂傲，曾侮慢曹操、刘表、黄祖，为黄祖所杀，见《三国志·魏书·荀彧传》注引《平原祢衡传》；毛生：即战国赵平原君门客毛遂（前285—前228），山东滕州（一说河北鸡泽）人，为客三年，无人识其贤，乃自荐出使，促成楚、赵合纵，以"三寸之舌，强于百万之师"，后世称"毛遂自荐"，见《史记·平原君虞卿列传》。

5 探禹穴：《史记·太史公自序》："迁生龙门……年十岁则诵古文。二十而南游江、淮。上会稽，探禹穴。"禹穴，说法不一，此指浙江绍兴东南会稽山麓之禹穴，传为大禹墓葬。

6 仆夫整驾：《汉书·王式传》注引《骊驹诗》："骊驹在路，仆夫整驾。"鸡鸣前：白居易《秋暮西归途中书情》："思乡贵早发，发在鸡鸣前。"

7 "王孙"句：杜甫《哀王孙》："腰下宝玦青珊瑚，可怜王孙泣路隅。"

8 宝剑篇：《新唐书·郭震传》："武后知所为……索所为文章，上《宝剑篇》，后览嘉叹……授右武卫铠曹参军，进奉宸监丞。"

作于至正二十年（1360）庚子，高启二十五岁。诗同情叶卿遭际，虽爱莫能助，但终篇仍用《宝剑篇》典故，表达对叶卿的信心、祝愿和期待。以写叶卿为主，以抒己之抑郁为宾，对叶卿之同情实是与之同病相怜。《明三十家诗选》曰："自寓抱负，磊磊落落，不同寻常送人。"

九日与客登虎丘至夕放舟过天平山 [1]

昨日风雨今日晴，天意令人作重九。登高未用忆龙山，吊古竟须寻虎阜[2]。秋清人稀叶满寺，屐齿无声石苔厚[3]。我来但欲问前王，不知霸气销沉久[4]。下穿山骨葬弓剑，银海夜寒空不朽[5]。楼台荆棘今几变[6]，英雄谁似青山寿。十年自叹在尘土，鸡鸣起逐途人走[7]。兹游喜出世网外，相携况是同心友。盘梯共上峰顶塔，欲观东海攀北斗。中原不见鸿雁来，浮云万里空回首。钟声催送晚出寺，栖鸦已满祠前柳。秋风吹林客醉时，夕阳下岭僧归后。山留好月续清景，乘兴夜过渔村口。放船不觉露沾衣，灭烛始看星在罶[8]。金陵酒熟来谪仙，赤壁歌残泣嫠妇[9]。人生此乐信难得，梦幻功名有时有。他年何必问谁健，但令不负持螯手[10]。诗成底用刻山石，为寄龙门说空叟[11]。明朝来借白云泉，净洗从前千劫垢[12]。

1　九日：农历九月九日重阳节，又称重九；虎丘：见前《赋得小吴轩赠虎丘蟾书记》注1；天平山：见前《天平山》注1。

2　"登高"二句：说九日登高不是为了模仿桓温、孟嘉龙山故事，而是来虎丘吊古。上句，用晋代桓温参军孟嘉九日宴上风吹落帽，温命孙盛作诗嘲之事，见《晋书·孟嘉传》载。龙山，在湖北荆州西北；虎阜，即虎丘山。阜，土山。

3　"屐齿"句：叶绍翁《游园不值》："应怜屐齿印苍苔，小扣柴扉久不开。"屐齿，屐为木制的鞋，底下多置二齿，以便行泥地。

4　"我来"二句：说历史上虎丘所在吴中先后多有人称王称霸，殊不知如今早成陈迹。前王，指吴王阖闾，也许还包括元末在苏州称吴王的张士诚。

5　"下穿"二句：写剑池传说，讥厚葬之无益。《太平广记》卷四二五《老蛟》："苏州武〔虎〕丘寺山，世言吴王阖闾陵。有石穴，出于岩下，若嵌凿状。中有水，深不可测。或言秦王凿取剑之所。"注出《通幽记》；葬弓剑，唐李群玉《穆天子》："或言帝轩辕，乘龙凌紫氛。桥山葬弓剑，暧昧竟难分。"银海，《汉书·楚元王传》："秦始皇葬于骊山之阿……水银为江海，黄金为凫雁。"

6　"楼台"句：说楼台倾圮，变为荆棘之地，不知几多次了。《吴越春秋》载伍子胥据地垂涕，警告吴国将亡，"城郭丘墟，殿生荆棘"。

7　"十年"二句：自悔多年以来迷于仕宦名利，每天鸡鸣即起奔走于途。

8　"放船"二句：天平山距城西南水路三十里，这里说登船时是傍晚露下时分，到达天平山时三星已经很亮，倒映在水中捕鱼的竹篓里。露沾衣，《诗经·召南·行露》："厌浥行露，岂不夙夜，谓行多露。"星在罶，《诗经·小雅·苕之华》："牂羊坟首，三星在罶。"罶（liǔ），捕鱼的竹篓。

9　"金陵"二句：写登山诸友一起喝酒。《游天平山记》说："予与同志之友以登高之盟不可寒也，乃治馔载醪，相与诣天平山游焉。"谪仙，指李白。《新唐书·李白传》：天宝初，李白往见贺知章，知章叹曰："子谪仙人也。"李白一生大约七次到金陵，有《金陵酒肆留别》等诗；赤壁句，苏轼《前赤壁赋》："舞幽壑之潜蛟，泣孤舟之嫠妇。"

10　"他年"二句：意谓活一天就要喝酒一天。上句，杜甫《九日蓝田崔氏庄》："明年此会知谁健？醉把茱萸仔细看。"持螯手，《晋书·毕卓传》载："卓尝谓人曰：'得酒……右手持酒杯，左手持蟹螯，拍浮酒船中，便足了一生矣！'"

11　"诗成"二句：说把新诗刻石的事请龙门的僧人办理。底用，何必；龙门，指龙门南趾，在天平山。《游天平山记》："峰回磴盘，十步一折，委曲而上，至于龙门……"说空叟，称僧人。唐代张祜《题濠州钟离寺》："唯羡空门叟，栖心尽百年。"

12　"明朝"二句：喻说明天归心于佛，明心见性做一个新人。白云泉，在天平山上；千劫垢，历经千劫积下的尘垢，喻久所染积之诸俗念。劫，佛教梵语"劫波"（Kalpa）的音略，指不能用年数来计算的漫长时间，"千劫"更是无量数长时间。净洗，杜甫《洗兵马收京后作》"安得壮士挽天河，净洗甲兵长不用。"

褚人获《坚瓠集》载："苏人好游。袁中郎（宏道）诗云：'苏人三件大奇事，六月荷花二十四。中秋无月虎丘山，重阳有雨治平寺。'"（卷一《重九词》）这首诗写于至正二十二年（1362）重阳日，诗人与朋友登虎丘山之后，傍晚乘船过天平山，作此诗。诗自开篇至"浮云万里空回首"句，时间上是白天，一路登虎丘，临剑池，吊古伤今，感慨兴亡；过佛寺，"盘梯共上峰顶塔"，遥目中原，悔往日之非是，感此行之自在，充分表现了诗人超尘脱俗的精神世界；而自"钟声"句以下，写夜幕降临，秋露沾衣，月明如水，诗情则渐趋深沉，乃至于悲怆，乃至终篇一委之于借酒浇愁，无可奈何，作遁入空门之想。诗触景生情，览古则思接于千载，登山则兴高出世外，舟行则情鉴乎星罗，况复好友与共，饮酒谈论，赋诗以归，有李白斗酒之欢，兰亭流觞之乐。《兰亭集序》曰："每览昔人兴感之由，若合一契，未尝不临文嗟悼，不能喻之于怀。固知一死生为虚诞，齐彭殇为妄作。后之视今，亦犹今之视昔，悲夫！"此诗可谓诗体之《兰亭集序》也。诗以时间为线索，从白天到傍晚，从夕阳下岭到星月清朗，再到寄意于明朝再来，如草蛇灰线，若隐若现，妙肖自然。

听教坊旧妓郭芳卿弟子陈氏歌 [1]

文皇在御升平日，上苑宸游驾频出[2]。仗中乐部五千人，能唱新声谁第一[3]？燕国佳人号顺时[4]，姿容歌舞总能奇。中官奉旨时宣唤，立马门前催画眉[5]。建章宫里长生殿，芍药初开敕张宴[6]。龙笙罢奏凤弦停，共听娇喉一莺啭。遏云妙响发朱唇，不让开元许永新[7]。绣陛花惊飘艳雪，文梁风动委芳尘[8]。翰林才子山东李，每进新词蒙上喜[9]。当筵按罢谢天恩，捧赐缠头蜀都绮[10]。晚出银台酒未消，侯家主第强相邀[11]。宝钗珠袖尊前赏，占断春风夜复朝。回头乐事浮云改，瘗玉埋香今几载[12]？世间遗谱竟谁传，弟子犹怜一人在。曾记《霓裳》学得成，朝元队里艺初呈[13]。九天声落千人听，丹凤楼前月正明[14]。狭斜贵客回车马，不信芳名在师下[15]。风尘一旦禁城荒[16]，谁是花前听歌者？从此飘零出教坊，远辞京国客殊方[17]。闭门春尽无人问，白发青裙不理妆。相逢为把双蛾蹙，《水调》《凉州》歌续续[18]。江南年少未曾闻，元是当时供奉曲[19]。朝使今年海上归[20]，繁华休说乱来非。梨园散尽宫槐落[21]，天子愁多内宴稀。始知欢乐生忧患，恨杀韩休老无谏[22]。伤心不见昔人歌，汾水秋风有飞雁[23]。此时西园把一卮，感时怀旧尽成悲[24]。含情欲为秋娘赋，愧我才非杜牧之[25]。

1　题下原注："时至正己亥岁作。"至正己亥，元顺帝至正十九年（1359）。教坊，《元史·百官志》："教坊司，秩从五品。掌承应乐人及管领兴和等署五百户。"旧妓，此指原教坊艺人；郭芳卿，《青楼集》作"郭顺卿"，元杂剧著名表演艺术家；陈氏，或为著名艺人宜时秀。

2　"文皇"二句：说元文宗时皇上游乐之常态。文皇，指元文宗图帖睦尔，致和元年（1328）九月即位，改元天历；在御，在位；上苑，帝王的园林；宸游，指帝王巡游。

3　乐部：元朝教坊司掌管乐人的机构。《元史·世祖本纪》："十一年……增选乐工八百人，隶教坊司。"新声：新作的乐曲。《国语·晋语八》："平公说新声。"

4 "燕国"句：指郭芳卿，艺名顺时秀。《青楼集》："顺时秀，姓郭氏，字顺卿，行第二，人称之曰郭二姐。姿态闲雅，杂剧为《闺怨》最高，驾头诸旦本亦得体。"驾头，杂剧名，指有皇帝出现的剧目；燕国，周代诸侯国，战国七雄之一。

5 中官：称宦官；画眉：以眉笔蘸黛色描绘眉毛，代指化妆。

6 "建章"二句：用汉武帝、唐玄宗故事比说元宫宴乐。建章宫，汉武帝时宫殿名；长生殿，唐玄宗时华清宫中殿名；芍药初开，《太平广记》卷二〇四《李龟年》："开元中，禁中初重木芍药，即今牡丹也……会花方繁开，上乘照夜白，太真妃以步辇从，诏特选梨园弟子中尤者……歌之。"

7 "遏云"二句：写郭芳卿歌声美妙不让古代名家。《列子·汤问》："秦青善歌，能使声振林木，响遏行云。"许永新，《开元遗事》："宫妓许永新者，善歌，……帝尝谓左右曰：'此女歌值千金。'"

8 "绣陛"二句：说郭芳卿歌声之美能落花动尘。艳雪，明亮之雪，这里形容艳花如雪飘落。唐代韦应物《燕乐行》："艳雪凌空散，舞罗起徘徊。"文梁，绘有花纹的屋梁；委芳尘，香尘被振落。刘向《别录》："汉兴以来，善雅歌者，鲁人虞公，发声清哀，盖动梁尘。"委，落下。

9 "翰林"二句：隐以李白被召进诗事与李洞为郭顺卿作歌为比。山东李，《旧唐书·李白传》载"李白字太白，山东人"，又《元史·李洞传》："李洞，字溉之，滕州人。生有异质……超迁翰林直学士。……每以李太白自拟，当世亦以是许之。"滕州，今属山东枣庄市。

10 按罢：演唱完毕；蜀都绮：罗锦以蜀地有名，故云。

11 银台：宫门名。李白《相逢行》："谒帝出银台。"侯家主第：指公侯驸马之家。卢照邻《长安古意》："玉辇纵横过主第，金鞭络绎向侯家。"

12 "回头"二句：说世事变幻极速。浮云改，杜甫《可叹》："天上浮云如白衣，斯须改变如苍狗。"瘗（yì）玉埋香，比喻美女亡殁，此谓郭芳卿已去世多年。瘗，埋。

13 《霓裳》：即《霓裳羽衣曲》。《杨太真外传》："宴诸王于木兰殿……妃醉中舞《霓裳羽衣》一曲，天颜大悦。"朝元：即朝元阁，唐玄宗时华清宫阁名。李商隐《华清宫诗》："朝元阁迥羽衣新，首按昭阳第一人。"此以代指元宫。

14　丹凤楼：唐宫楼名。《旧唐书·玄宗本纪》："御丹凤楼，宴突厥首领。"

15　"狭斜"二句：说流连青楼的贵人都是她的回头客，其美名已不在其师之下。狭斜，古代娼妓居住的曲巷；师，指郭芳卿。

16　"风尘"句：说元末大乱，大都（今北京）荒废。风尘，喻战乱；禁城，称京城。

17　殊方：远方、异域，这里指江南。

18　《水调》：曲调名。杜牧《扬州三首》其一："谁家唱《水调》，明月满扬州。"自注："炀帝凿汴渠成，自造《水调》。"《凉州》：即《凉州曲》。《杨太真外传》："《凉州》之词，贵妃所制也。"续续：连续不断。

19　元：通"原"；供奉曲：特供宫廷演奏之曲。刘禹锡《听旧宫中乐人穆氏唱歌》："休唱贞元供奉曲，当时朝士已无多。"

20　"朝使"句：《元史·顺帝纪》："（至正）十九年……九月……诏遣兵部尚书伯颜帖木儿、户部尚书曹履亨以御酒、龙衣赐张士诚，征海运粮。"

21　"梨园"句：说教坊解散，国家丧乱。梨园散尽，杜甫《观公孙大娘弟子舞剑器行》："梨园弟子散如烟。"梨园，唐玄宗宫中所设演艺机构，为后世戏班之滥觞；宫槐落，《旧唐书·王维传》载安史乱中，王维陷贼，"（安）禄山宴其徒于凝碧宫，其乐工皆梨园弟子、教坊工人。维闻之悲恻，潜为诗曰：'万户伤心生野烟，百官何日再朝天？秋槐花落空宫里，凝碧池头奏管弦。'"

22　"始知"二句：说亡国之因，一在君王荒淫，二在大臣失职。欢乐生忧患，《孟子·告子下》："入则无法家拂士，出则无敌国外患者，国恒亡。然后知生于忧患而死于安乐也。"韩休，字良士，京兆长安（今陕西西安）人。玄宗时大臣，以敢言直谏称。安史之乱时韩休已去世多年。这里以指元朝大臣。

23　"伤心"二句：李德裕《次柳氏旧闻》载安、史犯长安，明皇幸蜀，临行，使少年登楼歌《水调》曰："山川满目泪沾衣，富贵荣华能几时？不见只今汾水上，唯有年年秋雁飞。"上闻之，潸然出涕，不待曲终而去。

24 "此时"二句：说元朝兴衰，感张吴时局。西园，《姑苏志·官署中》："西园在郡圃之西隙地直子城。"是张吴时政要文人重要活动场所。

25 "含情"二句：明作诗之由，自谦才情不如杜牧，诗不足以彰显陈氏。秋娘，即杜秋娘。杜牧《杜秋娘诗并序》云："杜秋，金陵女也。年十五，为李锜妾。后锜叛灭，籍之入宫，有宠于景陵。穆宗即位，命秋为皇子傅姆。皇子壮，封漳王……王被罪废削，秋因赐归故乡。予过金陵，感其穷且老，为之赋诗。"

题下原注："时至正己亥岁作。"即作于元顺帝十九年（1359）。又据诗中"朝使"句所涉"（至正）十九年……九月……诏……赐张士诚，征海运粮"，可知作于是年九月之后。当时天下大乱，作者在平江（苏州），与杜牧当年一样遇到了从宫中散出沦落市井的名妓郭芳卿的弟子陈氏，听其"《水调》《凉州》歌续续"，引起了如杜牧对杜秋娘"感其穷且老，为之赋诗"的想法。所以，诗有矜孤恤贫、怜香惜玉之情味，但不是主要的。诗的主调是哀元之将亡，叹元朝君臣无德无能使国将不国的现实。更因为张士诚据吴也极端腐化而寓讽刺之意。因此，诗虽卒章说"含情欲为秋娘赋"，但实所关心是元朝将亡，张吴也没有未来，虽谓不中，亦不远矣。全诗结构：一是处处以唐玄宗、杨贵妃"安史之乱"前后事为比，述兴衰以鉴古知今；二是以当年"文皇（元文宗）在御升平日"与时下元顺帝朝"风尘一旦禁城荒"作前后对比，揭因果以数往知来。二者统一的线索是郭芳卿及其弟子陈氏两代艺人的命运。从而既以小见大，一叶知秋，又大观乎微，高屋建瓴，体现了诗人布局谋篇，以诗歌把握时代与个人命运的高超艺术。又值得注意的是，一如杜甫《观公孙大娘弟子舞剑器歌》实际突出的是其师公孙大娘，诗题虽重在写郭芳卿弟子陈氏，篇末亦结穴于"含情欲为秋娘（陈氏）赋"，但实际更多写了其师郭芳卿。这是拟杜的影响，具体说是拟杜诗因名师以出高徒构思的必然效果。总之，诗得白居易《长恨歌》之神，杜牧《杜秋娘诗》之韵，杜甫《观公孙大娘弟子舞剑器歌》之体，大开大合，张弛有致，情深意厚，感慨万端，又体贴入微，流丽婉转。《明诗别裁集》评曰："与少陵《观公孙大娘弟子舞剑器歌》同一用意，盖惓惓故国之思，意不在教坊弟子也。诗格则在元和、长庆之间。"可资参考。

练圻老人农隐 [1]

我生不愿六国印，但愿耕种二顷田[2]。田中读书慕尧舜，坐待四海升平年。却愁为农亦良苦，近岁征役相烦煎。养蚕唯堪了官税，卖犊未足输丁钱[3]。虬须县吏叩门户[4]，邻犬夜吠频惊眠。雨中投泥东凿堑，冰上渡水西防边[5]。几家逃亡闭白屋[6]，荒村古木空寒烟。君独胡为有此乐，无乃地迩秦溪仙[7]。门前流水野桥断，不过车马唯通船。秧风初凉近芒种，戴胜晓鸣桑树颠[8]。短衣行陇自课作，儿子馌后妻耘前。白头虽复劳四体，若比我辈宁非贤。旅游三十不称意，年登未具粥与饘[9]。便投笔砚把耒耜，从子共赋《豳风》篇[10]。

　　1　练圻老人：姓练名圻的老人；农隐：以务农为避世之途。
　　2　"我生"二句：说无意为官，唯愿种田吃饭。《史记·苏秦列传》载，苏秦游说六国，曰："使我有洛阳负郭田二顷，吾岂能佩六国相印乎！"
　　3　丁钱：古代称人口税，亦称"丁口钱"。丁，成年人，包括丁男、丁女。
　　4　"虬须"句：《三国志·崔琰传》："虬须直视，若有所嗔。"苏轼《陈季常所蓄朱陈村嫁娶图》："县吏催钱夜打门。"

5　"雨中"二句：说东边挖泥为堑壕御敌，西边踩冰过河守边。

6　白屋：茅屋，穷人的房屋。

7　"无乃"句：说难道是这里离桃花源很近吗？秦溪仙，指陶渊明《桃花源诗并记》所写秦末入桃花源避乱之人。

8　戴胜：鸟名，状似雀，头有冠，五色如方胜，故称。欧阳修《啼鸟诗》："戴胜谷谷催春耕。"

9　旅游：指人生。李白《春夜宴从弟桃花园序》："夫天地者，万物之逆旅也；光阴者，百代之过客也。"粥与饘：即饘粥，稀饭与稠粥。

10　豳风：《诗经》十五国风之一，为古豳国的风谣。

写自己不愿意做官，而如果能安居种地，读圣贤书，坐待太平，则心满意足。但如今的农民可真是辛苦，苛捐杂税，当兵服役，被迫逃亡，十室九空，却有练圻老人一方独好，自种自食，妻子老小一家团聚，身体劳累却心里快活着，似乎桃花源中仙人的样子，令人羡慕不已。又对比自己三十而立，却混得丰收之年还吃不上一顿饱饭，于是决心投笔从农。当然是诗人愤激之言，但作者之意在表达对现实的不满和对自由生活的向往。诗前四句一起入题明志，为全篇引起；"却愁"十句写农民实即普通民众苦况；"君独"八句与前十句普通"为农"对比，写练圻老人农隐之虽"劳"而乐；"白头"四句更以自己与练圻老人对比，抒发不得志的心情；末二句道断，表达欲偕"练圻老人农隐"的决心。全诗用赋，层层对比，卒章照应开篇，深化诗意。是怜农诗，农事诗，赞农诗，又是作者愤世的抒情诗。

忆昨行寄吴中诸故人 [1]

忆昨结交豪侠客，意气相倾无促戚。十年离乱如不知，日费黄金出游剧 [2]。狐裘蒙茸欺北风，霹雳应手鸣雕弓 [3]。

桓王墓下沙草白，仿佛地似辽城东[4]。马行雪中四蹄热，流影欲追飞隼灭。归来笑学曹景宗[5]，生击黄獐饮其血。皋桥泰娘双翠蛾[6]，唤来尊前为我歌。白日欲没奈愁何！回潭水绿春始波，此中夜游乐更多。月出东山白云里，照见船中笛声起。惊鸥飞过片片轻，有似梅花落江水。天峰最高明日登[7]，手接飞鸟攀危藤。龙门路黑不可上[8]，松风吹灭岩中灯。众客欲归我不能，更度前岭缘崚嶒。远携茗器下相候，喜有白首楞伽僧[9]。馆娃离宫已为寺，香径无人欲愁思[10]。醉题高壁墨如鸦[11]，一半敧斜不成字。夫差城南天下稀[12]，狂游累日忘却归。座中争起劝我酒，但道饮此无相违。自从飘零各江海，故旧如今几人在。荒烟落日野乌啼，寂寞青山颜亦改。须知少年乐事偏，当饮岂得言无钱[13]。我今自算虽未老，豪健已觉难如前。去日已去不可止，来日方来犹可喜[14]。古来达士有名言，只说人生行乐耳[15]！

1　昨：这里指入明前居吴时期；行：歌行，诗体之一；吴中：这里指作者家乡苏州。

2　"十年"二句：说在张士诚据平江（苏州）时挥金剧游的生活。十年离乱，元至正十六年（1356）二月，张士诚攻占平江，至至正二十七年（1367）九月被朱元璋大将徐达、常遇春攻破，共十一年，此言其整数；剧，游戏，嬉闹。

3　"狐裘"二句：说穿狐裘挽弓射猎之状。蒙茸：蓬松、杂乱貌。《隋书·长孙晟传》："突厥之内，大畏长孙总管，闻其弓声，谓为霹雳，见其走马，称为闪电。"

4　桓王墓：墓，一作地。桓王，三国吴孙坚之子孙策追谥长沙桓王。《高青丘集》卷五《吴桓王墓》题下原注："在盘门外三里……相传吴长沙桓王孙策所葬也。"辽城东：指今辽宁辽阳。

5　曹景宗：南朝梁将领。《梁书·曹景宗传》："曹景宗字子震……与少年数十人泽中逐獐鹿……鹿马相乱，景宗于众中射之，人皆惧中马足，鹿应弦辄毙，以此为乐。"

6　皋桥：明苏州地名。《姑苏志》："皋桥，阊门内，汉议郎皋伯通居其侧，梁鸿所寓也。"泰娘：唐代歌妓。刘禹锡《泰娘歌序》说"泰娘，本韦尚书家主讴者"，歌曰："泰娘家本阊门西，门前绿水环金堤。有时妆成好天气，走上皋桥折花戏……"

7　天峰：指支硎山南峰，有寺，宋真宗赐题"天峰院"，故称。

8　龙门：指龙门南趾，在天平山上，详见前《九日与客登虎丘至夕放舟过天平山》注7。

9　楞伽僧：指楞伽寺和尚。楞伽寺，俗称上方山寺。

10　"馆娃"二句：说馆娃宫早已圮毁改建成了佛寺。馆娃，吴王夫差为西施所建宫殿名，后世改为灵岩寺，今存。香径，《姑苏志》："采香径，在香山旁，吴王种香草于香山，使美人泛舟于溪以采之。"

11　"醉题"句：黄庭坚《同元明过洪福寺戏题》："洪福僧园拂绀纱，旧题尘壁似昏鸦。"本此化出。

12　"夫差"句：杜甫《阆水歌》："阆中胜事可肠断，阆州城南天下稀。"夫差城，称姑苏即苏州城。

13　"须知"二句：说少年好乐，说饮就饮。偏，极端；言无钱，杜甫《草堂即事》："蜀酒禁愁得，无钱何处赊。"

14　"去日"二句：李白《宣州谢朓楼饯别校书叔云》："弃我去者昨日之日不可留，乱我心者今日之日多烦忧。"

15　"古来"二句：杨恽《报孙会宗书》："人生行乐耳，须富贵何时？"达士，《吕氏春秋·知分》："达士者，达乎死生之分。"

当作于张吴亡后，是对张士诚治下平江生活"十年离乱如不知"的怀念，但也包含了岁月不居、年华暗老的悲伤，合之则写历经沧桑之后，人生恨短的惆怅。此等况味在古代诗歌中固不少见，但人各不同。当少年轻狂已成陈迹，高启虽自省"少年乐事偏"，但其内心真实的声音实如今人所谓"青春无悔"。"我今"六句结于"人生行乐耳"，也是结于这句话的下一句"须富贵何时"。从而诗人反复表达之拒绝世俗功名利禄的诱惑，又成为了这首诗的旨归。诗由狂放而内敛，由欢乐而感伤，感情跌宕起伏，有放达之志，无拘谨之情。《皇明诗选》卷五删"我今自算虽未老"以下六句。《明诗别裁》卷一则既曰："跌荡淋漓，神来之候。"又曰："结处颇近率易，故陈卧子选节去后六句，然终似神气未舒，故仍从原本。"其实都与作者不尽会心。从全诗看"我今"六句行于所当行，止于不可不止，正得此才至"太白佳处"。

明皇秉烛夜游图 [1]

花萼楼头月初堕，紫衣催上宫门锁[2]。大家今夕燕西园，高爇银盘百枝火[3]。海棠欲睡不得成，红妆照见殊分明[4]。满庭紫焰作春雾，不知有月空中行。新谱《霓裳》试初按，内使频呼烧烛换[5]。知更宫女报铜签[6]，歌舞休催夜方半。共言醉饮终此宵，明日且免群臣朝。只愁风露渐欲冷，妃子衣薄愁成娇。琵琶羯鼓相追逐[7]，白日君心欢不足。此时何暇化光明，去照逃亡小家屋[8]？姑苏台上长夜歌，江都宫里飞萤多[9]。一般行乐未知极，烽火忽至将如何[10]？可怜蜀道归来客，南内凄凉头尽白[11]。孤灯不照返魂人，梧桐夜雨秋萧瑟[12]。

---

1 《明皇秉烛夜游图》已佚，作者不明。明皇，即唐玄宗李隆基（685—762），谥"至道大圣大明孝皇帝"，故称；秉烛夜游，谓夜以继日地游乐。《古诗十九首·生年不满百》："昼短苦夜长，何不秉烛游？"

2 花萼楼：《旧唐书·让皇帝宪传》："玄宗于兴庆宫西南置楼，西面题曰'花萼相辉'之楼。"紫衣：指衣紫的宦官。《新唐书·宦者传序》："开元、天宝中……宦官黄衣以上三千员，衣朱紫千余人。"

3　大家：古代皇宫中后妃、宦官称天子曰大家；燕：通"宴"，宴会；西园：指花萼楼所在，以其位于兴庆宫西南，故称，但张吴在平江亦有西园，未必不兼指古今；蒳（ruò）：点燃；银盘：银制的烛盘；火：指蜡烛。

4　"海棠"二句：说海棠实以说杨贵妃。乐史《杨太真外传》载，杨贵妃醉酒，明皇笑曰："是岂妃子醉耶？海棠睡未足耳。"苏轼《海棠》："只恐夜深花睡去，更烧高烛照红妆。"杨太真，小字玉环，弘农华阴人，先曾度为女道士，号太真，后受宠于玄宗，赐封贵妃。

5　"新谱"二句：说唐玄宗初得杨贵妃之欢乐。《杨太真外传》："天宝四载七月……于凤凰园册太真宫女道士杨氏为贵妃，半后服用。进见之日，奏《霓裳羽衣曲》。"《霓裳》，指《霓裳羽衣曲》。内使，宫中执掌事务的人。

6　"知更"句：古代一夜分五更，宫中以铜壶滴漏计时，以铜签传更，宫女得签后掷石陛作声，以令眠者惊觉知时。知更，掌管报告更漏时数；铜签：铜制的更签。

7　"琵琶"句：《杨太真外传》："时新丰初进女伶谢阿蛮，善舞。上与妃子钟念，因而受焉。就按于清元小殿，宁王吹玉笛，上羯鼓，妃琵琶……自旦至午，欢洽异常。"羯（jié）鼓，从西域传入的一种鼓乐器，盛行于唐开元、天宝年间。

8　"此时"二句：聂夷中《咏田家》："我愿君王心，化作光明烛。不照绮罗筵，只照逃亡屋。"

9　"姑苏台"二句：说前代君王荒淫误国二事。姑苏台，又名姑胥台，在苏州城外西南姑苏山（今灵岩山）上。春秋吴王阖闾、夫差父子所建，穷极奢丽，吴亡焚毁；江都宫，指景华宫，隋炀帝在江都的离宫之一。江都，今江苏扬州。隋炀帝初封晋王于此，也终被杀于此；飞萤多，《隋书·炀帝纪》："上于景华宫征求萤火，得数斛，夜出游山，放之，光遍岩谷。"

10　"一般"二句：说唐明皇与夫差、隋炀帝是一样没底线的荒淫误国之君，以问句概指明皇逃蜀、杨贵妃死等事，见《杨太真外传》。

未知极，无节制；烽火，古代于边境相连的山峰上或别筑高土台，置薪其上，有寇至即举火以相告，谓之烽火。

11　"可怜"二句：说唐明皇在"安史之乱"平后回京，退居南内为太上皇，处境可怜。蜀道归来客，指唐明皇。《杨太真外传》："至德二年，既收复西京。十一月，上自成都还。"南内凄凉，《新唐书·地理志》："兴庆宫在皇城东南，谓之南内。"《杨太真外传》："上皇既居南内，夜阑登勤政楼，凭栏南望，烟月满目……上复与妃侍者红桃在焉，歌《凉州》之词，贵妃所制也。上亲御玉笛，为之倚曲。曲罢相视，无不掩泣。"头尽白，《长恨歌》："梨园弟子白发新。"

12　"孤灯"二句：说杨贵妃死不能复生，明皇在南内夜雨梧桐，难耐凄凉。上句，白居易《长恨歌》："孤灯挑尽未成眠。"杜甫《哀江头》："血污游魂归不得。"下句，白居易《长恨歌》："秋雨梧桐叶落时。"

　　说画中楼台巍峨，花木掩映，中坐帝、妃，太监、宫女、乐工围绕，各司其事，而银烛高烧，香雾闭月。贵妃红妆带酒，如海棠欲睡，而《霓裳》初试，内使频呼，烧烛屡换……虽宫女报更夜深，但觥筹交错，歌舞仍酣。"共言"二句，见明皇享乐已至醉生梦死，甚至"只愁风露渐欲冷，妃子衣薄愁成娇"，但因"白日君心欢不足"，还不欲罢休，乃至亲操羯鼓，以"琵琶羯鼓相追逐"……此时的唐明皇完全成了感官享受的俘虏，哪里还会想到他"天子作民父母，以为天下王"（《尚书·洪范》）的责任？所以诗人发出了讽刺性的谴责："此时何暇化光明，去照逃亡小家屋！"其意与杜甫《哀江头》、白居易《长恨歌》等同。意境则主要自《长恨歌》《杨太真外传》等脱化或翻出，但与二者字里行间不免对李、杨风流的欣赏与同情有异，这里句句含讽带刺。至"此时"二句揭出君主荒淫无道的直接后果，就是百姓流离失所，或蜗居于贫民窟中不得聊生，则客观上显示后世黄宗羲"为天下之大害者，君而已矣"（《原君》）的卓识。《明诗别裁集》评："'光明烛'二语，活用聂夷中《田家诗》意，与题中'秉烛'相应，巧而不纤。""不纤"即有力，讽刺荒淫之君，入骨三分。

江上晚过邻坞看花因忆南园旧游 ¹

去年看花在城郭，今年看花向村落²。花开依旧自芳菲，客思居然成寂寞。乱后城南花已空，废园门锁鸟声中³。翻怜此地春风在，映水穿篱发几丛⁴。年时游伴俱何处⁵？只有闲蜂随绕树。欲慰春愁无酒家，残香细雨空归去。

1　江上：指娄江之畔。娄江，见前《迁娄江寓馆》注1；邻坞：附近江边停船或修造船只的场所；南园旧游：即余尧臣等"北郭十友"中人。南园，《高青丘集》卷十一《南园》原注："在城南。吴越广陵王钱元璙所辟，营之三十年，胜甲吴中，今郡学前菜圃也。"

2　"去年"二句：自道去年春天在平江（苏州）城中看花，今年春天在平江城外看花，即至正二十七年（1367）的九月平江城破前后行迹。

3　"乱后"二句：说战后南园花事早谢，游人一空，唯园门上锁，鸟声如旧时而已。

4　"翻怜"二句：说历经战乱，当年美丽的南园，反而不如江上邻坞还有花可看了。

5　"年时"句：说当年南园同游诸友俱已星散。年时，犹当年或那时。

诗因移居地邻坞之花而忆及去年春天还与诸友一起赏花的南园，已经残毁无花可看，从而看到邻坞的野花，引出去年南园看花的怀想，愈觉客居之寂寞。乃以此形彼，由思花而念友，而欲借酒销愁，而不可得……兴废之感，聚散之情，客居之愁，孤独之意，如杂英乱坠，惨不忍睹，唯于细雨霏霏中"空归去"而已。诗人善写愁，善写种种愁，此篇又善写种种愁之纷至沓来者，别具风韵。

兵后逢张孝廉醇[1]

　　前年远别君父子，遭乱相传皆已死。今朝南陌忽逢君，
为识人中语音似。君言从亲渡海涛，欲避兵祸辞官曹[2]。间
关仅得返乡里，脱命罗网真秋毫[3]。问我胡为亦憔悴，十月
孤城陷围内[4]。艰难两地得俱全，政荷黄天怜我辈。相看握
手非偶然，痛饮岂得愁无钱。城中故旧散欲尽，君来使我
忘忧悁[5]。还思当年事未改，车马红尘浩如海[6]。等闲列第
化秦灰[7]，试问主人谁复在？请君看此应感吁，世间富贵皆
空虚。客游且莫更弹铗，读书归卧先人庐[8]。

　　1　兵后：指至正二十七年（1367）九月明兵破平江（苏州）之后；
张孝廉醇：张醇，孝廉，从以下诗意知其曾为张士诚僚属，余不详。

　　2　"君言"二句：张醇自言为避兵祸辞官，随父从海上脱逃。官
曹，衙门。

　　3　间关：辗转。《汉书》颜师古注："间关，犹言崎岖展转也。"秋
毫：鸟兽秋天新长出的细毛。

　　4　"十月"句：自至正二十六年（1366）十一月朱元璋大将徐达军
至平江（苏州）围城，至第二年九月城破，整十月，高启陷城内。

　　5　"城中"二句：说兵后城中友人或死、或谪、或隐遁江湖，得遇
张醇可以解忧。城中故旧，指"北郭十友"等；忧悁，忧愁忿恨。

　　6　"还思"二句：回忆张士诚治下平江繁华。事未改，指张氏政权
未亡；车马红尘，形容人烟稠密，交通繁忙。宋代张耒《题海州怀仁令
藏春亭》："故知车马红尘地，催促东风不得闲。"

　　7　"等闲"句：说战争使平江城成一片灰烬。列第，贵族官僚的
邸宅；秦灰，《史记·项羽本纪》："项羽引兵西屠咸阳，杀秦降王子婴，

烧秦宫室，火三月不灭。"刘禹锡《松滋渡望峡中》："梦渚草长迷楚望，夷陵土黑有秦灰。"

8　弹铗：乞求于人。《战国策·齐策》载，冯谖客孟尝君三年不见用，乃弹铗歌"长铗归来乎，食无鱼""出无车""无以为家"等，皆得满足，后为孟尝君献"狡兔三窟"之计；先人庐：祖居的老屋。

　　写至正二十七年（1367）朱元璋大将徐达等围困平江（苏州），诗人与好友张醇俱陷城中。张醇弃张吴官曹之职冒险随父潜出围城，浮海而去。当时高启与之仓促道别，后来听说其父子死于乱兵。这消息并不十分意外，意外的是"今朝南陌忽逢君，为识人中语音似"，接谈方知张醇"间关仅得返乡里，脱命罗网真秋毫"。张醇问作者的遭遇，虽旧友云散，但二人尚在，又有此幸遇，不由得心里谢天谢地，遂买酒痛饮，感慨乱离生死，乃知富贵如云、势焰俄顷，唯有退隐故庐、用心读书才是正见。这虽然只是一个书生乱世苟活的想法，与志士舍生取义、大济苍生不可同日语，然而"笃信好学，守死善道。危邦不入，乱邦不居。天下有道则见，无道则隐"（《论语·泰伯》），岂不正是儒者本色？全篇用赋，叙事畅达，除"秦灰""弹铗"为用熟典之外，几乎都是白话，诗风平淡易晓。

晓　睡

　　野夫性慵朝不出，敞箦萧然掩闲室[1]。村深无客早敲门，睡觉长过半檐日[2]。林深寂寂鸟鸣少，窗影交交树横密。此时攲枕意方恬[3]，一任床风乱书帙。昔年霜街踏官鼓[4]，欲与群儿走争疾。如今只恋步衾温，悟从前计应多失[5]。厨中黍熟呼未起，妻子嗔嘲竟谁恤[6]？天能容老此江边，无事长眠吾愿毕。

1　"野夫"二句：说闲居晏起之状。野夫，农夫，作者辞官居乡后的谦称；敝箦（zé）：破旧的席子。唐代韦应物《郊居言志》："出去唯空屋，弊箦委窗间。"

2　半檐日：照到屋檐的阳光，大约早晨八九点的时辰。半檐，建筑物顶部朝阳的檐子。

3　攲（yǐ）：通"倚"，斜躺；恬：安然舒逸。

4　"昔年"句：回忆在官时早起走霜街踏鼓点上朝的辛苦。官鼓，《新唐书·百官志》："五更三点，鼓自内发，诸街鼓承振，坊市门皆启，鼓三千挝，辨色而止。"

5　前计：指当年应诏修《元史》等在官事。

6　"厨中"二句：说辞官后无事高卧之闲情。黍，即黍子，又称黄粱；呼未起，白居易《风雪中作》："粥熟呼不起，日高安稳眠。"

写辞官闲居后之晓睡懒起，既因晓睡得恬适之趣，更因"前计应多失"之悔显得趣之真与可贵。从而其"晓睡"得趣处，皆其做官不得趣处，可与前选《晓出趋朝》《睡觉》相参观。但本诗对比"昔年"云云官场征逐，极写当下睡醒恬适之乐，悔不当初之意更加决绝。然尾联意仍有未安。诗人另有《睡足》诗云"风雨落梅村，鸠啼正掩门。今朝无事役，睡足亦君恩"，可相参观。

初入京寓天界寺西阁对
辛夷花怀徐七记室[1]

去年寺里开辛夷，君来忆我曾题诗[2]。今年我来君已去，思君还对花开时。欲寻花下君行迹，日暮空庭古苔碧。殷勤把酒问花枝[3]，看过春风几行客？

1　天界寺：详见前《寓天界寺雨中登西阁》注1；辛夷花：又名木兰、紫玉兰，落叶乔木，其花可观赏，可入药；徐七记室：指徐贲，字幼文，家中排行第七，为"北郭十友"和"吴中四杰"之一，徐曾为张士诚丞相府记室。

2　"去年"二句：说去年春天辛夷花开时徐贲曾在天界寺作诗忆我。去年，洪武元年（1368）一月，徐贲在南京，高启在吴中。

3　殷勤把酒：唐代僧贯休《出塞曲》："玉帐将军印，殷勤把酒论。"殷勤，频繁；问花枝：唐代司空图《故乡杏花》："寄花寄酒喜新开，左把花枝右把杯。欲问花枝与杯酒，故人何得不同来？"

　　洪武二年，高启应诏修《元史》，正月十六夜至京师，而卷十七《寄徐记室》云："惆怅江东日暮云，我来君去苦离群。不知此日君思我，还似当时我忆君。"原注："徐久客京师，余至已东还。"则知此诗与《寄徐记室》作于同一时段，也表达同一思念不置和错时未得见面的遗憾。但与作者在家《寄徐记室》基本上只是抒发对客居南京的徐贲思念之情不同，此时作者与徐贲去年所在来了一个颠倒，所以结末两句化用司空图诗，同时表达徐贲去年和自己今年当下共同的怀乡与思友之情。所以此诗与《寄徐记室》不仅是七古与七绝体裁的不同，更是作者在吴家居与客居南京易地而感受的不同，但非笃于友情又思深笔长，何以挲写委曲至此地步。

答余新郑[1]

前年吴门初解兵[2]，君别故国当西行[3]。有司临门暮驱发，道路风雨啼孩婴。仓黄不敢送出郭，执手暂立怀忧惊[4]。

我时虽幸脱锋镝，乱后生事无堪营[5]。移家江上托地主，闲园借得亲锄耕[6]。春朝起沐日照屋，野卉杂发鸣鹂鹒[7]。思君万里不可见，对此涕泪如盆倾。有壶当轩忍自酌，有句在卷邀谁评！走投北郭问消息[8]，一客为我言分明：君初随例诣阙下，有旨谪徙钟离城[9]。赍无囊金从无仆，弃家独去何茕茕[10]？长淮黏天趣前渡，牙眼怖客浮鼋鲸[11]。到州鞠躬谒太守，脱去官籍侪编氓[12]。城荒无屋寓来客，旋乞废地诛蓬荆。异乡何人恤同患？喜有杨子兼徐卿[13]。日高破灶烟未起，闭户不绝哦诗声。去年圣恩念逐客，特赐拂拭加朝缨[14]。敕君赴汴听铨擢[15]，路算旧驿犹千程。沙河无雨夏云热，茅苇夹岸多蚊虻。舟中感疹得下泄[16]，刃搅肠腹闻呻嘤。荒途无药相救疗，伏枕两旬几殒生。终藉神明佑吉士，疾势渐脱身强轻。一官署作新郑簿，捧檄已去询田更[17]。我虽历历听客语，虚实未察忧难平。初春天子下明诏，欲纂前史罗儒英。菲才亦辱使者召[18]，辞谢不得来南京。日斜出局访君舍[19]，草满陋巷春泥晴。入门小女识父友，延拜学诉艰难情。且云父意念家远，新遣两卒来相迎。须臾出君寄我札，上有秀句如瑰琼。自陈前事颇一一，与客旧说无亏盈。读终呼卒问彼土，卒言几年经战争。河山萧条县虽小，民少奸诈多淳诚。春秋古称邾子国，溱洧水活鲂鱼赪[20]。雌兔咻咻草间走，雄雉角角桑颠鸣[21]。谷深稀逢种田者，时有射户居山棚。霜天赤枣收几斛，剥食可当江南粳[22]。官来抚民务无事，鞭挂壁上无敲搒[23]。寒厅吏散独坐啸，远对嵩少当檐楹[24]。闻之离抱顿舒豁，如吸清露醒朝酲[25]。便因卒还寄君语，此邑小鲜聊试烹[26]。幸逢昌朝勿自弃，愿更努力修嘉名。吾皇亲手拥高彗，洒扫六合氛尘清[27]。海中夷筐已入贡，陇外户版初来呈[28]。大开明堂议礼乐，学士济济登蓬瀛[29]。太庙冬烝荐朱瑟[30]，千亩春藉垂青纮[31]。用材不肯略疏贱，铢寸尽上天官衡[32]。况君磊落抱奇器，不异一鹗秋空横[33]。岂容久屈簿领下，天道始塞终当亨[34]。文章期君归黼黻，借问报政何时成[35]？

1　余新郑：即余尧臣，"北郭十友"之一。《明史·高启传》附："余尧臣，字唐卿，永嘉人。入吴，为士诚客。城破，例徙濠梁。洪武二年放还，授新郑丞。"

2　"前年"句：说至正二十七年（1367）九月明兵破平江，吴中战事结束。解兵，罢兵，息战。

3　"君别"句：说余尧臣被遣戍事。《明实录》卷二十五载至正二十七年九月徐达攻破苏州，"凡获其官属平章李行素、徐义、左丞饶介……等所部将校，杭州、嘉兴、松江等府官吏、家属，及外郡流寓之人，凡二十余万……皆送建康"。西行，建康即今江苏南京，在苏州之西。

4　"有司"四句：说余尧臣及其家人被驱逐和作者与之道别情况。有司，指明朝负责此一驱遣事者；仓黄，即仓皇。

5　"我虽"二句：说彼时自己的艰难。脱锋镝，幸免于刀箭之害；生事，生计、生活。

6　"移家"二句：说自己携家迁居娄江，借人闲置的园地耕种为生。托地主，依靠当地的主人。

7　"野卉"句：写景兼寓思念之意。鹂鹒（lí gēng），即鸽鹒，亦作仓庚，又名黄鹂，即黄莺。古人以其于春天鸣叫为友人远归之候。唐代怀楚《送新平故人》："常听仓庚思旧友。"

8　北郭：古代城邑北面的外城，这里指苏州城北。

9　"君初"二句：说余尧臣先在南京等候发落，不久谪戍钟离。随例，依规；阙下，此指明朝的首都南京；钟离，元代濠州治，故城在今安徽凤阳东北。

10　"赍无"二句：说余尧臣身无分文独自离家从戍。赍（jī），持有；茕茕（qióngqióng）：忧愁的样子。

11　"长淮"二句：说余尧臣渡淮河的风险。上句，黏天，与天黏连；趣（cù），督促；下句，韩愈《泷吏》："鳄鱼大于船，牙眼怖杀侬。"鼍（tuó），中国特有的一种鳄鱼，又称鼍龙、扬子鳄、猪婆龙。

12　"到处"二句：说余尧臣到钟离后先要拜见知府，取消了官员身份，而被注册为外来谪戍之人。侪（chái），辈、类；编氓（méng），在籍的外来人口。

13　杨子：指杨基；徐卿：指徐贲。二人与余尧臣同谪钟离，后于洪武二年（1368）同放归。

14　"去年"二句：说洪武二年，余尧臣与杨、徐同获释授职。拂拭，掸去或擦去尘土，因取物必先拂拭尘垢，故以拂拭代指受恩遇被擢用。李白《驾去温泉后赠杨山人》："一朝君王垂拂拭，剖心输丹雪胸臆。"

15　"敕君"句：说诏命余尧臣赴汴州任职。汴，元代汴梁路，明改开封府，这里指新郑，明属开封府，今属河南郑州；铨擢，选拔任用。

16　疠（lì）：疠疾，瘟疫之一种。

17　"一官"二句：说余尧臣已到任新郑，处理民事。簿，主簿，明代与县丞同为县令辅官，县丞辅佐政务治安，主簿主管钱粮赋税，但此说与注1引《明史》不同，待考；捧檄，手捧授官的命状，指赴任、就职，见前《送倪雅》注2；田更，农村阅历丰富的老人。

18　"菲才"句：说自己虽然无才也得应诏来南京。指与修《元史》事。菲才，谦辞，才能微薄。

19　局：指《元史》局，设在天界寺；君舍：余尧臣家属寄居南京的住所。

20　郐（kuài）子国：即郐国，西周初封国，故地在今河南新郑；溱洧（zhēnwěi）：溱水与洧水，春秋时郑国的两条河，在今河南省郑州。《诗经·郑风·溱洧》："溱与洧，方涣涣兮。"鲂（fáng）鱼：鱼名；赪（chēng）：浅红色。

21　雌兔咻咻（xiūxiū）：苏轼《江上值雪效欧阳体……次子由韵》："草中咻咻有寒兔。"咻咻，形容雌兔的喘气声；雄雉角角：韩愈《此日足可惜赠张籍》："百里不逢人，角角雄雉鸣。"角角，雉鸣声；桑巅鸣：陶渊明《归园田居诗五首》其一："狗吠深巷中，鸡鸣桑树巅。"

22　粳（jīng）：稻的一种，米质黏性强。

23　敲搒（péng）：指用棍棒或皮鞭打的刑罚。苏轼《送钱藻出守婺州得英字》："古称为郡乐，渐恐烦敲搒。"

24　独坐啸：王维《竹里馆》："独坐幽篁里，弹琴复长啸。"嵩少：嵩山与少室山，也作"嵩室"，亦泛指嵩山，古代著名隐居处之一。《新唐书·隐逸传》序："然放利之徒，假隐自名，以诡禄仕，肩相摩于道，至号终南、嵩少为仕涂捷径，高尚之节丧焉。"檐楹：屋檐下厅堂前部的梁柱。

25　"闻之"二句：说读过来信，又听了来卒讲述余尧臣在新郑的情况，思愁顿消，有如朝吸花露以醒宿酒的快感。五代王仁裕《开元天宝遗事》："贵妃每宿酒初消，多苦肺热，尝凌晨独游后苑，傍花树，以手攀枝，口吸花露，借其露液，润于肺也。"朝醒，酒醉隔夜仍未清醒。

26　"此邑"句：劝余尧臣谨慎为官，同时含蕴以余尧臣才堪大用之意。《老子》："治大国若烹小鲜。"小鲜，小鱼。小鱼肉嫩，烹饪不可过多翻动，喻无为而治的施政理念。

27　"吾皇"二句：颂美朱元璋扫荡群雄，除残去秽，天下清平。高彗，长把的大扫帚。彗亦有彗星之义，俗称"扫帚星"。屈原《九歌·大司命》："登九天兮抚彗星。"王逸注："言司命乃升九天之上，抚持彗星，欲扫除邪恶，辅仁贤也。"六合，指天地四方，即宇宙。

28　"海中"二句：说明朝开国，外国来朝纳贡，西北陇州的割据势力也已纳降。夷筐，外国人置物的筐子；陇外，陇州以西诸郡州；户版，户籍。

29　"大开"二句：说洪武元年始诏令中书省、翰林院、太常寺等制订本朝礼乐事。明堂，古代天子举行大典的地方；蓬瀛：指蓬莱、瀛洲，道教所称仙境，喻指翰林院等官署。

30　"太庙"句：说洪武元年诏命协律郎冷谦等考定宗庙礼乐事。冬烝（zhēng），冬祭；朱瑟，弦为红色的瑟。《礼记·乐记》："清庙之瑟，朱弦而疏越。"

31　"千亩"句：说洪武元年诏令恢复春天行藉田礼事。春藉，古代天子、诸侯春耕前躬耕于藉田，以示对农业的重视。藉田，古代天子、诸侯征用民力耕种的土地；青纮（hóng），古代系冠的青色丝带，此以代指随同皇帝藉田的高官。

32　"铢寸"句：喻说升官晋职都要通过吏部慎重衡量。铢寸，犹言一丝一毫。铢、寸，分别为极小的重量和长度单位；天官，《周礼》六官之首，这里指负责任免考核官吏的吏部；衡，考量。

33　奇器：奇巧的器物，喻少有的才能；一鹗：《汉书·邹阳传》载邹阳致吴王书曰："鸷鸟累百，不如一鹗。"鹗，一种鹰鹗类猛禽。

34　"岂容"二句：说余尧臣虽暂居主簿之微职，但终当官运亨通。塞，不通；亨，通顺。

35　"文章"二句：说期待余尧臣文章辅国，政绩卓著。黼黻（fǔ fú），古代绣在礼服上作装饰的花纹，引申指辅佐，多用指以文章颂美朝廷；报政，上报政绩，这里指升官的信息。

作于洪武二年，余尧臣已从谪所钟离赦归，赴任新郑主簿。其家属寄居南京的一个陋巷。而诗人应诏修《元史》也来到了南京，未见上余尧臣本人，乃于修史之余一个雨过天晴的傍晚，一路泥泞，探访余家。入门受到了余家小女的接待，听其告诉居家艰难之状，并知其父已遣两卒来搬家将赴新郑团聚。同时收到两卒带来余尧臣给诗人的信札，展读之后，询问来卒，乃知先前所闻余尧臣谪戍放归并授职赴任情况一一如实，且知当下余在新郑任上一切都好，于是"离抱"尽释，"便因来卒寄君语"，而有是诗，乃以诗代简对余尧臣来札的回复，故曰"答余新郑"云。

全诗五十韵，一百句，写自至正二十七年（1367）九月某日苏州一别，至今两年当下景况。可分为四段：一是首句"前年"起至"有句在卷邀谁评"十六句，忆乱中分手和自己移居江上；二是自"走投"句至"虚实未察忧难平"三十二句，说因系念余而曾回苏州北郭，从"一客"听闻分手后余之经历种种曲折坎坷、不幸之幸，而疑信难定；三是自"初春"句至"如吸清露醒朝醒"三十二句，说此次造访余家，知余在新郑任上，一切顺安，乃释离怀；四是自"便因"句至末句"借问报政何时成"二十句，说答诗之由，颂美新朝称美余之才干，期其文章功业有成。既情同手足，又同病相怜，尤其叙事较详，不仅"可补余传之阙"（朱彝尊《明诗综》），也是同谪"杨子（基）兼徐卿（贲）"传记的旁证。

诗自回忆起，至得札回复寄以美好祝愿作结，中间以思念为心，以别余、闻余、访余家人、问余来卒和读余之来札之先后为线索，以叙事为主，写景、抒情、议论，交互为用，事中有景，景中有情；即事即情，即议即情，随机交融，浑然天成，而如游龙戏珠，围绕突显未见其人时的一个"思"字，感人肺腑。结构大而圆转如环，用典多而贴切无痕。无堆砌之嫌，有典雅之致。跌宕起伏，沉郁顿挫，使笔如舌。

送林谟秀才东归谒松江守 [1]

江城秋阴朝不晖，落叶古巷人来稀。林生何求乃过我？败屦蹑雨投闲扉。自言少习泽宫射[2]，思侣众士登王畿[3]。风尘失路因漂转，我岂无志时其违。欲充材官挽强弩[4]，关塞莫解穷城围。将从隐者服短褐，霜露难采荒山薇[5]。长年旅舍破毡冷，坐厌蟋蟀愁伊威[6]。诸侯得意尽轻客，顾影竟傍何人依[7]？南津昨夜砧杵动，风来烛前惊揽衣[8]。家人倚户望应久，宿舂未办悲惭归[9]。今朝江帆偶东转，愿借子语为光辉[10]。嗟余亦坐穷作祟，读书不出遭骂讥[11]。士无贤否贫者鄙，此言信矣谁云非？囊乏黄金可挥赠，有诗能救君肠饥[12]！云间使君本儒者[13]，贵显尚肯矜寒微。傥开深池养病鹄，翼成待看摩天飞[14]。

1　林谟秀才：生平不详。从诗题说他"东归谒松江守"看，当是松江一位落魄的秀才。杨基《眉庵集》卷八有《寄林训导谟》诗，此训

导当即其人；松江守：松江知府。松江，今上海市辖区。

2　习泽宫射：学习应试为官之道。泽宫射，《周礼·夏官·司弓矢》："泽共射椹，质之弓矢。"郑玄注引汉郑司农曰："泽，泽宫也，所以习射选士之处也。"这里指科举。

3　王畿：天子都城近郊的土地，这里代指朝廷。

4　"欲充"句：说想做一个材官。材官，地方衙门的健卒；强弩，硬弓。

5　采荒山薇：即采薇，指隐士生活。《史记·伯夷列传》载，周武王伐纣灭商，"伯夷、叔齐耻之，义不食周粟，隐于首阳山，采薇而食之"。

6　坐：因，所以；伊威：一作"蛜蝛（yīwēi）"，虫名，别称鼠妇，栖于阴湿壁角的一种潮虫。《诗经·豳风·东山》："伊威在室。"

7　"顾影"句：说没有人可以依靠。唐代长孙左辅《关山月》："今宵照独立，顾影自茕茕。"

8　"南津"二句：说置办寒衣的时节到了，秋风促我回家。南津，今苏州虎丘区浒墅关镇南津社区；揽衣，提起衣衫，为起身的样子。

9　宿舂：夜间舂粮米，引申指隔夜粮。《庄子·逍遥游》："适百里者，宿舂粮。"

10　"今朝"二句：说今天松江知府来此，请您为我美言推荐于他。江帆，指松江知府所乘船；子，尊称作者。

11　"嗟余"二句：说自己处境不好，读书不达，遭家人责备。穷，处境恶劣，遭遇不顺，"通""达"的反义。

12　"有诗"句：苏轼《和孔郎中荆林马上见寄》："平生五千卷，一字不救饥。"

13　"云间"句：称道松江知府是真正读书人。云间使君，指松江知府；儒者，儒家学人，此泛指读书人。

14　"傥开"二句：说倘能收纳救你一时之急，可待你将来飞黄腾达。朱熹《借韵呈府判张丈既以奉箴且求教药》："飞腾莫羡摩天鹄，纯熟须参露地牛。"傥，同"倘"，如果。

虽题"送林谟"云云，却不是普通送行诗，而是向松江知府介绍林谟求职的荐书，旨不在诗人之"送"，而在被送者林秀才之"谒"，而且是诗人荐林秀才之"谒"。因此，为了荐"谒"的成功，需要特别得体。即荐人的位置要摆得正，既要尽量满足林的期待，话说到位，又要顾及与松江知府的关系，无过或不及等。种种考虑，使此送行诗 反平常写景抒情，而以铺叙为主，事多曲折，言极委婉。自首至尾，一是说自己闲居交际无多，此荐是因林谟来求，而不是自己多事；二是转林谟自述其才能、志向、窘境以及求职的愿望；三是因林谟读书而穷和世情浇薄所生的感慨，既以抒愤和刺世，又为下文蓄势，收先抑此而后扬彼之效；四乃承前以推重"云间使君"非同时流，而是一位"贵显尚肯矜寒微"的真正读书人，言外之意就是代林谟向松江知府恳求帮助了。结末二句则在进一步陈说提携林谟有可能之好处的同时，也给其期望中林谟的前途和松江知府的仁德以美好祝愿。进退揖让，纡徐委婉，晓之以理，动之以情。后人所谓"世事尚明皆学问，人情练达即文章"者，由此可见。

淮南张架阁家旧有楼在仪銮江上
经兵燹已废与予会吴中乞追赋之 [1]

秋风尝歌《远游篇》[2]，楼中举手招飞仙。山奔海泻尽供览，逸思每出孤鸿前[3]。雕栏一别应非昨，几度淮南桂花落[4]。酒酣却作望乡人，那得东归似黄鹤[5]？风景如今总厌看，客愁何处共凭栏？欲问日边知远近，浮云回首蔽长安[6]！

1　淮南：明代全境属南直隶凤阳府辖地，今安徽省辖地级市；张架阁：张姓，其他不详，当为高启在南京任上认识的官员。架阁，本指建造楼阁，宋、金、元三省六部枢密院均设架阁库，主管称架阁；仪銮江：又称銮江，在今江苏仪征，以仪征本为南唐时迎銮镇，故称；兵燹（xiǎn）：战火焚毁破坏；吴中：指苏州。

2 "秋风"句：说少年时志向高远。《远游篇》，三国魏曹植名作，起首曰"少年重意气，辞家远行游。高谈蔑卿相，峻节凌九秋"云云。

3 "山奔"二句：说饱览山海，诗思比鸿雁还快捷。逸思，逸兴、诗情。李白《宣州谢朓楼钱别校书叔云》："俱怀逸兴壮思飞。"

4 "雕栏"二句：点题，说"张架阁家旧有楼在仪銮江上经兵燹已废"，事过数年。上句，李煜《虞美人》："雕栏玉砌应犹在，只是朱颜改。"下句，唐代王建《江南杂体二首》其一："日夜桂花落，行人去悠悠。"

5 "酒酣"二句：说醉中有时思念旧楼，但不得归。望乡人，白居易《庾楼晓望》："三百年来庾楼上，曾经多少望乡人。"东归似黄鹤，用丁令威化鹤事，详见前《行路难三首》其三注8。

6 "欲问"二句：上句，《晋书·明帝纪》载，东晋明帝幼时答元帝问"日与长安孰远"故事，说有家难归之"客愁"；下句，囊括李白《登金陵凤凰台》"总为浮云能蔽日，长安不见使人愁"诗意，隐指当时北方战事未平的形势。

淮南张架阁因家有旧楼毁于兵火，思念不置，请高启为诗以追赋之，即此诗，诚应酬之作。又诗人并未经见其楼之成毁，乃念想命笔，却写得有声有色，情词并茂。关键在作者紧扣"经兵燹已废"和张架阁"乞追赋之"之事悬揣遥想，体贴模拟，极尽渲染，便见云烟满纸，空中楼阁，骤然活现。盖作者深得诗家三昧，虽"追赋"其楼，却不徒为写楼，而是因其楼写张架阁实则也是诗人与张共有之为官在外不得还乡的"客愁"，并前后对比，暗讽"兵燹"之祸害。从而自己经消失之楼，升华出对人生多艰，总是身不由己的哀叹。情深意远，才子之笔。张氏之楼虽废于兵燹，却永存于此诗，诚不幸之幸！

题李德新《中宗射鹿图》[1]

赭袍玉带虬髯怒，人如真龙马如虎[2]。英风犹似天可汗，肯信昏孱困韦武[3]？上林草绿闻呦呦，飞鞚霹雳梢长楸[4]。画旗围合晚犹猎，后庭双陆谁行筹[5]。追游不记房陵辱，五王谪来势犹独[6]。空夸大羽发无虚，不射妖狐射生鹿[7]。画图令人生感嗟，天宝回首飘胡沙[8]。神孙早解习祖艺，不遣衔出宫中花[9]。

1　李德新：画家，时代生平不详；《中宗射鹿图》：已佚。中宗，即唐中宗李显（656—710），陇西成纪（今甘肃秦安县）人。唐高宗李治与武则天的儿子。弘道元年（683）即位，翌年即为武则天所废；后又于神龙元年（705）复位。景龙四年（710）被韦后等毒死。庙号中宗，葬定陵。

2　"赭袍"二句：说画里中宗貌似威武如真龙。赭（zhě）袍，红色的长袍；虬髯，蜷如虬曲的络腮胡须。

3　"英风"二句：说画里中宗貌似勇武如唐太宗，令人不能相信他会昏庸懦弱到被韦后和武三思所困辱玩弄。天可汗，指唐太宗。《新唐书·太宗本纪》："贞观四年四月，西北君长请上号为天可汗。"昏孱，昏庸懦弱；韦武，指韦后和武则天娘家的侄儿武三思。据新、旧《唐书》和《资治通鉴》等载，中宗复位后，韦后与武三思勾结干政，使中宗成为傀儡皇帝。

4　"上林"二句：说中宗射鹿之状。上林，汉武帝时长安宫苑名，这里指唐宫园林；呦呦，鹿鸣声，这里代指鹿。《诗经·小雅·鹿鸣》："呦呦鹿鸣，食野之苹。"飞鞚（kòng）：指飞奔的马。鞚，控制马的皮带及绳索；梢，指马鞭；长楸（qiū），高耸的楸树，以常植于大道两边，故以指大道。曹植《名都篇》："斗鸡东郊道，走马长楸间。"

5　"画旗"二句：说中宗贪猎不归，韦后与武三思在后宫淫乐。《资治通鉴·唐纪·神龙二年》："上使韦后与三思双陆，而自居旁为之点筹；三思遂与后通，由是武氏之势复振。"后庭，后宫；双陆，古代一种博戏。

6　"追游"二句：说中宗耽于游乐，忘记了曾贬房陵的屈辱和五王被削后已陷孤立的困境。房陵辱，武则天在嗣圣元年（684）夏四月，废中宗，迁房陵，谪居十五年后得还京复位。房陵，唐代县名，故地当今湖北房县；五王谪来，神龙元年（705）春，张柬之、崔玄暐等五人为首发动"神龙政变"，逼武则天还位中宗，是中宗能第二次执政的大功臣，故先后封王。但是中宗复位后，不听桓彦范"妇人不得预外政"之劝谏，放任韦后勾结武三思，使人诬陷五人，皆夺勋贬为地方官，使中宗在朝陷入孤立无援的处境。事见《新唐书·桓彦范等传》。

7　大羽：长箭；妖狐：喻指韦后。

8　"天宝"句：说到了唐玄宗天宝年间，又发生了"安史之乱"。天宝（742—756），唐玄宗年号；胡沙，胡尘，指"安史之乱"，安禄山是胡人，故云。

9　"神孙"二句：是讽刺的话。说唐玄宗如果能够早早从其祖父学到射鹿的本领，就不会有野鹿游宫中衔走牡丹花的不祥之兆了。神孙，皇帝的子孙，此指唐玄宗；衔出宫中花，宋代刘斧《青琐高议·骊山记》载一田家翁曰：唐玄宗时，有近侍贡献牡丹花名一尺黄，极名贵，被鹿衔去。"帝深为不祥……私谓侍臣曰：'野鹿游宫中非佳兆。'翁笑曰：'殊不知禄山游深宫，此其应也。'"

　　唐中宗自己是皇帝，父亲是皇帝，母亲是皇帝，兄弟是皇帝，儿子是皇帝，侄子是皇帝，于是民间戏称他是"六位帝皇丸"。他前后两次执政，都成女人手中的玩物，甚至最后被女儿安乐公主等人联手下药毒死，是历史上少有的窝囊皇帝，但李德新《中宗射鹿图》却把他画得很像个英主的样子。高启题诗就此画与历史上真实的唐中宗对比，感慨议论，说画里中宗射鹿，相貌神情，排场阵势，"英风犹似天可汗"，实际当年"昏孱困韦武"，只是一个政治上的"巨婴"，无论历史一再给了他多么好的机会，他都把一副好牌打得稀烂，沦为笑柄。而且，诗人讽刺并未止于此。结末四句又借唐玄宗时野鹿游宫中衔花成安禄山反叛之兆的传说，进一步揭示唐至中宗、玄宗朝国势盛衰之由，均不在于皇帝是否射鹿，而在于女人干政。这说不上是高见，但因射鹿而论中宗，因中宗射鹿而及于玄宗朝宫中野鹿衔花，画里画外，"鹿"影相望，构想新颖，婉而多讽。诚题画之妙作，又咏史之佳篇。

喜家人至京[1]

家人远来如我归，骨肉已是乡园非。妻羸女病想行苦，尘土覆面风吹衣。装车日暮解牛轭，呼烛买酒敲邻扉。客还乍见不得语[2]，一室相对情依依。忆昨初蒙使者征，远别田舍来京畿[3]。小臣微贱等虮虱[4]，召对上殿瞻天威。诏从太史校金匮，每旦珥笔趋彤闱[5]。春游禁苑侍鹤驾，冬祀泰畤随龙旂[6]。有时青坊坐陪讲，宫壶满赐沾恩辉[7]。草茅被宠已逾分，不才宁免诮与讥[8]。海鸟那知享钟鼓，野马终惧遭笼鞿[9]。江湖浩荡故山远，归梦每逐鸿南飞。常时出院就空馆，僮仆愁对语者稀。知君在舍亦岑寂，岁暮雨雪吟蟴蟍[10]。今宵得见信可乐，如获美馔饱我饥。但忧兄姊尚远隔，言笑未了仍歔欷。何当乞还弃手版，重理吴榜寻渔矶[11]。门前亲种一顷稻，婢供井臼妻鸣机。秋来租税送县毕，村酒可醉鸡豚肥[12]。谁言此愿未易遂，圣泽甚沛宁终违[13]？

1　京：指明初首都南京，今江苏省会。

2　乍见不得语：司空曙《云阳馆与韩绅宿别》："乍见翻疑梦，相悲各问年。"

3　"忆昨"二句：说去年应诏修史辞家来南京事。

4　"小臣"句：说小官卑微如虮虱。唐代卢仝《月蚀》："地上虮虱臣仝告诉帝天皇。"虮虱，附生在动物和人皮肤上的虮子和虱子。虮子是虱子的卵。

5　"诏从"二句：说奉诏在《元史》局和朝廷供职事。太史，称翰林学士，这里指时任《元史》总裁官宋濂；金匮，铜柜，古代用以收藏重要书契文献；珥笔，指插笔冠侧，以便记录；彤闱，红漆的大门，指宫门。

6 "春游"二句：说随皇子春游和侍皇帝祭祀。《高青丘集》卷十二《早春侍皇太子游东苑》云："铜辇出纡徐，春宫书讲余。"鹤驾，指太子的车驾，本《列仙传》载周灵王太子晋驾鹤升仙故事。高启曾奉旨教授诸王；泰畤（zhì），坛名，用以祭天；龙旂（qí），即"龙旗"，画有二龙蟠结的旗帜，为天子仪仗之一种。

7 "有时"二句：说陪太子读书时情景。《高青丘集》卷七《酬谢翰林留别》云："朝侍青坊读，夜陪玉堂宿。"青坊，即青宫，又称东宫，即太子宫；宫壶，宫中用的酒壶。

8 草茅：杂草，自谦如杂草之贱；不才，自谦没有才干。

9 "海鸟"二句：说自己如海鸟和野马，不能忍受羁束。上句本《庄子·至乐》载："昔者海鸟止于鲁郊，鲁侯御而觞之于庙，奏九韶以为乐，具太牢以为膳。鸟乃眩视忧悲，不敢食一脔，不敢饮一杯，三日而死。"元稹《春余遣兴》："野马笼赤霄，无由负羁鞅。"笼靮（jī），马的笼头和嚼子。

10 岑寂：寂寞；蚭蛜（yīwēi）：虫名，详见前《送林谟秀才东归谒松江守》注6。

11 "何当"二句：说辞官归隐之意。乞还，请求（皇帝）放归；手版，即笏，古时官员上朝用以指画或记事的狭长板子，此以代指官职；吴榜，吴地的大棹，划船用长的船桨，这里代指船；渔矶，钓鱼时坐的岩石。

12 "村酒"句：陆游《游山西村》："莫笑农家腊酒浑，丰年留客足鸡豚。"

13 "圣泽"句：说皇上恩泽丰厚还会一定不许辞官吗？圣，指当朝皇帝朱元璋；宁，岂，难道。

作于洪武三年（1370）春在南京任上。首八句写"妻嬴女病"，辛苦来奔，所以作者喜极之余，乃不免有所遗憾于不是自己回家与她们团聚。由此异乡之感引出"忆昨"十二句，写日常在朝做官特别是随侍皇上、太子的生活，透露出忧谗畏讥、高处不胜寒之感；

又由此官场的心得引出"海鸟"十二句写自己性不耐为官，常梦回故山，并知你在家如我一样孤独，今宵团聚有如餐美食的欢乐，却又有"但忧"云云的美中不足；又由此美中不足引出"何当"八句写辞官的愿望，并想象归田之后自由自在的生活。结末"谁言"二句表面颂圣，实乃决绝之意。诗题为"喜家人至京"，自前八句叙事以下，均诗人对妻之言，喜中有忧，忧中有盼，虽重在抒妻女家人之情，但终以辞官为一篇之旨，表现了诗人至性至情，酷爱自由，誓不受羁束的脱俗精神。"江湖"二句写尽远人思归之心，有浩荡飘逸之致。

始归江上夜闻吴生歌因忆前岁别时[1]

前年月夜闻君唱，秋满芦花此江上。一声离思水茫然，云逐孤帆共摇飔。惊鱼喷浪栖鹊飞，木叶散落风吹衣。莲歌尽歇松陵浦，渔笛还沉笠泽矶[2]。停杯数到临终拍，露下无声斜汉白[3]。满船相送尽泣然，况我当为远行客。解绂今去别紫宸，归舟江上又逢君[4]。一尊重听当年曲，相对浑疑梦里闻[5]。东方欲曙馀声绝，悲喜盈襟竟谁说。愿长把酒听君歌，从此天涯少离别。

1　江上：指作者自苏州城东故居移居娄江之畔的青丘；吴生：不详。

2　"莲歌"二句：说开船时在松陵浦听罢浦上女子采莲的歌声，行至笠泽矶又闻渔翁的笛声。松陵浦，即今江苏苏州松陵镇的吴淞江口；笠泽矶，太湖中的小山。笠泽，指太湖；矶，江边突出的岩石或小石山。

3　"停杯"二句：说在船上饮酒听歌闻笛直到深夜。拍，音乐的节拍；斜汉，倾斜的银河，夜深的标志。

4 "解绂"二句：说辞官乘船归来，又在船上遇到吴生。解绂
（fú），指辞官。绂，此指系官印的丝绳，代指官印；紫宸，皇宫的殿
名，泛指朝廷。

5 "一尊"二句：说想不到赴任时有吴生江上送别，辞官归来江
上又遇吴生，恍然如梦。尊，通"樽"，酒杯；相对浑疑梦，杜甫《羌
村》："夜阑更秉烛，相对如梦寐。"

　　作于洪武三年（1370）诗人辞官归青丘之后。诗人有感于前年
赴诏南京有吴生于江上歌以送行，今年自南京归江上，又得闻吴生
之歌相迎，一送一迎，吴生之歌与高启之为官相始终，既为偶然之
幸，又感吴生爱我之情非常也，故有是作。诗自"况我"句以上写
吴生当年送别，有吴生之歌、莲歌、渔笛；又自"解绂"二句以下，
至"悲喜"句写辞官归来，又以于同一江上"一尊重听当年曲"，
情景恍如当年，而赴任、辞官正如隔世！是知诗人以时光如江流，
人生似行船，而往来一歌，"相对浑疑梦里闻"，"悲喜"难言，能
有什么意义呢？空余惆怅而已。结尾"愿长把酒"二句，是感吴生
能相送赴官、又能相迎辞官之情至语，亦是诗人一官归来后之见道
语。曹操《短歌行》曰"对酒当歌，人生几何""契阔谈宴，心念
旧恩"，陶渊明《归去来兮辞》曰"悟已往之不谏，知来者之可追。
实迷途其未远，觉今是而昨非"等，诸意兼而有焉。叙事、写景、
抒情，如杂花生树，相互映发，又浑然交融，自然高妙！

京师午日有怀彦正幼文 [1]

　　去年归乡过重午，柳雨莎风满南浦[2]。白莲阁上与君
吟，遥忆徐君隔淮楚[3]。今年风雨又端阳，却在秦淮忆故乡[4]。

徐君已归若相见，应言前事一凄凉。客愁欲断翻长笑，人事推迁古难料[5]。明年未省又何之，一杯且听江南调[6]。

1　京师：指明朝首都南京；午日：端午，即农历五月初五日；彦正：杜寅，字彦正，吴县人，与高启同修《元史》，后官岐宁卫知事，死于叛军之乱；幼文：即徐贲，字幼文，见前《初入京寓天界寺西阁对辛夷花怀徐七记室》注1。

2　"去年"二句：说去年端午回乡情景。去年，洪武元年（1368）；重午，端午的别称；莎（suō），草名；南浦，指送别之地。江淹《别赋》："送君南浦，伤如之何？"

3　"白莲"二句：说与杜彦正游白莲阁吟诗，忆幼文在钟离谪所事。《高青丘集》卷十八有《登白莲寺阁贻幼文》诗。白莲阁，在苏州白莲寺；淮楚，这里指钟离，今安徽凤阳县一带。

4　"今年"二句：说今年端午我又离家来南京了。端阳，端午的别称；秦淮，即秦淮河，代指南京。

5　"客愁"二句：说世事难料，愁极反而觉得可笑。唐代施肩吾《赠女道士郑玉华二首》其一："世间风景那堪恋，长笑刘郎漫忆家。"推迁，挪移变化。

6　"一杯"句：南朝宋刘铄《拟行行重行行》："悲发江南调，忧委子衿诗。"江南调，江南的曲子。

作于洪武二年（1369）端午在南京，诗人忆及去年此日，还在苏州甫里与杜寅同登白莲阁，有诗怀念徐贲谪在淮楚；而今自己又身在异乡，怀念去年在故乡与您同游了。但徐贲已经回家，您又有可能与之相见，倘言及此事，当有一番凄凉。世事如棋，人生如戏，可叹而又可笑。而且明年各自又会去到何方，乃不可预料，就只好饮酒听歌，付之命运了。诗无奇语，只将两年来三人萍漂蓬转，聚散无定，天各一方，皆因身不由己的情形如实写出，便见其人生如梦，世事如幻的感慨，更以随化为心，真情流注，凄怨动人。

幻住精舍寻梅 [1]

　　郭西雪后寻僧院，短竹穿沙水如练。梅花有待我来催，
十日春寒未开遍。忽思前日渡江水，夜解征帆宿山县。偶
逢一树在官廨，为写新诗冰满砚 [2]。关山梦别今五年，缟袂
谁家月中见 [3]。自惭丧乱尚漂泊，泪眼如看故人面 [4]。黄昏
酒醒逐寒影，绕树千回意无倦。南枝北枝乱如雪，未许东
风吹一片。名园桃李尽荆榛，空谷独开君莫怨 [5]。重来省视
两何如，惆怅归时有馀恋。

　　1　幻住精舍：幻住庵中的精舍。幻住庵旧址在苏州阊门西五里雁
荡村。精舍，道士、僧人修行居住之所。

　　2　"忽思"四句：说前日涉江，夜宿山县官衙，偶见一树梅花，即
呵砚为诗，以见赏梅之兴致。官廨（xiè），衙门。

　　3　"缟袂"句：说白衣素女行于月下。缟袂（gǎomèi）：代指白
衣，喻白梅花。苏轼《次韵杨公济奉议梅花十首》其一："月黑林间逢
缟袂。"缟，未经染色的绢；袂，衣袖，袖口。

　　4　"自惭"二句：上句，杜甫《茅屋为秋风所破歌》："自经丧乱少
睡眠。"下句，杜甫《春望》："感时花溅泪。"故人，老朋友，喻指梅花。

　　5　"名园"二句：苏轼《寓居定惠院之东，杂花满山，有海棠一
株，土人不知贵也》："江城地瘴蕃草木，只有名花苦幽独。"

　　起首"郭西"四句说"幻住精舍寻梅"之方位与时间，不说梅
花半开正好我要寻梅，而说"梅花有待我来催"，岂为梅"催妆"
耶？"忽思"四句宕开，说昨在过江山县官衙偶见一树梅花，即已

喜不自胜，呵砚为诗云，则既叙此番"寻梅"之起意，又为以下写精舍梅花如"故人"蓄势；"关山"以下为全诗中心，写与此精舍梅花五年久违，"缟袂"句暗以美女比梅花，以照应前之"梅花有待我来催"；"自惭"六句赏梅，不说梅花感时溅泪，而说我之"泪眼如看故人面"，则委婉有柳永"执手相看泪眼"（《雨霖铃·寒蝉凄切》）之致；"黄昏"二句缠绵尽致；"南枝"二句不说梅花早于东风烂漫，而说"未许"云云，亦婉道而无穷；"名园"二句慰梅之幽独，结以"重来"云云，总结全篇。以"寻"入题，以"梅"为心，为情之所钟，哀感顽艳。《明三十家诗选》评曰："回环折荡，如怨如慕。"

夜坐有感

　　一鸦不惊城鼓低[1]，窗雨入竹暗凄凄[2]。东邻夜宴歌尚齐[3]，西邻战没正悲啼。此时掩卷谁能问？默坐灯前对瘦妻[4]。

　　1　"一鸦"句：唐代韦应物《晓坐西斋》："冬冬城鼓动，稍稍林鸦去。"城鼓，这里指战时城上传令的鼓声。

　　2　"窗雨"句：唐代温庭筠《送人游淮海》："半夜竹窗雨。"唐代钱起《宿新里馆》："秋雨暗凄凄。"可并相参观。

　　3　歌尚齐：婉言东邻一家齐全。

　　4　"默坐"句：白居易《移家入新宅》："有思一何远，默坐低双眉。"杜甫《北征》："瘦妻面复光，痴女头自栉。"可并相参观。

　　至正二十七年（1367）秋平江围城中作。一鸦不惊，城鼓低沉，窗外冷雨入竹，暗夜凄凉。诗人正挑灯夜读，忽闻东邻一家团圆，笙歌夜宴，而西邻正因为丈夫或儿子战死而悲伤痛哭。两相对比，诚所谓"月子弯弯照九州，几家欢乐几家愁"（杨万里《竹枝歌》）。诗人有感于此景此情，慨然掩卷沉思，然又无可奈何，也无可告诉，唯有默对困苦中相濡以沫的瘦妻而已。由外及内，由人及我，诗戛然而止。从化用杜甫《北征》诗看，作者当是想到了刚刚死去的二女儿高书，或是庆幸乱世中夫妻尚能相守的苟活，不可确知，然启读者之想，"此时无声胜有声"。

长短句

青丘子歌有序

　　江上有青丘，予徙家其南，因自号青丘子。闲居无事，终日苦吟，间作《青丘子歌》言其意，以解"诗淫"之嘲[1]。

　　青丘子，臞而清，本是五云阁下之仙卿[2]。何年降谪在世间[3]，向人不道姓与名。蹑屫厌远游，荷锄懒躬耕[4]。有剑任锈涩，有书任纵横[5]。不肯折腰为五斗米，不肯掉舌下七十城[6]。但好觅诗句，自吟自酬赓[7]。田间曳杖复带索，旁人不识笑且轻，谓是鲁迂儒、楚狂生[8]。青丘子闻之不介意，吟声出吻不绝咿咿鸣。朝吟忘其饥[9]，暮吟散不平。当其苦吟时，兀兀如被酲[10]。头发不暇栉[11]，家事不及营。儿啼不知怜，客至不果迎。不忧回也空，不慕猗氏盈[12]。不惭被宽褐，不羡垂华缨[13]。不问龙虎苦战斗，不管乌兔忙奔倾[14]。向水际独坐，林中独行。斫元气，搜元精[15]。造化万物难隐情，冥茫八极游心兵，坐令无象作有声[16]。微如破悬虱，壮若屠长鲸，清同吸沆瀣，险比排峥嵘[17]。霭霭晴云披，轧轧冻草萌[18]。高攀天根探月窟，犀照牛渚万怪呈[19]。妙意俄同鬼神会[20]，佳境每与江山争。星虹助光气，烟露滋华英。听音谐《韶》乐，咀味得大羹[21]。世间无物为我娱，自出金石相轰铿[22]。江边茅屋风雨晴，闭门睡足诗初成。叩壶自高歌，不顾俗耳惊[23]。欲呼君山老父携诸仙所弄之长笛，和我此歌吹月明[24]。但愁欻忽波浪起[25]，鸟兽骇叫山摇崩。天帝闻之怒，下遣白鹤迎[26]。不容在世作狡狯，复结飞珮还瑶京[27]。

1　《明史·高启传》："张士诚据吴，启依外家，居吴淞江之青丘。"青丘，长洲地名，在今江苏吴淞江滨，故称"江上"。《海内十洲记》："长洲一名青丘，在南海辰巳之地，地方五千里，去岸二十五万里。上饶山川，及多大树，树乃有二千围者。一洲之上，专是林木，故一名青丘。又有仙草灵药，甘液玉英。又有风山，山恒震声。有紫府宫，天真仙女游于此地。"诗淫：犹言诗迷。淫，过度。

2　臞（qú）：消瘦貌；五云阁下之仙卿：白居易《长恨歌》："楼阁玲珑五云起，其中绰约多仙子。"

3　"何年"句：暗以比李白称"谪仙人"。降谪，道教称天仙有过，则罚放人间。《新唐书·李白传》："天宝初，……白亦至长安。往见贺知章，知章见其文，叹曰：'子，谪仙人也！'"

4　"蹑屩"二句：说不喜旅游，也不爱种田。蹑屩（juē），脚穿草鞋。蹑，踩、踏；屩，草鞋。

5　"有剑"二句：说不习武，也不研究学问。《史记·项羽本纪》："项籍少时，学书不成，去。学剑，又不成。"

6　"不肯"二句：上句，《宋书·陶潜传》："吾不能为五斗米折腰向乡里小人。"下句，用汉代郦食其游说齐王田光归汉，以口舌下七十余城事，见《史记·淮阴侯列传》。

7　"但好"二句：说唯好作诗，自吟自答。酬赓（gēng），以诗赠答唱和。

8　"田间"三句：说自己妆束举止为世俗所轻，被认为是迂儒和狂生。曳杖，拖着手杖。《礼记·檀弓》："孔子蚤作，负手曳杖，消摇于门。"带索，以草索为腰带。《列子·天瑞》："荣启期行乎郕之野，鹿裘带索，鼓琴而歌。"鲁迂儒，指西汉初鲁两生。《汉书·叔孙通传》载通使征鲁诸生三十余人。鲁有两生不肯行，通笑曰："若真鄙儒，不知时变。"楚狂生，《论语·微子》载："楚狂接舆歌而过孔子曰：'凤兮！凤兮！何德之衰？……'孔子下，欲与之言。趋而辟之，不得与之言。"

9 "朝吟"句：《题漂麦图》"于书苟有得，岁晏何忧饥"可相参观。

10 "兀兀"句：像喝醉了酒一样。兀兀，昏沉貌；被酲（chéng），醉酒。

11 栉（zhì）：梳子和篦子的总称，用指梳头。

12 "不忧"二句：说不顾生计。回也空，《论语·先进》："子曰：'回也，其庶几乎，屡空。'"猗顿盈，说猗顿之富。《史记·货殖列传》："倚顿用盬盐起。"猗顿，春秋鲁商。

13 "不惭"二句：不在乎没有功名，不羡慕富贵荣华。宽褐，粗布大衣，百姓装束；华缨，官员的服饰。

14 "不问"二句：不关心乱世龙争虎斗争天下的战事，也不管日月如梭时光如流。上句，李白《山人劝酒》："各守兔鹿志，耻随龙虎争。"下句，乌兔，乌指日，兔指月。传说日中有三足乌，月中有玉兔。左思《吴都赋》："笼乌兔于日月。"

15 "斫元气"二句：说作诗"苦吟"之苦，瘅精竭虑，冥搜苦想。斫（zhuó），砍削。

16 "造化"三句：说诗歌构思的过程。陆机《文赋》："笼天地于形内，挫万物于笔端。"又："精骛八极，心游万仞。"又曹植《七启八首》其一曰："譬若画形于无象，造响于无声。"心兵，心事，心感物而动，如临外敌，故云。韩愈《秋怀》之十："诘屈避语阱，冥茫触心兵。"坐，致使。

17 "微如"四句：说遣词造句、表情达意、协律谐韵精益求精之难。破悬虱，喻精准。《列子·汤问》载，纪昌学箭射悬虱于窗，三年"射之，贯虱之心而悬不绝"；屠长鲸，南朝梁萧绎《玄览赋》："戮滔天之封豕，斩横海之长鲸。"沆瀣（hàngxiè），露水；峥嵘，高峻貌。

18 "蔼蔼"二句：喻说诗思由朦胧至逐渐成篇的过程。蔼蔼，云密集貌；轧轧（yàyà），难出貌。

19 "高攀"二句：说诗之题材广泛。天根，星宿名，即氐宿，二十八宿之一；月窟，月宫；犀照牛渚，《晋书·温峤传》："温峤至牛渚……燃犀角照之。须臾，见水族覆火，奇形怪状。"牛渚，即牛渚矶，在今安徽当涂长江边。

20 "妙意"二句：说诗之意境。鬼神会，杜甫《醉时歌》："但觉高歌有鬼神。"

21 "星虹"四句：说诗之音声华美，韵味动人。《韶》，古乐名。《论语·述而》："子在齐闻《韶》，三月不知肉味。"大羹，原味的肉汁。《礼记·乐记》："大羹不和，有遗味者矣。"

22 "世间"二句：说与世不谐，唯诗为乐。《韩诗外传》："原宪乃徐步曳杖，歌《商颂》而反，声沦于天地，如出金石。天子不得而臣也，诸侯不得而友也。"金石，本指用铜和石制的乐器，此以指诗；轰铿，敲击钟、磬之声。

23 "叩壶"二句：说此诗初成之乐。《晋书·王敦传》："（王敦）每酒后辄咏魏武帝乐府歌……以如意打唾壶为节，壶边尽缺。"

24 "欲呼"二句：说自信此诗之好，可配君山老父之仙乐。《博异志》"吕乡筡"条载，有君山老父出笛三管，曰"大者合上天之乐，次合仙乐，小者老身与朋侪所乐者，庶类杂而听之"。君山，在洞庭湖中，又名洞庭山。

25 欻（xū）忽：刹那间。

26 "天帝"二句：照应开篇"青丘子……本是五云阁下之仙卿"，说自己是诗仙谪世，终当重还仙界。实以表达终生为诗人的志向。白鹤迎，即乘白鹤升仙。古代这类故事颇多，如《续玄怪录·杨敬真》载敬真上仙，"青衣引白鹤……乘之，稳不可言。飞起而五云捧出，彩仗前引，至于华山云台峰"。

27 "不容"二句：说不许再作诗游戏人间了。《神仙传·麻姑》载：神仙王方平对麻姑仙人笑曰："姑故年少，吾老矣，了不喜复作此狡狯变化也。"狡狯（kuài），游戏；瑶京，传说中天帝所居。

诗人于至正十八年（1358）秋隐居青丘，自号青丘子。此诗当作于本年或稍后。高启爱诗，立志做一个诗人。所以"闲居无事，终日苦吟"，为友人嘲曰"诗淫"。高启乃作此诗，以解友人之惑。故此诗既以明志，又以论诗。

作为一首明志诗，诗人自号"青丘子"并为诗，即寓意超尘脱俗、不慕荣华富贵之志。故诗中先说诸多"不肯"云云，虽似有厌世之意，但主要是表明志在做一个诗人，是人各有志，而不是根本上否定其所"不肯"诸事。但读者未必都能有这样的理解，从而诗中作者的形象，在读者心目中就很难不是一个异类，"诗淫"之嘲即由此起。作者虽乐受之，但亦不得不为诗以"解"，即此作之用心。

作为一首论诗诗，诗中在进一步明志的同时，抒发了对诗人、诗歌创作与欣赏的见解。首起"青丘子"以下至"不肯掉舌下七十城"，写他自以为命中注定，非同凡俗，是天生为诗而行"狡狯"于世的人；"但好觅诗句"至"暮吟散不平"为进一步明志做一个诗人；"当其苦吟时"至"险比排峥嵘"写其苦吟之"苦"，既有物质上的困窘，又有精神上的孤独，而诗之创作是形象思维的过程；"霭霭晴云披"至"咀味得大羹"写诗成篇之苦中有乐；"世间无物"至篇末写诗成之乐，有"提刀而立"之致。

总之，以内容而言，其明志方面如陶渊明《大人先生传》，堪称作者遗世独立的自叙状和精神上的自画像，其论诗方面则可与陆机《文赋》相参观。而写法特别，大略因为"解嘲"之故，意在说明，带辩论色彩。其明志，先反说，后正说，首句"青丘子"以下至"不肯掉舌下七十城"，几乎句句用"不"，至"但说觅诗句"以下至"暮吟散不平"乃为正说；其论作诗，亦先用若干"不"字，至"向水际独坐"乃为正说等。一再反说、正说之后，乃如一江春水东流，奔腾而下。结以白鹤下迎，飞佩瑶京，前呼后应，神圆气足，既抑扬顿挫，又风神飘逸，兼得李、杜之遗。

南　园[1]

君不见，平乐馆[2]，古城何处寒云满。君不见，奉诚园[3]，荒台无踪秋草繁。白日沉山水归海，寒暑频催陵谷改[4]。皇天大运有推移[5]，富贵于人岂长在？试看当年广陵王，双旌六纛何辉光[6]！幸逢中国久多故，一家割据夸雄强[7]。园中欢游恐迟暮，美人能歌客能赋。车马春风日日来，杨花吹满城南路。叠石为山，引泉为池，辟疆旧园何足奇[8]？经营三十年，欲令子孙永保之[9]。不知回首今几时，繁华扫地无复遗。门掩愁鸥啸风雨[10]，种菜老翁来作主。空余怪石卧池边，欲问兴亡不能语。春已去，人不来。一树两树桃花开，射堂踘圃俱青苔[11]。何须雍门琴[12]，但令对此便可哀。人生不饮何为哉！人生不饮何为哉！

1　题下原注："在城南。吴越广陵王钱元璙所辟，营之三十年，胜甲吴中，今郡学前菜圃也。"

2　平乐馆：汉武帝时建于长安（今陕西西安）上林苑中的游乐场所。《汉书·武帝纪》："元封六年夏，京师民观角抵于上林平乐馆。"

3　奉诚园：原为唐司徒马燧长安安邑里旧第。燧死，子孙失守，没为朝廷亭馆，名"奉诚园"。

4　陵谷改：即丘陵山谷变迁，喻说世事变迁，高下易位。《诗经·小雅·十月之交》："高岸为谷，深谷为陵。"

5　"皇天"句：说天命也会递相改变，犹言奉天承运的皇权都会改朝换代。

6　广陵王：中国古代王爵。这里指五代十国时吴越国的广陵王钱元璙（887—942），本名传璙，字德辉，杭州钱塘（今浙江杭州）人。吴越国武肃王钱镠第六子，累官至太傅、同中书门下平章事。在苏州三十年。文穆王立，敕封广陵郡王。见《十国春秋·吴越世家》。广陵，今江苏扬州古称；双旌六纛（dào）：《新唐书·百官志》："节度使掌总军旅，颛诛杀。初授……赐双旌双节。行则建节、树六纛。"纛，古代军队里的大旗。

7　"幸逢"二句：说中原多事，给了钱氏一姓建立的吴越国（907—

978）于晚唐五代乱世称霸一方的机会。一家，指唐末镇东军节度使钱镠，逐渐占据以杭州为首的两浙十三州，历三代五王，立国七十二年，终于"纳土归宋"，以和止战，其后人也得到了宋室的优待。中国，指中原。

8　辟疆旧园：晋代顾辟疆在苏州的林园，唐时尚存。《高青丘集》卷五《顾辟疆园》原注："其地至今不可考，自晋以来，最为有名。"唐代陆龟蒙《奉和袭美二游诗·任诗》："吴之辟疆园，在昔胜概敌。前闻富修竹，后说纷怪石。"

9　"经营"二句：说广陵王钱元璙营造南园三十年，欲传之永世。

10　"门掩"句：唐代刘禹锡《题于家公主旧宅》："凤楼烟雨啸愁鸱。"鸱（chī），鸱鹰。

11　射堂：古代练习射箭的场所；蹴圃：古人蹴鞠的场所。蹴鞠，古代踢球的游乐活动。

12　雍门琴：见前《将进酒》注11。

作于洪武四年（1371）辞官后，重游南园已是"乱后城南花已空，废园门锁鸟声中"（见前《忆昨行寄吴中诸故人》），故为凭吊之旅，不由伤感。诗抚今追昔，虽历数名园之兴废而无可奈何，结末一归之于及时行乐，但其内蕴实为感慨青春已逝，欢乐难再，其刻骨铭心，亦今所谓"往事并不如烟"。一唱三叹，情溢乎辞。

夜闻谢太史诵李杜诗 [1]

前歌蜀道难，后歌逼仄行[2]。商声激烈出破屋，林乌夜起邻人惊[3]。我愁寂寞正欲眠，听此起坐心茫然。高歌隔舍如相和，双泪迸落青灯前。李供奉，杜拾遗，当时流落俱堪悲[4]。严公欲杀力士怒[5]，白首江海长忧饥。二子高才且如此，君今与我将何为？

1　谢太史：即谢徽（1330—1397），字元懿，长洲（今江苏苏州）人，洪武二年（1369）被荐与高启等同修《元史》；散馆授翰林国史院编修，故称太史，博学工诗文，有《兰庭集》。

2　"前歌"二句：说夜闻谢徽诵李、杜诗篇。《蜀道难》，李白作乐府名篇；《逼仄行》，杜甫作七言歌行名篇。两首诗都表达了世道险恶、人生不易的感慨。

3　"商声"二句：说李、杜二诗声皆激昂悲怆，动人心旌。商声，古乐宫、商、角、徵、羽五音之一，有肃杀之意，故又指秋声。

4　"李供奉"三句：说李白、杜甫生前都曾漂泊流离，遭际坎坷。李供奉，李白于天宝初年因贺知章荐授翰林供奉之职，故称；杜拾遗，"安史之乱"中，杜甫于乱军中至凤翔（今陕西宝鸡）投奔肃宗，授官左拾遗，故称。

5　"严公"句：说李、杜各自遭受的屈辱和不幸。严公，指唐剑南节度使严武。《新唐书·严武传》："武在蜀颇放肆……最厚杜甫，然欲杀甫数矣。李白为《蜀道难》者，乃为房与杜危之也。"力士，指唐玄宗内侍宦官高力士（684—762）。《新唐书·李白传》载，李白任翰林供奉，"白尝侍帝，醉，使高力士脱靴。力士素贵，耻之，摘其诗以激杨贵妃，帝欲官白，妃辄沮止。白自知不为亲近所容……恳求还山，帝赐金放还。白浮游四方"。

洪武二年（1369），高启与谢徽同修《元史》，同寓天界寺，隔舍而居，某夜高启愁不能眠，忽闻谢徽先诵李白《蜀道难》，后诵杜甫《逼仄行》，感其诵而有此诗。诗因李白、杜甫高才，却各自仕途坎坷，屈身下位，甚至触险遇厄，终于漂泊至死的不幸命运，联类而忧及"君今与我"，无李杜之才，却同嗜为诗，作为一个诗人的命运，应该不会比李杜更好。这既是为李杜鸣不平，又是为"君今与我"当下处境及未来前途的远虑。后二人同辞归，共进退，也可见高启此诗之咏李杜以比二人，略似有先见之明。诗由"君今与我"而李杜，又由李杜而"君今与我"，上下千古，纵横往复，思深虑远，语重心长。谢徽当时读之，当何如哉？已不可知。然而谢曰"季迪之诗，缘情随事，因物赋形，横从百出，开合变化……如泰华秋隼之孤骞，昆仑八骏追风蹑电而驰也"（《列朝诗集·高太史启》）云云，可移以为此诗定评。

登金陵雨花台望大江 [1]

大江来从万山中，山势尽与江流东。钟山如龙独西上，欲破巨浪乘长风 [2]。江山相雄不相让，形胜争夸天下壮。秦皇空此瘗黄金，佳气葱葱至今王 [3]。我怀郁塞何由开？酒酣走上城南台。坐觉苍茫万古意，远自荒烟落日之中来。石头城下涛声怒，武骑千群谁敢渡 [4]？黄旗入洛竟何祥？铁锁横江未为固 [5]。前三国，后六朝 [6]，草生宫阙何萧萧。英雄乘时务割据，几度战血流寒潮。我生幸逢圣人起南国 [7]，祸乱初平事休息。从今四海永为家，不用长江限南北 [8]。

1　金陵：今江苏南京古称；雨花台：《江宁府志》："雨花台，在南城三里聚宝门外，据冈阜最高处。梁武帝时，云光法师讲经于此。凡讲经，天雨花如雪片，故以名其台。"今为南京著名景点。

2　"钟山"二句：说南京形胜乃龙兴之地，以颂美明朝建都南京，有虎跃龙兴之象。上句，钟山如龙，本《太平御览》卷一五六引张勃《吴录》载："刘备曾使诸葛亮至京，因睹秣陵山阜，叹曰：'钟山龙盘，石头虎踞，此帝王之宅。'"钟山，俗称紫金山，又名蒋山，在南京城东，势东西向，与长江水流相逆，故诗曰"西上"；下句，《宋书·宗悫传》载："悫年少时，炳问其志，悫曰：'愿乘长风破万里浪。'"

　　3　"秦皇"二句：说当年秦始皇埋黄金镇压金陵王气是枉费心机，如今明朝开国建都于此，证明南京仍然是帝王之都。《太平御览》卷七百三《服用部五》载："（胡）综答曰：'昔秦始皇帝东游，以金陵有天子气，乃改名，掘凿江湖平诸，山南处处辄埋宝物以当王气。其事见于《秦记》。'"佳气，美好的气息，这里指王气；王，通"旺"，读去声。

　　4　"石头城"二句：说三国魏文帝欲攻金陵伐吴未竟事。上句，石头城，本楚之金陵城，三国吴孙权重筑改此名。城负山面江，南临秦淮河口，当交通要冲，为军事要塞；下句，《三国志·徐盛传》注引《魏氏春秋》载，魏文帝伐吴至广陵，见长江波涛汹涌，"文帝叹曰：'魏虽有武骑千群，无所用也。'"

　　5　"黄旗"二句：说三国吴主孙皓据守金陵，费尽心机，仍不免为晋国所灭事。上句，黄旗入洛，据《三国志·吴书·孙皓传》注引《江表传》载，吴主孙皓在南京误信谣言，辇载其母、妻子及后宫数千，"云青盖入洛阳，以顺天命"，却不久即做了晋国的俘虏，并果然被谪居去了洛阳；下句，铁锁横江，《晋书·王濬传》载，王濬率晋军以楼船渡江伐吴，吴以铁锁横江拦堵，被晋军用火烧断铁锁，登岸攻城。城破，孙皓出降。刘禹锡《西塞山怀古》："千寻铁锁沉江底，一片降幡出石头。"

　　6　"前三国"句：说自汉末三国吴以金陵为都之王朝旋兴旋灭。三国，指汉末魏、蜀、吴时期；六朝：三国吴、东晋、宋、齐、梁、陈先后建都金陵，统称六朝。

　　7　圣人：指明太祖朱元璋；南国：泛指南方，朱元璋是濠州钟离（今安徽凤阳）人，故云。

　　8　不用：不因。用，因为；长江限南北，《三国志·吴书》注引《吴录》："（魏文）帝见波涛汹涌，叹曰：'嗟乎，固天所以隔南北也。'"限，隔断。

　　洪武二年（1369）春，高启在南京，偶于薄暮酒后，登雨花台，一览长江上下，"钟山龙盘，石头虎踞"，乃有自古长江天堑与帝业兴亡之思，而作此诗。所以本诗怀古，既是从长江天险写南京的形胜论，又是从史上数见南北分治局面写明朝定都南京一统中华的颂赞书。虽不免堪舆家之气，但更多突出了"圣人"即明太祖驱逐蒙元、扫平群雄、混一南北的历史功勋，是高启由元入明对新朝正面认可欢迎的重要表态。诗写景抒情，吊古感今，可分为三段：一是首八句总写金陵自古形胜，从来有帝都气象；二是"我怀"以下至"几度"句为全诗中心，追怀三国至六朝金陵屡经改朝换代，尤其东吴虽据长江天险可守而仍亡于晋朝的历史，和其后南北战争多次血染长江的惨象；三是"我生"以下四句直抒胸臆，既是颂美洪武帝是起自"南国"的"圣人"，肯定其扫平群雄，一统天下，"祸乱初平事休息"的伟业，又卒章言志，为大明王朝皇图永固祈福。其所表达的感情，虽本质不过"乱离人不及太平犬"愿望得到满足的喜悦和对一家一姓王朝的臣伏，但在近人所谓"崖山之后无中国"几近百年之际，这首诗欢呼统一、向往和平的强烈感情，仍显示了中华民族生生不息的伟大传统和创造力，值得称道。诗"起势雄杰，一结尤颂扬得体"（王文濡编《历代诗评注读本》），"有博大昌明气象"（赵翼《瓯北诗话》），堪称有明开国颂诗之冠。

五言律诗

与刘将军杜文学晚登西城 [1]

木落悲南国，城高见北辰 [2]。飘零犹有客，经济岂无人 [3]？
鸟过风生翼，龙归雨在鳞 [4]。相期俱努力，天地正烽尘 [5]。

1　刘将军、杜文学：皆不详，疑皆张士诚据吴时属下或门客；西
城：苏州城西门。

2　北辰：指北极星，当喻指元朝廷。《论语·为政》："子曰：'为政
以德，譬如北辰，居其所，而众星共之。'"

3　"飘零"二句：婉言刘、杜今虽漂泊依人，但都是经济之才。经
济，经世济民。杜甫《水上遣怀》："古来经济才，何事独罕有？"

4　"鸟过"二句：以鸟翼生风、龙鳞带雨喻说人生在世当有所作为。

5　"相期"二句：说时值战乱，各应努力国事。宋代夏元鼎《水调
歌头》十之七："北斗随罡转，天地正氤氲。"烽尘，指战争。

写于元末苏州。从起首"木落"二句以"南国"对"北辰"，
或有"处江湖之远则忧其君"之意看，诗似作于张士诚降元的至正
十七年到至正二十三年（1357—1363）之间。不过，今之注家往往
并不以诗中"见北辰"有奉元为正朔之意。况如今中华一统，亦不
必苛求。所以仍从多种选本，以此篇为高启五律的力作。一、二句
写傍晚登城所见，而暗示家国之忧；三、四句写才士无依，而庙堂
无人；五、六句比喻，说相信人才终能用世，犹今言"是金子总会
发光"；结末以乱世用人之时代的召唤相勉励，格高意远，境界清

旷，抑扬顿挫，有杜诗风韵。《明诗别裁集》评曰"悲壮"，得其神矣。

一窗秋影

修竹与疏桐，秋阴接桂丛[1]。并生金井侧，同映绮疏中[2]。
隐匿才笼雾，交横忽飐风[3]。不须怀故馆，月落并成空[4]。

1　"修竹"二句：说修竹、疏桐、秋桂三者相接。
2　"并生"二句：说三者并生于金井之侧，同映于绮窗之中。金井，井栏上有雕饰的井，这里用指宫廷园林里的井；绮疏，窗上的雕饰花纹，这里代指绮窗。
3　"隐匿"二句：说雾笼就隐匿，风飐就交横。飐风，风吹颤动。
4　"不须"二句：说还是别去怀念过去教书的简单生活吧，到头来如一窗秋影，都成空幻。故馆，高启出仕前曾坐馆教书。

当作于洪武二、三年南京修史或任翰林编修期间，所以住处有"金井""绮疏"，而"旧馆"只在念中。诗中诸物都是象征，"修竹""疏桐""秋桂"三者并生于"金井""绮疏"之侧，因"雾笼"与"飐风"而被动"隐匿"或"交横"，当是喻说其在《元史》馆或翰林院与同官共处，虽皆英才，但不免因官场的利害，彼此不能坦诚，甚至相龃龉，有不甚愉快的感受。（见前《喜家人至京》："草茅被宠已逾分，不才宁免诮与讥。"）作者不习惯或不喜欢这种在最高层集体打工似的佣笔生活，所以怀念出仕前教书坐馆的自由自在，但"旧馆"已是旧梦，眼前"金井""绮疏"所对"修竹""疏桐""秋桂"之"一窗秋影"，"月落"之后，也将如"旧馆"付之一空。题"一窗秋影",是作者以其当下乃至整个人生如梦幻泡影,表达的是其入官场后不适、厌倦和企求自我解脱的心情。由于此诗隐喻的"笼雾"效果,读者易见其唯美,难窥其深心,故试以指实如上。

哭临川公[1]

身用已时危,衰残况病欺[2]。竟成黄犬叹,莫逐白鸥期[3]。东阁图书散,西园草露垂[4]。无因奠江上,应负十年知[5]。

---

1 临川公:指饶介(1300—1367),字介之,号芥叟,自号醉樵等,江西临川(今抚州)人,著名诗人、书法家。元末自翰林应奉出金江浙廉访司事,累升淮南行省参政。张士诚据吴,登门拜请,出为淮南行省参知政事。与高启等"北郭十友"中人多交好。士诚败,俘至南京被诛。

2 "身用"二句:说饶再出为张士诚所用时已艰危,年老且病。

3 "竟成"二句:以秦丞相李斯之死比饶介之被杀而惜之。黄犬叹,《史记·李斯传》载,李斯受赵高诬陷谋反死,累及其子,刑前痛谓其子曰:"吾欲与若复牵黄犬,出上蔡东门逐狡兔,岂可得乎?"白鸥期,《列子·黄帝篇》载:"海上之人有好沤鸟者,每旦之海上,从沤鸟游,沤鸟之至者百住而不止。"沤,通"鸥"。

4 "东阁"二句:说饶介死后其家东阁图书散佚,西园觞咏不再。东阁,当指饶氏待客读书之室;西园,《姑苏志·官署中》:"西园在郡圃之西隙地直子城。"

5 "无因"二句:说对饶介的感念与愧疚。无因,不便;十年知,张士诚据吴十年,饶对高启等文士颇多维护。

高启年十六受饶介赏识,于饶有"十年知遇"之恩。但至饶介做了新朝的俘虏受戮,高启实以不敢公开祭奠和哀挽,却又不忍其痛,乃有此诗,以代挽章。前四句述饶介晚年衰病,却还受了张士诚的官,以比于秦相李斯东门黄犬之祸表达痛惜;五、六句写饶介一死,以之为中心的苏州文人风流云散;七、八句写受饶十年知遇,却未能为之致祭尽礼的歉疚。全诗虽未畅所欲言,但字里行间可见在高启看来,饶之悲剧在于未能审时度势和量力而为,乃不慎而招祸,可作老而不知止者戒。古语云:"一死一生,乃知交情。"(《史记·汲郑列传》)高启不避时忌,以诗哭刑戮之人,哀感凄凉,有义士风,可谓不负心矣。

兵后出郭[1]

俯仰兴亡异,青山落照中[2]。民归邻树在,兵去垒烟空。城角犹悲奏,江帆始远通。昔年荆棘露,又满阖闾宫[3]。

1　兵后:指至正二十七年(1367)九月朱元璋的军队攻占苏州之后;郭:指苏州城郭。《说文》:"郭,外城也。"

2　"俯仰"二句:说张吴政权之兴亡。俯仰,低头与昂首,表时间很短。王羲之《兰亭集序》:"向之所欲,俯仰之间,已成陈迹。"

3　"昔年"二句:暗指张士诚又重演春秋时吴王夫差灭亡的命运。《汉书·吴被传》载淮南王阴有邪谋,被数微谏曰:"王安得亡国之言乎?昔子胥谏吴王,吴王不用,乃曰'臣今见麋鹿游姑苏之台也。'今臣亦将见宫中生荆棘,露沾衣也。"阖闾宫,春秋时吴王阖闾的宫殿。代指张士诚在苏州的吴王宫。

写明兵破苏州后出郭所见,首二句感慨张吴旋兴旋灭,如青山落照,仅见余晖;三、四句写战后城池残破之状;五、六句写城上犹有警戒而江上舟楫始通；七、八句照应首二句并为全诗结穴，显见其不是一般的感时悯乱，而是致慨于张吴之亡，如春秋吴王夫差亡国的重演。这自然是历史家的眼光，但是作者着眼于百姓社会所遭受的苦难写张吴兴亡，恰与"伤心秦汉经行处……兴，百姓苦；亡，百姓苦"（张养浩《山坡羊·潼关怀古》）之意相通，而冥合于儒家之仁政理想。作者之心情盖极沉痛，哀张氏之亡，并哀民生之多艰，是一篇现实色彩和个性特点极为鲜明的政治诗。其上下古今，纵横交错，大处落笔，微处见意，故《明三十家诗选》评曰："摹写乱后风景，浑融浓郁，直摩杜陵之磊。起结尤能振拔。青丘五律当以此为第一，而诸选家多不甄录，何也？"

送前国子王助教归临川[1]

去国独依依，羁臣泪满衣[2]。梦中燕月远，望里楚山微[3]。世变惊人老[4]，身全诏许归。舟前枫叶落，应到故园扉。

1　前国子王助教：前（元）朝协助国子祭酒教授生徒的助教王氏，江西临川（今抚州）人，其余不详。

2　去国：指元朝灭亡后王助教离开大都；羁臣：被俘羁押中前朝或异国的官员。

3　"梦中"二句：说王助教自大都俘来，赦归将往临川。因此知作者与王氏都在南京。燕月，代指大都（今北京）；楚山，代指临川，临川在春秋战国时属楚。

4　"世变"句：宋代吴芾《山居》："年去惊人老，坐来忘夜深。"世变，指元朝灭亡。

明初，故元官员例徙临濠，约于洪武二年（1369）前后陆续释放至南京安置，多有放归故里者，王助教即其一。高启时在《元史》馆中，赋此诗为之送行。首二句怜悯王氏旧国羁臣的亡国奴命运，却也蕴含了对他不事二主的赞赏；三、四句写其来处与征程，悲悯其去国怀乡之心；五、六句直叙，庆幸其虽遭受挫磨，却还能全身归里，客观上也包含了对新朝宽待政敌善意的嘉许；七、八句是祝愿，预计他"枫叶落"也就是冬天就可以到家，可以叶落归根了。作者与王氏应相识不久，所以诗中基本上不涉及私人交情，可知其写诗的动机主要出于对王氏身为覆巢下完卵之幸运的欣喜与祝贺。诗笔清雅，刻画生动，形象鲜明，体贴入微，同情备至。《皇明诗选》李雯评曰"取其真"，所指大约也就是这个意思。

晚次西陵馆 [1]

匹马倦嘶风，萧萧如转蓬[2]。地经兵乱后，岁尽客愁中。晚渡回潮急，寒山旧驿空。可怜今夜月，相照宿江东[3]。

1　次：投宿，居停；西陵：西陵渡，连接浙东运河和大运河、钱塘江的码头，在今浙江钱塘江东萧山境内。

2　"匹马"二句：说旅行倦怠辛苦之状。上句，唐代伍乔《暮冬送何秀才毗陵》："匹马嘶风去思长，素琴孤剑称戎装。"下句，杜甫《客亭》："多少残生事，飘零似转蓬。"

3　"可怜"二句：说今夜月上，还是要寄宿在江东此馆，不得还乡。上句，唐代唐彦谦《客中感怀》："可怜今夜月，独照异乡人。"下句，宿江东，李白《行路难三首》之三："君不见吴中张翰称达士，秋风忽忆江东行。"江东，西陵渡在钱塘江东，故云。

写于至正十八年（1358）冬吴越之游回程夜宿西陵渡时。此时诗人已到过不少地方，身心俱疲，又见得兵燹之余，冬尽年末，游兴已阑，客愁方炽；况且江潮浪急，寒山驿空，对月独眠，不能入睡，便不由想起李白诗中也曾称道的乡贤张翰"因见秋风起，乃思吴中菰菜、莼羹、鲈鱼脍"（《晋书·张翰传》）故事，禁不住自怨自艾起来。孤独之情，客愁之心，如闻如见。

送顾别驾之边郡 [1]

故人虽尽别，相去独君赊[2]。缘路云千堠[3]，临边树一家。渡江船载马，到馆烛惊鸦。莫叹孤城废，春来尚有花[4]。

1　顾别驾：高启友人，其余不详。别驾，汉置州刺史佐官，以出巡时不与刺史同乘，别乘一车，故名，明代为州判之别称；边郡：临近边境郡城。

2　赊（shē）：远。

3　缘：沿，顺着；堠（hòu）：堠子，古代记里数的土堆。

4　"莫叹"二句：说城池虽然残破，但春天也会有花。欧阳修《戏答元珍》："春风疑不到天涯，二月山城未见花。"反用其意。

送友人赴边郡任职，首二句惜别，更惜其为朋友中别去最远处，便觉情极难舍；二、三句说程途之远，独行无侣，所至亦人烟稀少；五、六句中以"渡江"点去向北方边城，以"烛惊鸦"形其舟车劳顿、晓行夜宿之苦；七、八句为慰勉之辞，于对"孤城废"的悲感中寻出一丝希望和温馨。全诗句句说顾姓友人，体贴关怀，慰藉鼓舞。惜别之辞，亦壮行之篇。《明诗评选》曰："深亮。"

江上寄王校书行[1]

寥落旧欢违，江边独掩扉[2]。邻家闻暮笛，客舍试春衣[3]。宿鸟归山乱，行人渡水稀。相思比花絮，斜日绕城飞。

1　江上：即青丘。《明史·高启传》："张士诚据吴，启依外家，居吴淞江之青丘。"王校书行：即王行，字止仲，号半轩等，长洲（今江苏苏州）人。幼家贫，自学成才。洪武初，有司延为学校师。能诗，书画自成一家，亦通兵法。蓝玉荐于朝，以其阔于事，不能用。后玉诛，行亦坐死。《明史》有传。

2　"寥落"二句：说乱后老友云散，往日欢乐不再，乃于江上闭门独处。

3　"邻家"二句：说邻人暮笛之声唤起春游思旧友之心。西晋向秀《思旧赋并序》："邻人有吹笛者，发音寥亮。追思曩昔游宴之好，感音而叹，故作赋云……"其末曰："听鸣笛之慷慨兮，妙声绝而复寻。停驾言其将迈兮，遂援翰而写心！"

王行是"北郭十友"之一，长高启六岁。二人在苏州城"共此一里居（高启《春日怀十友诗·王隐君行》）"，朝夕往还，过从颇密，若形影之不可离者。一旦乱后，朋友星散，二人也各走一方，难得聚首。适值客中春暮，独坐闻笛，便不由地想到王行这位老朋友，而情思如万千柳絮在斜阳中绕城头飞舞起来。诗寄王行，却与前《送顾别驾之边郡》句句说友人异，于王行事迹不着一字，而句句又不离王行，由往而今，由居而行，"山川异域，风月同天"，而一归于思念。《皇明诗选》李雯评曰："结得轻新。"

送 谢 恭 [1]

凉风起江海，万树尽秋声[2]。摇落岂堪别，踌躇空复情[3]。
帆回京口渡，砧响石头城[4]。为客宜归早，高堂白发生[5]。

1　谢恭：字元功，谢徽之弟，长洲（今江苏苏州）人，能诗文，
有《蕙庭集》。

2　"凉风"二句：说秋风从江海上吹来，万树动摇作声。杜甫《天
末怀李白》："凉风起天末。"陆龟蒙《有别二首》其二："万树将秋入恨
来。"可相参观。

3　"摇落"二句：说如秋叶别树，难舍难分。摇落，谓秋叶因树枝
动摇而落。宋玉《九辩》："悲哉秋之为气也！萧瑟兮草木摇落而变衰。"
空复情，徒然自伤。李白《沙丘城下寄杜甫》："齐歌空复情。"

4　"帆回"二句：想象谢恭乘船经行京口到达南京的时间。杜牧
《冬日五湖馆水亭怀别》："江城向晚西流急，无限乡心闻捣衣。"可相参
观。京口，今江苏镇江古称；砧，捣衣石；石头城，南京的别称。

5　"为客"二句：说此去应及早归来，为渐老的父母尽孝。高堂，
对父母的尊称。

写于吴中为谢恭送行。时间是秋季，地点是吴淞江边。风起江
海，万树秋声，兰舟催发，作者与友人不忍别而别，想象其一路舟
行经京口而至南京，应该就是深秋满城捣衣声了；结以责其为尽孝
早归，语重心长。大致前四句景中情，后四句情中景；语浅情深，
格调高华。《皇明诗选》李雯评曰："调平体雅。"《明诗评选》曰：
"刻削化尽，大气独昌，正使寻声索色者不得涯际。"有唐人气象。

步至东皋 [1]

斜日半川明，幽人每独行[2]。愁怀逢暮惨，诗意入秋清[3]。鸟啄枯杨碎，虫悬落叶轻[4]。如何得归后，犹似客中情[5]？

1　东皋：东边的高地，这里指作者在青丘居处附近的地名。陶潜《归去来兮辞》："登东皋以舒啸，临清流而赋诗。"

2　"斜日"二句：说步至东皋的时间是下午，一人独行。上句，宋代蔡伸《小重山·吴松浮天阁送别》词："斜日半山明。"下句，卢纶《秋晚山中别业》："幽人好独行。"半川，此指江水的一侧；幽人，隐居之人，作者自称。

3　"诗意"句：唐代李中《秋夜吟寄左偓》"与君诗兴素来狂，况入清秋夜景长"可相参观。

4　"鸟啄"二句：喻愁怀惨淡、心情惊惧之状。虫悬，树上虫子吐的丝下悬系落叶。杜甫《课小竖锄斫舍北果林枝蔓荒秽净讫移床三首》之二："青虫悬就日，朱果落封泥。"

5　"如何"二句：说辞官之后心情仍如在外做官时。客中，指前在京师任上。

作于洪武三年（1370）作者辞归之后。此时的作者"无官一身轻"，却仍旧心神不定，恐惧莫名，与在京师任上时一样没有安全感。这纵然不能迷信地认为是他后来终遭杀身之祸的先兆，却也不能不说是他悲剧命运的底色，或可以从心理学上作出一定的解释（见前《赠薛相士》品鉴），但无征不信，这里就不推测了。诗写闲适，却触目生愁，若步步惊心，有疑惧之色。首联清高，颔、颈两联精巧，尾联若不经意，却道出古代士人一入官场，便进退两难的窘情，发前人之所未发。

郊墅杂赋（选二）

其　三

幽事向谁夸，孤吟对晚沙。浣衣江动月，系艇岸垂花。行蚁如知路，归凫自识家[1]。一尊茅屋底，随意答春华[2]。

1　凫：野鸭，这里指放养的鸭子。
2　"一尊"二句：说茅屋内自酌欣赏春光之乐。尊，通"樽"；春华，春天的花。

《郊墅杂赋》十六首，写于青丘。本首写"幽事"。首句总写，次句写野行寻诗，是全篇中心；三、四句写舟行并上岸所经见；五、六句明写岸上行步所见之蚁与凫，暗以喻说诗人自己也在回家的路上；七、八句写回到自己居住的茅屋里，一壶自酌，聊述此寻诗之"幽事"，诗也就自胸中油然而出了。陆游《题庐陵萧彦毓秀才诗卷后》曰："君诗妙处吾能识，尽在山程水驿中。"此篇堪为注脚。超尘脱俗，物我两忘，从容散淡，有王（维）、孟（浩然）之致，而《明诗评选》评曰"苦学杜人必不得杜。唯此夺杜胎舍，以不从《夔府诗》入手也"，则另一说。

其十三

红树南江近，青山北郭遥。江清目渺渺，林冷发萧萧[1]。

食鲙知晨钓，听歌识暮樵[2]。寻常送归客，不过水西桥[3]。

　　1　"江清"二句：说林、水之际诗人超逸清高之态。目渺渺，此言诗人所见江水清阔苍茫貌。渺渺，即眇眇。《楚辞·九歌》："帝子降兮北渚，目眇眇兮愁予。"眇眇，洪兴祖注："好貌。"发萧萧，头发萧疏貌。唐代戴叔伦《汉宫人入道》："萧萧白发出宫门，羽服星冠道意存。"
　　2　"食鲙"二句：说与渔、樵为友的生活。食鲙，吃鱼。或用晋张翰因思菰菜羹、鲈鱼脍辞官事，见《世说新语·识鉴》。鲙（kuài），同"脍"，此指细切的鱼肉。
　　3　"寻常"二句：说只做个幽人，不关心天下事。宋代刘克庄《玉楼春·戏林推》词："男儿西北有神州，莫滴水西桥畔泪。"取其不随波逐流之意用之。水西桥，唐代长安桥名，今不存，或说原在唐皇城太庙东南护城河上，近妓女聚居平康北里。

　　首二句写青丘居处，近江远山，天开图画；次二句写诗人形象，传神阿睹；五、六句写闲居生活，纯朴惬意；七、八句用典，卒章显志，表明不向世俗妥协的决绝态度。情景交融，志趣高洁，意味深长。《明诗评选》评曰："取新不厌。风味超忽，不落松陵唱和体。"

牧

　　一笛去茫茫，平郊绿草长。但知牛背稳，应笑马蹄忙[1]。度陇冲朝雨，归村带夕阳。相逢休挟策，回首恐亡羊[2]。

　　1　"但知"二句：婉言牧牛之无忧无虑，更胜于做官追名逐利。牛背稳，陆游《牧牛儿》："童儿踏牛背，安稳如乘舟。"马蹄忙，唐代翁承赞《题槐》："忆昔当年随计吏，马蹄终日为君忙。"

2 "相逢"二句：说与牧儿不谈读书事，恐耽误了放羊。《庄子·骈拇》："臧与谷二人，相与牧羊，而俱亡其羊。问臧奚事，则挟策读书；问谷奚事，则博塞以游。二人者事业不同，其于亡羊均也。"

写牧儿生活，言在此而意在彼，传达诗人向往和平安定、自由纯朴生活的人生理想。甚至为此鄙薄"挟策"，也就是读书人追求荣华富贵的功名利禄之途，固然不合于近今"书籍是人类进步的阶梯"的理念，但是相比于读书只为"货与帝王家"，又还有着"伴君如伴虎"的极大风险，身历战乱和宦海危机的诗人羡慕牧人在野吹笛放牧的安闲自得，无忧无虑，也是可以理解的。读者不必胶柱鼓瑟，会其意可也。诗用白描，生动刻画了平郊绿野之上，一位一心专注于放牧的自由自在的劳动者形象，与诗之外可以想见的奔竞于科举做官之途的读书人形象隐然相对，彰显了作者的人生思考。

赠刘医师[1]

君有抱朴意，高斋长晏如[2]，壶中仙姥酒，案上神农书[3]。蒸术晓烟里，斸苓春雨余[4]。起疾多传妙，惭予才自疏[5]。

---

1 刘医师：刘姓中医先生，生平不详。

2 "君有"二句：说刘医师像晋代葛洪一样，安居高房，专心医道。晏如，安宁、恬适。

3 仙姥酒：传说中一种仙酒，见《神仙传·麻姑》；神农书：指《神农本草经》，又称《本草经》或《本经》，中医现存最早的药学著作，托名"神农"所作，实成书于汉代。

4 "蒸术"二句：说采集和加工中药。蒸术（zhú），蒸治白术。术，此指白术，多年生草本植物，根状茎可入药；斸（zhǔ）苓，采茯苓。斸，挖、砍；苓，即茯苓，可入药。

5　"起疾"二句：说刘医师治病多有妙方传世，我对之自惭才疏学浅。传妙，唐代白行简《夫子鼓琴得其人》："泠泠传妙手，摵摵振空林。"

中医药历史悠久，疗效独特，但因为未得近今"科学"的解释而备受质疑。虽然高启的次女高书就因为没有得到及时有效的治疗而夭折，但高启并没有因此怀疑中医，更没有讽刺挖苦中医，而是给予信任与尊重，由此诗可见。诗写刘医师，首联赞其以医为业的志向和专业精神；颔联说他壶有药酒（《汉书·食货志》："酒，百药之长。"），案陈医书，是学有本源的医家；腹联说其采集和加工药材的辛苦；尾联赞其医术高明，表达了欣赏和敬仰之情。本诗面面俱到，刻画了一位正统中医师的形象，这在古代文学中较少见，而高启集中有关中医的诗颇多，也是一个特色。

江上见逃民家[1]

清时无虐政[2]，何事竟抛家？邻叟收饥犬，途人折好花。林空烟不起，门掩日将斜。四海今安在？归来早种麻。

1　江上：吴淞江畔；逃民：因战乱流离失所的百姓。

2　清时：政治清明之时。

作于洪武四年（1371）作者辞官归青丘之后。此时苏州一带战乱平息已经四年，但作者仍见江上民居多空，炊烟不起，不知往日还能勉强居守的老百姓们现在逃到什么地方去了。于是忧国忧民，呼吁"逃民"们能及早回乡种田，重建家园。因为已入明四年，不好继续追责故元或张吴的统治了。所以只好从"清时"说起，"何事"之问实明知故问，"难得糊涂"之语，语含对时政的讽刺；而后因"饥犬"失主，为"邻叟"收得；"好花"失护，为"途人"攀折，由小及大，由近及远，引出"林空""门掩"之民已逃亡的真相；进而抒情，表达了对"逃民"生活无着的苦难的系念与同情，以及希望尽早安集百姓，恢复发展生产的良好愿望。由此可见，高启虽然不愿意做官并执意辞归，但也不是独善其身，而是一位无心从政、有志济民的政治上自相矛盾的人。

次倪云林韵 [1]

云林已白头，犹有晋风流[2]。爱写沧洲趣，闲来玄馆游[3]。茶烟秋淡淡，竹雨暮修修[4]。欲向南溪水，长留青翰舟[5]。

1　次：次韵；倪云林：即倪瓒（1301—1374），初名倪珽，字泰宇，别字元镇，号云林子等，江苏无锡人，著名画家、诗人，与黄公望、王蒙、吴镇合称"元四家"。

2　晋风流：指晋代名士崇尚自然、超然物外，率真任诞的风尚。《汉晋春秋》卷三《惠帝》："元康七年，以王戎为司徒。是时，王夷甫为尚书令，乐广为河南尹。王夷甫、乐广俱以宅心事外，名重于时，故天下之言风流者称王、乐焉。"

3　沧洲趣：避世隐居之心情。沧洲，古人称避世隐居的水滨。南朝齐谢朓《之宣城郡出新林浦向板桥》："既欢怀禄情，复协沧洲趣。"趣，趣味、心情；玄馆游：拜访隐者的居处。玄馆，道家或道教谈玄论道的屋舍，诗人自指其青丘居处。《历代崇道记》："后周武帝于长安造通玄馆，以延羽客。"

4 修修：形容高竹和雨声。白居易《府西池北新葺水斋即事招宾偶题十六韵》："碧亚竹修修。"又《夜宴惜别》："门前风雨冷修修。"

5 "欲向"二句：唐代刘太真《顾十二况……既至留连笑语因亦成篇以继三君子之风焉》："晨迎东斋饭，晚度南溪游。以我碧流水，泊君青翰舟。"青翰舟，舟名，刻饰鸟形，涂以青色，故称。

　　倪瓒长高启三十六岁，二人是忘年交。高启对倪瓒倾慕备至，写了不少次韵倪瓒的诗，此为其一。诗称许倪云林已白首老翁，犹有晋人风流，常图画隐逸之趣味，喜结玄客羽士之流，表达了欲邀与同游的渴望之情。"茶烟"二句写云林意趣，萧然韵远，颇得其神。由此可见二人虽然没有更多深入的交往，《云林诗集》中甚至未见与高启有关的作品，但高启在其思想性格形成的青年时代受倪瓒这位前辈名家的影响不小。

五言排律

月夜游太湖 [1]

欲寻林屋隐，还过洞庭游[2]。远水初涵夜，长天尽作秋。湖如青草阔，月似白莲浮[3]。万壑风传笛，三更斗挂舟。叶应随鸟散，山欲趁波流。浩荡吾何适？鸱夷不可求[4]。

1　太湖：古称震泽，又名五湖、笠泽，中国五大淡水湖之一，在苏州之西，横跨江、浙。

2　林屋隐：指神仙。林屋，即林屋洞。《姑苏志·古迹》："林屋洞在洞庭西山，即道书十大洞天之第九。"洞庭西山，古称包山，在今江苏苏州西山镇东北；洞庭：即洞庭湖。

3　"湖如"二句：说湖与月，点"月夜"。青草，湖名，又名巴丘湖，在今湖南岳阳西南，和洞庭湖相连。

4　"浩荡"二句：说找不到林屋隐者。鸱夷，即鸱夷子皮。《史记·货殖列传》："范蠡既雪会稽之耻……乃乘扁舟，浮于江湖，变名易姓，适齐为鸱夷子皮。"

写月夜游太湖，首二句托以寻仙，"寻"字为其后纵览太湖月夜胜境预设立场和角度；三、四句写夜间之秋水长天；五、六句写月下湖上之青草白莲，均为远观；"万壑"以下四句分别写山、壑、风、船、星斗、叶、鸟，有物皆动，动无不响；尾联"浩荡"二句照应开篇作结，若曰：此来寻仙，虽不见仙，但是得见太湖月夜浩荡之美，使心境为之开阔，情感为之放达，即使不能如鸱夷子皮之浮江湖成仙，也可以足矣。诗以"欲寻林屋隐"起句结构全篇，以堪比成仙表达自己月夜游太湖大观所见、欢快之感和满足之情，境界阔大，气象万千，比物维肖，声态并作。《明诗评选》评曰："平适。不作险语、大语、清通语、诞语，正当如此。"诚为卓见。而构思之奇，亦独具一格。

喜杨荥阳赴召至京过宿寓馆[1]

忽作天涯会，浑销岁暮哀。高城三鼓动，虚馆一尊开。邻马嘶空枥，江鸿过废台。饮余寒色退，谈绝雨声来。涉患功名倦，忘归故旧猜[2]。阙前新应诏，须让子云才[3]。

---

1 杨荥阳：即杨基（1326—1378），元末明初诗人，字孟载，号眉庵，原籍嘉州（今四川乐山），祖父仕江左，遂家吴中（今江苏苏州），与高启同为"北郭十友"和"吴中四杰"之一。以曾仕张士诚为丞相府记室，后又为饶介客，与徐贲、余尧臣同谪钟离。遇赦，授荥阳知县，累官至山西按察使，后被谗夺官，罚服劳役，死于工所。有《眉庵集》；京：指南京；过宿：拜访并住宿；寓馆：高启在南京天界寺的住所。

2 "涉患"二句：说历经摧折，功名之心已倦，甚至不知道能不能平安回家，令老朋友们猜测牵挂。忘归，没有了回家的念头。唐代綦毋潜（一作卢象）《送平判官入秦》："谪远自安命，三年已忘归。"

3 让：退让，躲避；子云才：扬雄，字子云，西汉著名辞赋家、学者，成帝时因献《甘泉赋》等名扬天下。王维《和太常韦主簿五郎温汤寓目之作》："闻道甘泉能献赋，悬知独有子云才。"

作于洪武二年（1369）岁末，高启在南京修史寓居天界寺，杨基应诏自荥阳来南京，因有机会拜访高启。老朋友在平江战乱中仓皇分散，多年梦绕魂牵，难通音信；今再聚首，又当岁暮思亲无可排遣之际，真是喜出望外。故诗起首曰"忽作"云云，似故作奇语，实不过平述其事、直抒其情。杨基的到访至迟也应该是当日傍晚，但第三句已作"高城三鼓动"，所以"高城"以下六句只是写了二人会谈情景的一个截面，不曾亦不宜涉及具体内容，甚至不便概括言之，唯顾左右而言他，写城鼓、马嘶、江鸿、雨声，悲音杂凑，虽烘云而未见托月，但读者倘能会心，当知二人对饮谈及，必皆各自往日愁苦凄凉也。故接之以"涉患"二句，说既入仕途，今已进退两难，无可奈何。况且二人都是应诏来朝，君命难违，所以尽管惆怅未已，但仍不得不回到眼前的现实，从而结末"阙前"云云，还是要祝愿老友能大展才华，得到皇上的赏识。似乎又庸俗了，但是无论于人于己，对于杨基的"新应诏"，高启也只好如此了。

六言律诗

甫里即事¹四首（选一）

其 一

长桥短桥杨柳，前浦后浦荷花。人看旗出酒市，鸥送船归钓家²。风波欲起不起，烟日将斜未斜。绝胜苕中剡曲³，金齑玉鲙堪夸⁴！

1　题下原注："甫里，在松江之上，陆鲁望所居也，余寓其北渚，颇擅烟波之胜，为赋六言四首。"

2　旗：指酒旗，也称"望子"，酒馆卖酒的招牌；钓家：指渔家。

3　苕中：指苕溪的中段，又浙江吴兴的别称；剡（shàn）曲：指剡溪九曲，在浙江嵊州，风景秀丽。

4　金齑（jī）玉鲙（kuài）：《南部烟花录》："南人鱼鲙，细缕金橙拌之，号为金齑玉鲙。"金齑，指橙子皮细切的丝。

高启一生多住苏州，屡有迁徙，但为客以居甫里之青丘时为多，故不仅自号"青丘子"，对甫里也有深厚感情。集中仅有六言律诗五首，就包括《甫里即事四首》，并写甫里山水古迹、风物人情。此其第一首，一、二句写甫里多河桥、杨柳、沙浦、荷花等水乡特征；三、四句写甫里之市井、渔业；五、六句写甫里之生活气氛；七、八句以与苕溪、剡溪两著名风景地相比，盛赞甫里有"金

齑玉鲙",更胜一筹,为绝美之地。全诗形象鲜明,构图清新,特征突出,风格柔美。"风波"二句,尤能传神,真正天人合一、岁月静好!而结以"金齑玉鲙",则高诗之"舌尖上的甫里"也!

七言律诗

奉天殿进《元史》¹

诏预编摩辱主知，布衣亦得拜龙墀²。书成一代存殷鉴，朝列千官备汉仪³。漏尽秋城催仗早，烛光晓殿卷帘迟⁴。时清机务应多暇，阁下从容幸一披⁵。

1　奉天殿：《明史·舆服志》："宫室之制。吴元年作新内。正殿曰奉天殿，后曰华盖殿，又后曰谨身殿，皆翼以廊庑。"进《元史》：《明太祖实录》："洪武二年八月……癸酉……《元史》成，中书左丞相宣国公李善长等奉表进。"进，奉上。

2　"诏预"二句：说有幸受诏与修并参加向皇上进呈《元史》。预，参与，参加；编摩，编集；布衣，布制的衣服，代指平民。高启预修《元史》是以"山林遗逸之士"（《明太祖实录》"洪武二年二月"）被召，故云；龙墀（chí）：犹丹墀，朝廷宫殿的台阶，代指皇帝。

3　"书成"二句：说《元史》可资后人借鉴，进呈《元史》的仪式隆重。殷鉴，出《诗经·大雅·荡》："殷鉴不远，在夏后之世。"千官，夸饰朝廷上共同见证进呈《元史》仪式官员之多；汉仪，汉官威仪，指进呈《元史》的仪式。

4　"漏尽"二句：说时当秋晓，进《元史》诸臣早早准备上朝，而奉天殿上虽已燃烛，但皇上尚未卷帘召见。漏尽，漏刻已尽，指天将破晓；仗，进呈《元史》的仪仗；卷帘，卷起御殿的垂帘，代指皇帝开始接见臣下。

5　"时清"二句：说天下太平，政有多暇，希望皇上能够翻阅一下。披，打开。

写随从进呈《元史》的见闻感受。起首二句依例颂圣，感恩戴德，是门面语；"书成"四句写《元史》的"殷鉴"价值和进呈之礼仪，逗透出诚惶诚恐的心情。结末"时清"二句，虽婉言以进劝，但照应前述"殷鉴"，可见诗人对《元史》进呈后进一步的关心。虽似人之常情，但在君臣之间，实为画蛇添足。而且实际上作为开国之君的朱元璋是个勤政的皇帝，当天下初定，日理万机，哪来的"多暇"？又《元史》是朱元璋要修的，还要臣下提醒"披"览？所以，这里"正确"的表达应该是相信皇上一定"披"览，而由此可见诗人真性，竟不知多磕头少说话，或只说跪捧的话，却在此种场合也不屑于说假话也。

送沈左司从汪参政分省陕西
汪由御史中丞出 [1]

重臣分陕去台端，宾从威仪尽汉官[2]。四塞河山归版籍，百年父老见衣冠[3]。函关月落听鸡度，华岳云开立马看[4]。知尔西行定回首，如今江左是长安[5]。

1　沈左司：中书省左司郎中沈某，不详；汪参政：即汪广洋，字朝宗，江苏高邮人，元末进士，后随朱元璋起兵，洪武二年由御史中丞出任陕西参政，十二年贬广南，途中赐死；分省：旧时称中央官员出任地方官；御史中丞：御史台辅官；出：改任。

2　"重臣"二句：说汪参政受重用赴任陕西之行。重臣，朝廷倚重之臣；分陕，古代称中枢官员去地方主政。《春秋公羊传·隐公五年》："自陕而东者，周公主之；自陕而西者，召公主之。"陕，陕陌，今河南三门峡市陕州区西南；台端，指御史台；宾从：随从，包括了沈左司。

3 "四塞"二句：说陕西全境已归附明朝版籍，沦落蒙元百年的汉族老百姓又能见到汉人的官员了。四塞河山，《史记·苏秦列传》："秦，四塞之国。被山带渭，东有关河，西有汉中，南有巴蜀，北有代马，此天府也。"版籍，版图户籍；百年，元灭南宋统治中国97年，接近百年；衣冠，衣服与帽子，特指古代搢绅、士子的服装，并成为这一阶层人的标志，这里代指明朝官员。

4 "函关"二句：说沈左司随汪参政赴陕，一路晓行夜宿、越岭度关，充满豪情。函关，指函谷关，在今河南省灵宝市境，是古代要塞；听鸡度，指早行，用孟尝君使客为鸡鸣逃出秦关事，见《史记·孟尝君列传》；华岳，西岳华山，在今陕西省华阴市南；立马看，这里指驻马华山之巅，回首京城，谓不忘朝廷。

5 "知尔"二句：说沈左司随汪参政此行，忠君报国，必不负朝廷。尔，指沈左司；江左，江东，这里指南京所在的江南一带；长安，即汉唐故都西安，这里代指明朝首都南京。

约作于洪武二年（1369），高启在南京，中书省沈姓官员作为新任陕西参政汪广洋属下左司郎中随赴长安。汪是重臣，沈是随员。所以，高启赠别沈左司，却不得不从汪参政写起。但毕竟送沈，所以写汪的同时写包括沈左司在内的"宾从威仪尽汉官"，不离其旨。同时前四句既言"汉官"，又言"（汉）衣冠"，也体现明朝建立标志汉民族复兴的豪情，自然也是对沈左司此行参与代表明朝接管陕西行政管理的赞扬；五、六句用典，拟想沈等一路艰辛之状，奇情幽绪，风神健朗，有壮行色；诗结以"知尔"二句则卒章言志，更明确回到送别沈姓友人的题目上来，既嘉许其忠君为国之心，又附带表达了虽将分处异地，但是同为新朝臣子将心心相印的感情。总之，诗气象恢宏，格调高雅。《皇明诗选》于高启七律仅选此一首，评曰："音节气味，格律词华，无不入妙。《青丘集》中为金和玉节。"后人无异辞，但亦应见其小题大作，前呼后应，章法奇绝之妙！

清明呈馆中诸公[1]

新烟着柳禁垣斜，杏酪分香俗共夸[2]。白下有山皆绕郭[3]，清明无客不思家。卞侯墓上迷芳草，卢女门前映落花[4]。喜得故人同待诏[5]，拟沽春酒醉京华。

1　馆中诸公：指预修《元史》诸官。馆，《元史》馆，又称局；诸公，《明太祖实录》："洪武二年二月丙寅朔诏修元史……乃诏中书左丞相宣国公李善长为监修，前起居注宋濂、漳州府通判王祎为总裁，征山林遗逸之士汪克宽、胡翰、宋禧、陶凯、陈基、赵埙、曾鲁、高启……谢徽十六人同为纂修，开局于天界寺。"

2　"新烟"二句：说清明节俗之美。新烟，清明节前一天为寒食节，俗禁烟火，至当日再点烟火，称新烟；禁垣，皇宫的围墙；杏酪，杏仁粥。分香，散发香味。元代元好问《去岁君远游送仲梁出山》："东州春回十月后，梅花分香入春酒。"

3　"白下"二句：说正如南京的山都围绕着城郭，凡是客居在外的人清明节无不怀念家人。白下，东晋陶侃征讨叛军苏峻所筑城名，以在白石山下，故称，又为南京别称之一。

4　卞侯墓：卞壸（kǔn）的陵墓。卞壸，字望之，东晋济阴冤句（今山东曹县西北）人。明帝时为尚书令，死于苏峻之乱，墓址在今南京朝天宫一带；卢女：有多种说法，这里指金陵歌妓莫愁。《江宁府志》："三山门外，昔有妓卢莫愁家此，有莫愁湖。"

5　故人：指《元史》馆同仁；待诏：等待皇帝的诏命，唐以后置翰林院官名。

写于洪武二年（1369）清明。写清明，却是"呈馆中诸公"，故紧扣"馆中诸公"以写清明，从而诗为高启与"诸公""无客不思家"

的清明诗。诗一起写寒食刚过，杏酪生香，节日美好，却在这特殊的日子里，出门即天涯的人又无不思念家人，感念亡亲，萦怀春愁。这一日人生的感受无可排遣，幸而有这么多同仁一起，可以买酒同醉，共销此思家、伤逝、感春之节日了。诗以青山、城郭、墓草、落花等意象错综交织，相互烘托，营造出凄迷感伤的气氛，韵味悠长。《明三十家诗选》引王贻上云："三、四神韵天然，古亦不多见。"

衍师见访钟山里第[1]

风雨孤舟寄一僧，远烦相觅到金陵。青衫愧逐尘中马，白拂看麾座上蝇[2]。事去南朝犹有恨，梦归北郭已无凭[3]。文章何用虚叨禄，只合从师问上乘[4]。

1　衍师：即姚广孝（1335—1418），长洲（今江苏苏州）人。年十四为僧，法名道衍，字斯道，又字独闇，号独庵老人、逃虚子，元末明初著名高僧、政治家、文学家，朱棣"靖难之役"的主谋和实际指挥者，有"黑衣宰相"之称。有《独庵集》，高启为之序；钟山里第：高启在钟山里的寓所，参见《高青丘集》卷十二《自天界寺移寓钟山里》诗。

2　"青衫"二句：与衍师对比，自愧儒生混迹官场，不如道衍僧人超尘脱俗。青衫，青色的衣衫，这里指儒生；尘中马，喻奔逐于仕途的人。唐代元稹《杏园》："浩浩长安车马尘。"白拂，白色的拂尘；麾，同"挥"；座上蝇，比喻蝇头微利。

3　"事去"二句：这两句似有深意，当是抱憾于当年在张士诚乃至元朝治下平江时自由快乐生活的不复再来。南朝，指宋、齐、梁、陈皆建都金陵的四个王朝，或暗指张士诚治下时的平江；北郭，指苏州北城，高启世居之地，元末至正年间，"北郭十子"与僧道衍等于此唱酬交游。

4　"文章"二句：说能文不必空受官禄，而应该如道衍一样学习佛教大法。上乘，最高层次，这里指佛法。

道衍与高启同里，年长高启一岁。二人交游唱酬甚密，《高青丘集》中与衍师诗达十余首之多。此其一，作于洪武三年（1370）正月道衍自苏州来访高启于钟山里第。他乡遇故知，都非常高兴。尤其道衍跋涉数百里专程探望，高启更是欢喜和感动。首二句即事以表此情，见二人友谊之深厚；"青衫"二句对比二人当下身份处境，高启自愧的不仅是官场征逐的无聊，也还有对出家人无拘无束的羡慕，这不尽是应酬，而是实情；五、六句承上，从道衍挥麈而谈的自由自在一转忆旧，抱憾于当年北郭风流不再是可以理解的，但归因"事去南朝犹有恨"，岂不有嫌于为张吴招魂？可知高启当时虽勉强应诏，但后来决意辞官，未必不有对朱明朝廷的疏远之意。然而高启于四年后遇害，未必知道衍于"洪武中，诏通儒书僧试礼部。不受官，赐僧服还"（《明史·姚广孝传》），更不料后来道衍主使朱棣"靖难之役"，完全打碎了朱元璋临终的如意算盘，说不定就与被朱元璋杀害殆尽的"北郭十友"共同的"事去南朝犹有恨"有蛛丝马迹的联系。道衍此次探访，盘桓十日，尽欢方去。临行作《访高启钟山寓舍辱诗见贻》诗有"不是别来情愈密，经旬笑语为相投"之句。

客舍夜坐[1]

楼角声残锁禁城，灯花半落夜寒生[2]。啼鸦井上惊风散，残雪窗前助月明。清世莫嗟人寂寞，中年渐怯岁峥嵘[3]。酒杯诗卷吾家物[4]，客里相亲倍有情[5]。

1　客舍：高启在南京钟山里的寓所。

2　楼角声残：宋代朱敦儒《诉衷情·老人无复少年欢》："黄昏又是风雨，楼外角声残。"灯花半落：唐代岑参《与独孤渐道别长句兼呈严八侍御》："弹棋夜半灯花落。"

3　人寂寞：白居易《落花》："春归人寂寞。"岁峥嵘：岁月易逝。南朝宋鲍照《舞鹤赋》："岁峥嵘而愁暮。"

4　"酒杯"句：说诗、酒皆我所好。酒杯，代指酒。欧阳修《乞药有感呈梅圣俞》："宣州紫沙合，圆若截郫筒……圣俞见之喜，遽以手磨砻。谓此吾家物，问谁持赠公？"诗卷，代指诗。杜甫《宗武生日》："诗是吾家事。"

5　"客里"句：宋代徐霖《长相思·听莺声》词："客里鸟声最有情。"

作于洪武二年（1369）冬高启移居钟山里之后。前四句写景，非徒有景，楼角声残、灯花半落、啼鸦惊风、残雪月明，无非荒寒败残、落寞孤寂之象，景中已有情。此王国维所谓"以我观物，故物皆着我之色彩"（《人间词话》）。然而"诗言志"，后四句更因景而写客中感受，直抒"我"情，虽亦如李白"弃我去者，昨日之日不可留；乱我心者，今日之日多烦忧"之意，但结末二句余生将寄之于诗酒的情怀，在当年才三十四岁已跻身文坛高层、仕途有望一路高迁的高启来说，肯定不是人生的"上乘"之选，而必将是一条孤独而狭窄的小道。从"禁城""楼角"到"酒杯诗卷"，这首诗就形象地展示了他一个孤独者在深夜里思想的漫游。漂泊中读之，当更有会心。

春　来

客愁拟向春来减，春到愁翻倍旧时。走马已无年少乐[1]，听莺空有故园思[2]。日光晶晶浓熏草[3]，风力飚飚缓堕丝[4]。辟历沟南酒家路[5]，共谁来往问花枝[6]。

1　走马：骑马奔跑。《诗经·大雅·绵》："古公亶父，来朝走马。"年少乐：杜甫《九日诸人集于林》："漫看年少乐，忍泪已沾衣。"故园思：唐代戴叔伦《夜坐》："忽起故园思，动作经年别。"

2　"听莺"句：说春天黄莺儿啼声唤起归思，而不得归。唐代韦庄《菩萨蛮·红楼别夜堪惆怅》："琵琶金翠羽，弦上黄莺语。劝我早归家，绿窗人似花。"宋代唐庚《圆蛤诗》："绵蛮啭黄鹂，我今思故园。"莺，黄莺，又名黄鹂。

3　晶晶（xiǎoxiǎo）：洁白明亮貌。杜甫《即事》："晶晶行云浮日光。"

4　飚飚：飞翔的样子。堕丝：虫子所吐在空中飘荡的游丝。唐代王建《送人游塞》："初晴天堕丝。"

5　辟历沟：即霹雳沟，在南京城西。王安石《霹雳沟》："霹雳沟西路，柴荆四五家。忆曾骑款段，随意入桃花。"

6　"共谁"句：求友把酒赏春之意。司空图《故乡杏花》："寄花寄酒喜新开，左把花枝右把杯。欲问花枝与杯酒，故人何得不同来？"

诗人客愁之中，春天来了，曾以为旧愁会因迎春而稍减，却相反因春来而新增。首二句即由此入手写中年"春来"之思；次二句写"走马"感旧已无少年之乐，"听莺"思归又身为事牵不得遽归；于是有五、六句徘徊瞻望，而觉风轻日暖，熏草堕丝，都似我愁绪万端，纷飞乱堕……真是无可奈何！七、八句乃写不得已而借酒浇愁，辟历沟南，陌上酒家，春花正开，却又无人可共往把杯也！以踏春郊外写春来中年客居之愁，进退揖让，妙喻多端，撷取至灭迹刮痕，化用则如盐入水。思绪飘然而来，猝然而止，起落无迹，韵远神清，飘然有太白之逸。

送何记室游湖州 [1]

　　暮雨关城独去迟，少年心事剑相知[2]。故人当路轻贫贱[3]，倦客逢秋恶别离[4]。疏柳一旗江上酒，乱山孤棹道中诗。水嬉散后湖亭废，此去烦君吊牧之[5]。

　　1　何记室：何姓友人，不详。记室：明初藩府或衙门中掌文案者官名；湖州：今浙江省辖地级市。

　　2　"少年"句：说何记室少年有志。李贺《致酒行》："少年心事当拏云。"李白《结客少年场行》："少年学剑术，凌轹白猿公。"

　　3　"故人"句：说何记室依当权的故人为客，并没有受到提携关照。当路，指担任要职的官员。

　　4　"倦客"句：说何记室为客已倦，但是正值秋天别去，仍然令人感伤。南朝宋鲍照《东门行》："伤禽恶弦惊，倦客恶离声。"恶（wù），讨厌，憎恶。

　　5　"水嬉"二句：说湖州风流值得一游。《唐诗纪事·杜牧》："牧……游湖州，刺史崔君张水嬉，使州人毕观。令牧间行，阅奇丽，得垂髫者十余岁。后十四年，牧刺湖州，其人已嫁生子矣。杜牧怅而为诗：'自是寻春去较迟，不须惆怅怨芳时。狂风落尽深红色，绿叶成荫子满枝。'"水嬉，即水戏，水上的游戏活动。

　　何记室当还年轻，投其"故人"为客，未得提携，愤而离去，其"游湖州"，应该是另觅职事。恰是秋天，又下着雨，赠诗以送行，该说些什么？又如何说？曰：慰勉、同情而已。故全诗首联壮其行，颔联悯其遇，颈联勉其途，尾联娱其情兼以隐比其有杜牧之遇。诗不作泛语，写送何记室必是何记室，移之他人不可；写游湖州必是湖州，移之他处不可；又写当下送何记室游湖州，必是何记室此一次游湖州，移之何记室别时别地出发之游湖州亦不可。都从体贴中来。

送顾军咨归梁溪 [1]

新柳休攀短短条，离愁似雪未能销。春回废苑还芳草，人渡空江正落潮。德曜宅前今独去[2]，平津门下旧相招[3]。重来莫在花开后，拟听狂歌醉几朝[4]。

1　顾军咨：高启的顾姓友人，不详。军咨，军中的参谋；梁溪：水名，源出江苏无锡惠山，北接运河，南入太湖。相传东汉梁鸿曾隐居溪上，故名。又为无锡的别称。

2　"德曜宅"句：说顾军咨独身一人归梁溪。德曜宅，东汉梁鸿、孟光夫妻的住宅。德曜，梁鸿妻孟光字。

3　"平津门"句：说顾军咨归梁溪必有好遇。平津门，代指西汉平津侯公孙弘。《汉书·公孙弘传》载："（武帝）元朔中……以高成之平津乡户六百五十封丞相弘为平津侯……于是起客馆，开东阁以延贤人……故人宾客仰衣食。"唐代韩翃《赠别上元主簿张著》："上书一见平津侯，剑笏斜齐秣陵尉。"平津，古邑名，故地在今河北盐山县南。

4　"重来"二句：说下一次在花开之前来，以便听歌饮酒尽情欢乐几天。白居易《拜表回闲游》："一曲狂歌醉送春。"

送顾军咨归梁溪，从"归"字知顾家在梁溪或就是梁溪人。所以，首联说送行不必折柳相赠，因为顾军咨一心回家的"离愁"，使"惜别怀远"的折柳之俗，已不合时宜，并点初春；颔联悬想并祝愿，上句说他一路芳草相伴，与春天一起回到多年没能好好经营的老宅，下句说他过江趁渡人少又正值落潮，必然顺利；颈联用典，一说梁鸿隐居在彼夫妻相敬如宾，或隐喻其家庭和睦，妻室正盼他回家，一说顾是曾在好贤如平津侯公孙弘门下的宾客，或隐言其回梁溪后必为当地官绅所重。尾联则希望其再来时在花开之前，好多住几日，听歌饮酒，尽情欢乐。诗体贴备至，曲折尽意。《瓯北诗话》评曰："气调才力，不减于唐，而典丽细切更过之，前、后七子所未梦见也。"

辞户曹后东还始出都门有作 [1]

诏贰民曹出禁林，陈辞因得解朝簪[2]。臣材自信元难称，圣泽谁言尚未深[3]。远水江花秋艇去，长河宫树晓钟沉。还乡何事行犹缓？为有区区恋阙心[4]。

1　户曹：户部，明朝廷六部之一，又称民曹；都门：南京城门。

2　"诏贰"二句：说请辞户部右侍郎之职，有诏准辞，解冠出京。贰，副职，户部右侍郎为户部辅官，故云；禁林，翰林院别称；解朝簪，犹言去职。朝簪，朝官特制的冠饰。

3　"臣材"二句：说自己本事不济，皇帝准辞是深恩厚泽。圣泽，指皇上的恩泽。

4　"还乡"二句：说为什么回乡的路上走得不快？因为内心里还是恋着朝廷。表忠君之意。区区，微小。

写于辞官归里出都门之际。通篇表白，有四层意思：一是回乡不是罢官而是辞官，二是辞官的原因是自己能力不克重任，三是准予辞职还乡是皇上的深恩厚泽，四是虽然辞官还乡，但是对朝廷仍恋恋不舍，忠心不泯。毫无疑问，这在明太祖与高启君臣之间，一方面差不多就是生意场上"买卖不成仁义在"的意思，另一方面在连杀头都要谢皇上恩典的皇权制度下，专门要写一首诗把能够辞官也说成是皇上的"圣泽"，肯定是不得已而为之妆点的"假"诗。诗于自我谦抑备至，对皇上称颂备至，对出都遗憾备至，而结以区区恋阙之心，都不过为掩饰辞官的君臣龃龉性质，使之显得冠冕堂皇。由此可见诗是假话，然而假话的背后有真情，即诗人这时已经意识到可能有严重的后果，并有了"如何得归后，犹似客中情"（见前《步至东皋》）的不安。故此篇虽为应酬，但也是其辞官之初真实心迹的变相流露。

吴城感旧[1]

城苑秋风蔓草深，豪华都向此销沉[2]。赵佗空有称尊计[3]，刘表初无弭乱心[4]。半夜危楼俄纵火[5]，十年高坞漫藏金[6]。废兴一梦谁能问？回首青山落日阴[7]。

1　吴城：指苏州。《越绝书·越绝外传记·吴地传》："吴大城……阖庐所造也。"元称平江，明改苏州，今属江苏。

2　"城苑"二句：说苏州往日（张士诚据时）繁华已逝，城池园林都成秋风蔓草，满目苍凉。销沉，毁灭。杜牧《登乐游原》："长空澹澹孤鸟没，万古销沉向此中。"

3　"赵佗"句：说张士诚曾如赵佗一样称王。赵佗（前240？—前137），南越武帝，恒山郡真定（今河北正定）人，本秦将，秦汉间割据岭南，称南越武帝，延四代而后为汉朝灭。此以比张士诚。《明史·太祖本纪》：元至正二十三年九月，"张士诚自称吴王"。或称"张吴王"。

4 "刘表"句：说张士诚与汉末刘表一样胸无大志，没有救世平乱的雄心。《三国志·魏书·和洽传》："荆州刘表无他远志。"《明史·张士诚传》："士诚为人，外迟重寡言，似有器量，而实无远图。"

5 "半夜"句：说张士诚火烧齐云楼事。《明史·张士诚传》："方士诚之被围也……积薪齐云楼下。城破，驱群妾登楼，令养子辰保纵火焚之，亦自缢。"危楼，高楼，指张士诚宫中齐云楼；俄，刹那间。

6 "十年"句：说张士诚据吴，唯知搜刮金银财富。十年，《明史·张士诚传》载，张自元至正十六年二月陷平江，至二十七年九月城破自缢死，前后十一年有余，此称其整数；高坞，高大的城堡。坞，指郿坞；漫，徒然；藏金，《后汉书·董卓传》："董卓筑坞于郿，号万岁坞，藏金二三万斤。"此以董卓比张士诚、士信兄弟。《明史·张士诚传》："士诚渐奢纵，怠于政事。士信、元绍尤好聚敛，金玉珍宝及古法书名画，无不充牣。"

7 "废兴"二句：说张吴兴亡如一梦，而青山依旧，夕阳西下，让人无语了。唐代李嘉祐《晚发咸阳寄同院遗补》："秦家故事随流水，汉代高坟对石碑。回首青山独不语，羡君谈笑万年枝。"

有感于张士诚割据平江之吴国兴亡而作。写于洪武元年（1368）秋。所以，虽曰"感旧"，实是写战乱刚过之平江（吴城）的一首时事诗，是张吴亡后较早探讨这一历史事变的咏史诗。首联作吴城战乱前后兴废对比，但说"豪华"云云，表明不是故国遗臣"黍离"之悲，而是一种客观的观察与思考；以下两联分别揭示了张士诚失败的个人原因和悲剧下场；尾联承上论从史出，化用唐代李嘉祐凭吊咸阳诗意，表达了对张吴政权灭亡毫不足惜也无可奈何的感情。《明三十家诗选》评曰："此感张士诚之亡也。青丘不应其辟，宜其薄之。"由此诗可见高启虽在张吴治下生活十年，但从来鄙薄其为人。本诗高屋建瓴，讽喻深刻到位，堪称张吴兴亡的盖棺定论。

喜幼文北归 [1]

风尘万里损光辉，旧面相逢却讶非[2]。在路定留经处咏，
还家犹着去时衣[3]。久留远土虫蛇杂，忽解高罗雁鹄飞[4]。
尚念梁园三二客，与君同去不同归[5]。

1　幼文：徐贲字幼文，详见前《初入京寓天界寺西阁对辛夷花怀
徐七记室》注1；北归：徐贲戍地钟离（今安徽凤阳）在江北。

2　"风尘"二句：说幼文经此谪戍的折磨容光不再，见面都不敢相
认了。讶，惊奇，诧异。

3　"在路"二句：说幼文谪戍迁徙中一路必有留诗，但还穿着离
家时的旧衣服。经处，经过之处，如旅舍、戍所等；去时衣，唐代萧妃
《夜梦》："极知意气薄，不着去时衣。"

4　"久留"二句：说幼文谪戍地远时久居处条件恶劣，今被释放如
大雁、鸿鹄飞出罗网。

5　"尚念"二句：说还挂念与你同戍的几位朋友未被赦归，甚是遗
憾。梁园，汉代梁孝王所营建的园囿，在此召集不少文客。故址在今河
南开封，这里指苏州南园；三二客，指与幼文同被谪戍的杨基、余尧臣。

徐贲谪戍钟离经年，遇赦重获自由，但已受尽折磨，形容憔悴，
高启再见时竟有些不敢认了。首联感慨于此，颔联一说其戍间山程
水驿一定写了不少诗，一说其生活困苦归来衣服还是去时装，以言
其虽经磨折，而仍才华横溢，诗与日增；颈联说他谪戍远方曾是沉
在社会的底层，如今一下重获自由，字句间流露为之由衷地高兴；
尾联因幼文之回来而念及杨基、余尧臣二友尚在谪戍中，重提彼此
间"梁园"之谊。诗写经历战乱中生死之劫后老友重逢的惊喜，从

面容、衣服等细节入手，杂以想象，不事夸张，而体贴入微，情真意切，感人至深。

迁城南新居

辛苦中年未有庐，东西长寄一囊书[1]。未能避俗还依俗，堪信移居更索居[2]。叶满邻园烟幂幂[3]，竹连僧舍雨疏疏。何须许伯长安第[4]？此屋翛然已有余[5]。

---

1 "东西"句：说迁居不定所有的家业只是一堆书。东西，东西南北的略语，谓居处不定。《礼记·檀弓上》："今丘也。东西南北之人也。"乐府《伤歌行·古辞》："东西安所之，徘徊以彷徨。"一囊书，唐代蒋吉《大庾驿有怀》："一囊书重百余斤。"

2 索居：离群而居。杜甫《上韦左相二十韵见素》："长卿多病久，子夏索居频。"

3 烟幂幂：指园林茂密树冠上如烟雾弥漫之状。唐代席豫《江行纪事》："树深烟幂幂。"

4 "何须"句：说不需要居住京城那种豪宅。许伯长安第，《汉书·盖宽饶传》："平恩侯许伯入第，丞相、御史、将军、中二千石皆贺，宽饶不行。许伯请之，乃往……不说，卬视屋而叹曰：'美哉！然富贵无常，忽则易人，此如传舍，所阅多矣。唯谨慎为得久，君侯可不戒哉！'"入第，治第新成，始入居之；卬，古同"仰"。

5 "此屋"句：说新居房子不够高大，但是也够用并绰绰有余了。韩愈《示儿》："此屋岂为华，于我自有余。"翛（xiāo）然，超脱无拘束的样子。

写于洪武五年（1372），记高启的又一次移居。首联交待其"无房户"的窘况，颔联即自嘲一个心底里要避世的人，迁移的新居却仍在市井，但他感觉中新居之环境又使之相信移居还可以住得更加幽静；颈联就承上举邻居的园里树木枝叶繁茂如云烟，竹林围绕的寺院沐浴在小雨中，表达对新居正可以"避俗"环境的满意；进而引出尾联用典，表达不屑于虽高官厚禄，俄顷败落，京师豪宅"忽则易人，此如传舍"的赌徒似的生活，而心甘情愿于住房不大，然而够用的平凡日子。诗以自嘲的笔调，通过迁城南新居环境和心情的描写，表达了辞官以后随遇而安的心境，写人状物，画龙点睛，笔随意转，情婉而深，读之乃知作者望峰息心、知足常乐之意。

倚楼二首

其　一

　　西馆楼前见雁行，桂花初白柳枝黄。凭栏有客迎秋思，卷箔谁家出晚妆[1]。未放离魂寻楚雨，已看归鬓点吴霜[2]。自怜对酒还惆怅，不及分司御史狂[3]。

　　1　"卷箔"句：承上说凭栏所见，对面楼上有女子身着晚妆卷帘而出。箔，用苇子、秫秸等做成的帘子；晚妆，专为夜生活所化的彩妆，一般较为浓艳。

　　2　"未放"二句：说旅居在外从未有放逸的心思，辞官至今鬓上已白发星星。楚雨，楚地之雨。唐代薛昭蕴《浣溪沙》词："正是断魂迷楚雨。"又杜牧《齐安郡中偶题二首》之二："秋声无不搅离心，梦泽兼葭楚雨深。"吴霜，吴地之霜，亦喻指白发。李贺《还自会稽歌》："吴霜点归鬓。"

　　3　分司御史狂：《唐诗纪事》云："杜牧为御史，分务洛阳，时李司徒愿罢镇闲居，声伎豪侈，洛中名士咸谒之。李高会朝客，以杜持宪，不敢邀致。杜遣座客达意，愿预斯会，李不得已邀之，杜牧坐南向，瞪目注视，引满三卮。问李云：'闻有紫云者，孰是？'李指之。杜凝睇良久，曰：'名不虚传，宜以见惠。'李俯而笑，诸伎亦回首破颜。杜又自饮二爵，朗吟而起，曰：'画堂今日绮筵开，谁唤分司御史来？忽发狂言惊满座，两行红粉一时回。'意气闲逸，旁若无人。此亦一时兴会之触发，乃以成其狂放。"

　　写在西馆楼上，凭栏伫望，感秋风而思家乡，无意间却见对面楼上，浓妆艳抹一位女子卷帘而出，当是青楼佳丽。诗人自念有生以来，居外不无离思，但是从未有狎邪之想，今人到中年，鬓上星星也，更无动于衷。作者亦自认饮酒浇愁，未免怅然有感于人生的不足，但性情如此，而不可能成为杜牧那样的狂士。诗借倚楼偶见女色起意，写自律之心，既情境如画，又意绪隐约，是高启诗中罕见言及对待名士风流的一首诗。与前《答内寄》对读，可知高启持身谨严，作风正派，是古代读书人中"好男人"的典型。

其　二

　　漠漠疏烟丹树开，火经城苑减楼台[1]。雨初过处千山出，人正愁时一雁来[2]。秋色自随砧杵动，夕阳又被鼓钟催[3]。诗成未尽登临意，独向苍茫首重回[4]。

　　1　"漠漠"二句：说倚楼所见，淡烟如织，红枫似火，城苑毁于战火，显得比楼台低了。漠漠，迷蒙貌。李白《菩萨蛮》："平林漠漠烟如织。"丹树，指丹枫，枫树入秋叶红，故称。李商隐《过楚宫》："至今云雨暗丹枫。"
　　2　千山出：唐代韦应物《任鄠令渼陂游眺》："苍翠千山出。"一雁来：唐代贾至《答严大夫》："今夕秦天一雁来。"

3　砧杵动：白居易《秋霁》："月出砧杵动。"砧杵，捣衣用的砧石和木杵；鼓钟：鼓与钟，城中报时的响器。

4　"诗成"二句：说此诗道不尽倚楼眺望种种感思，也只好别此苍茫而回。杜甫《乐游园歌》："此身饮罢无归处，独立苍茫自咏诗。"

首联写倚楼望远所见，丹枫似火，而战火之余，败苑荒烟，引出颔联、颈联四句写思家惆怅之情：即使雨过天晴，远山历历，却无奈离愁，又正好一雁飞鸣而过，秋风砧杵，夕阳钟鼓，日暮增愁而诉之于诗。但千头万绪，岂又是一诗可以了得？无可奈何，乃致意苍茫而归。诗意惨淡，似无物而情怀忧郁，韵味悠长。可与陈子昂《登幽州台歌》"前不见古人，后不见来者"相对读，而此作又如画也。句虽多嵌用前人语词，但妥帖工稳如自铸，真所谓"点铁成金"。蔡茂雄《高青丘诗研究》以为这两首诗表达有几分对张吴政权怀念与惋惜的心情，容或有之。

阖　闾　墓[1]

水银为海接黄泉，一穴曾劳万卒穿[2]。漫设深机防盗贼[3]，难令朽骨化神仙。空山虎去秋风后[4]，废榭乌啼夜月边。地下应知无敌国，何须深葬剑三千[5]！

1　阖闾墓：《姑苏志·古迹》曰："吴王阖庐墓在虎丘山剑池。"阖闾（前537—前496），一作阖庐，春秋末吴国君主，公元前514—前496年在位。

2　"水银"二句：《姑苏志·古迹》曰："《越绝书》及《吴越春秋》云：'阖庐之葬，穿土为山，积壤为丘，发五都之士十万人，共治千里，使象运土，凿池四周，广六十里，水深一丈，铜椁三重，倾水银为池六尺……'"

3 "漫设"句：《史记·始皇本纪》："（始皇帝二十六年）九月，葬始皇郦山……令匠作机弩矢，有所穿近者辄射之。以水银为百川江河大海，机相灌输。"

4 "空山"句：《姑苏志·古迹》曰："《越绝书》及《吴越春秋》云：'阖庐……葬之三日，金精上为白虎踞坟，故曰虎丘。'"

5 葬剑三千：《越绝书》："阖庐冢，在阊门外，名虎丘。下池广六十步，水深丈五尺。铜椁三重。濒池六尺。玉凫之流，扁诸之剑三千，方圆之口三千。时耗、鱼肠之剑在焉。"

　　据《越绝书》《吴越春秋》咏吴王阖闾墓，实际也糅合了《史记》载秦始皇修建陵墓的某些细节，揭露并抨击了历史上如阖闾一样的暴君，生前穷奢极欲，残民以逞，死后劳民伤财，甚至以活人殉葬造大陵墓的做法，既荒诞丑恶，又可怜无补。这些冢中枯骨，不仅没有成为神仙，而且其陵墓有的虽留为后世"文物古迹"，但作为人类不平等的标志，实际是墓中人及为之营造之人遗臭万年的标志。首联概说阖闾墓营造之大略，颔联讥其防盗和尸解成仙等妄想徒然无益，颈联说其生前宫殿楼台和死后坟墓封土，如今都一扫而空或仅留残迹，尾联则结以随葬名剑三千之尤为荒诞可笑：难道地下还有敌国要与之捉对厮杀吗？使笔如刀，讽刺辛辣。

子祖授生

　　原引：二月二日，子祖授生，其母尝梦一姥跪捧以献孕，而既生，太守魏公来贺[1]，闻其啼，甚奇之。余年三十八岁，始有是儿，不能无喜，故赋诗。

他日愚贤未可知，眼前聊复慰衰迟。人间豚犬应谁子，天上麒麟岂我儿[2]。梦兆先占神媪送，啼声不得使君奇[3]。乐天从此休长叹，已有人传柏匮诗[4]。

1　太守魏公：指苏州知府魏观。魏观（1305—1374），字杞山，号梅初，蒲圻（今湖北赤壁）人。元季隐居蒲山。朱元璋下武昌，诏为国子助教等。洪武元年命侍太子说书及授诸王经，与高启结识。洪武五年（1372），由太常卿、翰林侍读学士、国子祭酒移官苏州知府。七年，以张士诚吴王府旧基复建为府治，遭人诬为“兴既灭之基”，牵连高启、王彝并斩于南京。未久，帝悔之，命归葬蒲圻。见《明史》本传。

2　“人间”二句：说儿子祖授初生，是豚犬还是麒麟都说不定。豚犬，对人称自己儿子的谦词。《三国志·吴书·孙权传》注引《吴历》载，曹操观孙权军，“舟船、器仗、军伍整肃，喟然叹曰：‘生子当如孙仲谋，刘景升儿子若豚犬耳。’”豚，小猪；犬，狗；麒麟，中国传统中的瑞兽，这里指麒麟儿，异常聪颖有福气的小儿。杜甫《和江陵宋大少府暮雨春后同诸公及舍弟宴书斋》：“渥洼汗血种，天上麒麟儿。”

3　“梦兆”二句：说祖授之生梦兆固吉，但啼声还未得太守称奇。上句，《夷坚乙志·翟楫得子》：“京师人翟楫……年五十无子。绘观世音像，恳祷甚至，其妻方娠。梦白衣妇人以槃擎一儿……送儿至。抱得之。妻遂生子为成人。”元代元好问《排律十七韵和阮侯得子》：“试啼宾错愕，献梦媪勤渠。”下句，《晋书·桓温传》：“桓温，字元子，宣城太守彝之子也。生未期而太原温峤见之，曰：‘此儿有奇骨，可试使啼。’及闻其声，曰：‘真英物也！’”使君，称太守。

4　“乐天”二句：以白居易自比，说从此不用慨叹没有儿子可以传自己的著作了。乐天，白居易字。白居易无子，晚年作《题文集柜》云：“破柏作书柜，柜牢柏复坚。收贮谁家集？题云白乐天。我生业文字……未忍遽弃捐。自开自锁闭，置在书帷前。身是邓伯道，世无王仲宣。只应分付女，留与外孙传。”

高启与妻周氏先有三女，次女书早夭。洪武六年（1373），他三十八岁才生儿子祖授，而且生有异兆，太守魏观奇之。从此有后，自己的诗文著作将来可由儿子料理传世了，故《小引》曰："不能无喜，故赋诗。"其实据张适《哀辞序》云"喜若不能容"。此诗乃自记其喜，一是中年得子的欣慰，二是有子传后的满足，可说是低调而温婉，含蓄而深情。可惜祖授不幸早夭，这首诗竟成诗人曾有一子的唯一确证。

送任兵曹赴边 [1]

少年耻着惠文冠[2]，幕下时时把剑看[3]。官烛未销鸡送晓，军笳忽动马嘶寒。关连云树征途迥，塞接霜芜战地宽。见说长平门下客，奇才唯有一任安[4]。

---

1 任兵曹：即尾句所称任安。兵曹，指兵曹掾，总兵的属官。

2 "少年"句：说任安自少年不好文。耻着惠文冠，以戴惠文冠为耻。《汉书·昌邑哀王髆传》载，霍光既废昌邑王刘贺，心仍忌之，使山阳太守张敞往察，回报而讥其形貌丑陋，"衣短衣大绔，冠惠文冠，佩玉环，簪笔持牍趋谒"。惠文冠，注引"苏林曰：'治狱法冠也。'孟康曰：'今侍中所着也。'"这里代指文官。

3 "幕下"句：说任安好武。唐代姚合《送杜观罢举东游》："诗句无人识，应须把剑看。"

4 "见说"二句：以汉长平侯卫青事说任安为边帅帐下奇才，言外有其此去必能建功受封之意。长平，长平侯，指汉代卫青；门下客，卫青的部下。《汉书·卫青传》载，卫青屡建战功，"以三千八百户封青为长平侯。青校尉苏建为平陵侯，张次公为岸头侯"。

送任安赴边任兵曹，为之壮行。首联就说他自少年耻文尚武，有仗剑从军，立功疆场之志；颔联自然说到边防日常紧张艰苦的生活，但因为毕竟未至，所以点到为止；颈联就又回到当下送行，言其一路将翻山越岭，渡越重关，到达塞上荒寒的战场，有顾怜之意，不舍之情；然而尾联一转，说他去到之后，一定是总兵帐下最有才干的一位，是赞赏，是鼓励，也是祝愿其为边防建功立业。自古儒家耻言兵，高启却对任安的从军戍边报以热情，赞赏其尚武精神，表现了比普通儒者务实开明的人生态度，是值得肯定的。诗虽出于想象，但写人生气勃勃，绘景如在目前，意好语工，高阔苍凉，"关连"一联，尤为壮阔。

登天界寺钟楼望京城 [1]

　　朝罢登楼赏晚晴，三山二水总分明 [2]。人间地涌黄金界，天上云开白玉城 [3]。宫树远连江树色，寺钟微答禁钟声。凭高空此观形胜，深愧无才赋帝京 [4]。

　　1　天界寺：见前《寓天界寺雨中登西阁》注1。
　　2　"朝罢"二句：说登楼时间及所见大略。朝罢，上朝回来；三山二水，李白《登金陵凤凰台》："三山半落青天外，二水中分白鹭洲。"三山，山名，在南京西南长江边上，因三峰并列，南北相连，故名；二水，指长江中的白鹭洲把江水分成了两道，故云。
　　3　"人间"二句：说南京城有人间天上之大美。黄金界，指天堂。元代贾仲明《铁拐李度金童玉女杂剧》："红尘不到黄金界。"白玉城，指皇宫。宋代晁说之《出见京华之盛而作》："飘零羁客尚魂惊，乍见王居白玉城。"
　　4　"深愧"句：说很惭愧自己无才，不能作赋以彰扬南京。暗指南京作为帝都，应该有人写出如东汉张衡《二京赋》、西晋左思《三都赋》那样的名赋。

南京虽六朝古都，自古繁华，但作为统一中华帝国的京城，明初是其历史上最好的时期。而此诗恰为南京最盛时留影，颇称难得。诗写登天界寺钟楼凭高远眺全城所见，盛赞其三山二水的自然形胜，城池人间如天上的高贵与繁华，以及郁郁葱葱、钟声互答的仙境气象，而自叹无古人之才为其作赋也！但是此说不过让步以极推南京之美。颔、颈二联境界高远，大气磅礴，对仗工稳，句烹字炼，音韵铿锵，堪称为南京写照之名联，令人击节叹赏。

初夏江村

轻衣软履步江沙，树暗前村定几家[1]？水满乳凫翻藕叶，风疏飞燕拂桐花。渡头正见横渔艇[2]，林外时闻响纬车[3]。最是黄梅时节近，雨余归路有鸣蛙[4]。

---

1 "轻衣"二句：说初夏便装闲步江滨，所见树掩江村，未知多少人家。定，到底，究竟。

2 "渡头"句：唐代韦应物《滁州西涧》："野渡无人舟自横。"

3 "林外"句：唐代陆龟蒙《袭美见题郊居因次韵酬之》之六："邻声动纬车。"纬车，纺车。

4 "最是"二句：宋代赵师秀《约客》："黄梅时节家家雨，青草池塘处处蛙。"

写初夏时节闲步江村一路所见。时景时物，渔风农俗，络绎而来，目不暇接。前后两联，以我观物：江沙、前村，梅雨、鸣蛙，皆为我见，着我之颜色。中间两联，物中有我：乳凫、藕叶、风、燕、桐花，渡头、渔艇、林外纬车，皆我之"见""闻"，而我为之着色。自去而归，由远及近，疏密有致，动静各宜，节奏纡徐，轻柔绵软。以田园之美，写隐逸之致，含蓄而生动地传达了诗人辞官归田后一时身心俱放、轻松愉悦的感觉。

齐 云 楼[1]

境临烟树万家迷，势压楼台众寺低。斗柄正垂高栋北[2]，山形都聚曲栏西。半空曾落佳人唱，千载犹传醉守题[3]。劫火重经化平地，野乌飞上女垣啼[4]。

---

1 齐云楼：原名月华楼，位于苏州旧郡治后子城上。唐代曹恭王建，白居易任苏州刺史改称齐云楼，盖取自《古诗十九首·西北有高楼》"西北有高楼，上与浮云齐"，元至正末张士诚败亡焚之。

2 斗柄：北斗七星，古人以第一至第四星象斗，第五至第七星象柄即斗柄；高栋：高楼，指齐云楼。

3 "半空"二句：概括说齐云楼风流往事。醉守题，指白居易《和柳公权登齐云楼》诗"楼外春晴百鸟鸣，楼中春酒美人倾"云云。醉守，白居易自号醉吟先生，曾为苏州刺史，故称。

4 "劫火"二句：说明兵破平江城，张士诚火烧齐云楼。女垣，女墙，城墙之上的矮墙。李贺《石城晓》："月落大堤上，女垣栖乌起。"

齐云楼在吴郡旧治，始建于唐，至元末"方士诚之被围也……积薪齐云楼下。城破，驱群妾登楼，令养子辰保纵火焚之"（《明史·张士诚传》），这座楼见证了唐以后苏州数百年，尤其是张吴十年兴亡的历史，故高启诗中数见。前六句忆楼之旧观，极言其壮丽，和自唐白居易、柳公权以来，名闻天下，美人歌舞，诗文风雅，映日齐云之历史内涵，令人神往。而尾联以"劫火"云云结之。前后对比，沧桑之变，兴亡之感，令人唏嘘。尾句申之以"野乌"啼飞，深化作者吊往伤今之意，可与《吴城感旧》并观。

秋日江居写怀七首（选二）

其　四

风尘零落旧衣冠[1]，独客江边自少欢。门巷有人催税到，邻家无处借书看。野虫送响天将夕，篱豆垂花雨稍寒。终卧此乡应不憾，只忧漂泊尚难安。

1　风尘：指元末苏州兵乱；旧衣冠：自谓本是衣冠中人。衣冠，衣与冠，古代搢绅之服，并成为这一阶层人的代称。作者为北齐神武帝高欢之后，苏州文坛名士，故云。

组诗写于洪武元年（1368）作者三十三岁出仕之前在青丘。首联自伤作为旧家苗裔，如今沦落流寓江上郁郁寡欢；颔联说但是收税人走街串巷还是能找上门来，反而邻居都是田家或渔户，没有人家可以借书来读；颈联递进，说况复天将暮而秋雨寒云云，更有令人忧心者在，即尾联说即使这样也可将就下去，却又未必，"只忧漂泊尚难安"！诗人似乎担心还有比如此漂泊更糟糕的情况发生，而又不得"终卧此乡"矣。如惊弓之鸟，似有难言之隐。岂其曾短暂为饶介记室担心暴露被明廷惩罚？已不可知。诗人隐约其事，含糊其辞，读者但见诗人隐居怀抱，如坐愁城而已。

217

其　六

丧乱将家幸得全，客中长耻受人怜[1]。妻能守道同王霸，
婢不知诗异郑玄[2]。借得种蔬傍舍地，分来灌菊别池泉[3]。
却欣远迹无相问，一棹秋风笠泽边[4]。

　1　"丧乱"二句：说兵乱后全家移居避难，幸而得安，但有寄人篱
下的屈辱之感。丧乱，指元末苏州战事；将，携带。

　2　"妻能"二句：说妻子贤惠成全自己坚守隐居不仕的志向，而女
仆不似郑玄家婢知书识礼。《后汉书·王霸传》载，霸字儒仲，太原广武
人。王莽时弃官隐居守志，茅屋蓬户，连征不至。又《列女传》载，王
霸之妻既夫唱妇随，又盛赞其志，共终身隐遁。《世说新语·文学》："郑
玄家奴婢皆读书。尝使一婢，不称旨，将挞之。方自陈说，玄怒，使人
曳箸泥中。须臾，复有一婢来，问曰：'胡为乎泥中？'答曰：'薄言往
愬，逢彼之怒。'"

　3　"借得"二句：说靠近房屋租地种菜，从泉池打水浇灌菊花。
《庄子·天地》："子贡南游于楚，反于晋，过汉阴，见一丈人方将为圃
畦，凿隧而入井，抱瓮而出灌。"西晋潘岳《闲居赋》曰："灌园鬻蔬，
供朝夕之膳。"

　4　"却欣"二句：说值得高兴的是没有远客来，可以一个人荡舟松
江之上。棹（zhào）：船桨，这里代指船；笠泽：太湖古称。

写避乱青丘的日常生活，庆幸一家从平江（苏州）城安全撤出，
除寄人篱下的不适之外，家人齐心和睦，能自食其力，随遇而安，
淡泊宁静，悠然自得。孔子所谓"乐以忘忧"者，由此可见。诗不
作宏大叙事，唯说家常，于细节见意，读来亲切自然，易感同情，
见笔法之妙。

被召将赴京师留别亲友[1]

长送游人作远行，今朝还自别乡城。北山恐起移文诮，
东观惭叨议论名[2]。路去几程天欲近，春来十日水初生。只
愁使者频催发[3]，不尽江头话别情。

1　被召：洪武元年（1368）二月朔高启被召至南京修《元史》。
2　"北山"二句：说或被假隐之诮，而将虚有东观校论之名。上
句，借南齐孔稚珪《北山移文》讥诮周颙假隐以求仕事自警；下句，东
观，东汉朝廷藏书、校书之所。
3　使者：朝廷委派接迎护侍高启赴任的官吏。

作于洪武二年（1369）赴京之际。从诗中"春来十日"推测，
当即立春后十日。诗前半以"长送"他人领起，表白出仕心迹；后
半说将行以及前途的考量。全篇自往日之"游"至今朝之"别"，
自我之"恐""惭"至"路去""春来"，至"江头话别"，回环往
复，婉转周至，低调淡定，格高韵远。

过故将军第[1]

甲第如云紫陌东[2]，当年得意负边功。美人笑客登楼上[3]，
假子将兵卫阁中[4]。深计漫夸三窟固[5]，游魂难返九原空[6]。

门前车马今谁到？零落槐花向晚风[7]。

1　故将军：不详。

2　"甲第"句：李白《古风五十九首》其二十四："大车扬飞尘，亭午暗阡陌。中贵多黄金，连云开甲宅。"甲第，高官的豪宅。详前《拟古十二首》其四注7。紫陌，京师郊野的道路。

2　"美人"句：说平原君美人在楼上耻笑民家躄（跛脚）者故事，见《史记·平原君列传》载。

3　"假子"句：说晚唐五代有割据势力和短命皇帝豢养"义儿军"事。《新五代史·义儿传序》："唐……起代北，其所与俱皆一时雄杰暴武之士，往往养以为儿，号'义儿军'。"《甘泽谣·红线》："魏博节度使田承嗣……募军中武勇十倍者，得三千人，号外宅男，而厚其恤养。常令三百人夜直州宅。"假子，干儿。

5　三窟：见《战国策·齐策》载冯谖为孟尝君营"狡兔三窟"故事。

6　九原：山名，在今山西新绛县北。相传春秋时晋国卿大夫的墓地在此，后世因称墓地为九原。

7　"门前"二句：说将军一死，甲第荒废。上句，白居易《琵琶引》："门前冷落鞍马稀。"下句，唐代子兰《太平坊寻裴郎中故宅》："昔年住此何人在，满地槐花秋草生。"

　　此诗与前《废宅行》同写故将军废宅，题材同而立意异。前作主刺将军生前营宅，巧取豪夺，聚敛无度；此作则借将军以边功得赐建豪宅，纵淫享乐无度，日用心机，夜施手段，图富贵长久。两诗共同之处，除都写"故将军"之外，就是都归结于将军生前的这些痴心妄想、横行霸道，在无情的时间面前都毫无用处。所谓"伤心秦汉经行处，宫阙万间都做了土"（张养浩《山坡羊·潼关怀古》），何况"故将军第"！诗意只要弄懂典故便容易明白，但也有两点值得注意：一是诗写"故将军第"规模尚在，将军当"故"去未久，作者当知将军其人，为有所顾忌而隐其名；二是"故将军"以"边功"起"甲第"，虽属"一将功成万骨枯"，但也算"富贵险中求"。所以本诗于其有甲第并无责备，而仅抨击其恃功骄纵，作威作福，殊不知富贵俄顷，人生如梦，终不免归于凄凉，则枉费心机，有何益哉！

次韵西园公咏梅[1]二首（选一）

其　一

如何天与出尘姿[2]，不得芳名入楚辞[3]？春后春前曾独探，江南江北每相思[4]。微云淡月迷千树，流水空山见一枝。拟折赠君供寂寞，东风无那欲残时[5]。

1　次韵：按照原诗的韵和用韵次序来和诗；西园公：据高启《哭临川公》"东阁图书散，西园草露垂"和徐贲《饮樱桃花下次韵饶参政》"西园风雨过，今日始知春"，知饶介在苏州寓西园，西园公当指饶介。

2　出尘姿：超俗的美色。唐代陆龟蒙《奉和袭美公斋四咏次韵·小桂》："苍苍出尘姿。"

3　"不得"句：说《楚辞》中没有梅花的名字。

4　"江南"句：王维《送沈子归江东》："唯有相思似春色，江南江北送君归。"

5　"东风"句：李商隐《无题》："相见时难别亦难，东风无力百花残。"无那，无奈。

首以问起，拈出梅花"出尘"之旨，次句申足，抱憾梅花未能被写入《楚辞》。然而，其不与"美人香草"为伍，岂不亦"出尘"乎？憾之实以赞之。接以颔联说"春后春前""江南江北"，等于说"我"无时不"探"，无地不"思"，是梅之"花痴"；然后以痴观之，颈联"微云淡月"二句，幻目摇情，勾魂摄魄，真神来之笔；尾联则以无法折梅相赠，表达对好花不常开的无奈之情，使此梅花的颂歌，又增怜惜之意味，韵远神清，更臻于绝调。《明诗评选》曰："真不愧作梅花诗，古今人阁笔可矣。如此又何尝从清空入手。竟陵以清空炫，可曾得此一字来？"实非过誉。

岳 王 墓[1]

大树无枝向北风，千年遗恨泣英雄[2]。班师诏已来三殿，射房书犹说两宫[3]。每忆上方谁请剑？空嗟高庙自藏弓[4]！栖霞岭上今回首，不见诸陵白露中[5]。

1　岳王墓：南宋岳飞之墓，在今浙江杭州城西北栖霞岭。岳飞（1103—1142），字鹏举，河南汤阴（今汤阴县，属河南安阳）人，南宋著名抗金将领。北上抗击金兵，屡建战功。宋高宗与宰相秦桧一心求和，勒令岳飞退兵，又以"莫须有"罪名杀害之。孝宗即位（1162）后平反，追谥号"武穆"，宁宗时追封鄂王，故称岳王。

2　"大树"二句：说岳王墓前树木枝无北向，示岳飞死后，忠义之气亦朝向南宋朝廷。《大明一统志》云："今其墓上古木枝皆南向，识者谓其忠义所感云。"

3　"班师"二句：说朝廷令其退兵，而岳飞犹自致书金人索还二帝。上句，《宋史·岳飞传》载，"方指日渡河，而桧欲画淮以北弃之，风台臣请班师……一日奉十二金字牌……飞班师"；下句，三殿，即含元殿、宣政殿、紫宸殿，南宋皇帝理政的三个宫殿，此以代指朝廷；射房书，在箭上捆绑书信射入敌营，以与其将帅联系，故称；两宫，指"靖康之难"中被金兵掳走的宋徽宗、宋钦宗父子。

4 "每忆"二句：说常想谁能请上方宝剑以斩秦桧等贼臣之首，却可惜是宋高宗自折良将。上方，上，通"尚"，指尚方剑，皇帝御用之剑，赐与大臣，表示授权可以代表皇帝先斩后奏；高庙，指宋高宗赵构；藏弓，《史记·越王勾践世家》："飞鸟尽，良弓藏。"喻杀害岳飞。

5 "栖霞"二句：说我今来栖霞岭有岳王墓可以吊祭，南宋诸皇陵却早夷为平地而不见于白露为霜之中了。诸陵，指南宋高宗、孝宗、光宗、宁宗、理宗六帝、后陵寝。南宋灭亡时被忽必烈所宠用之西僧杨琏真迦率人盗掘，尸骸暴弃荒野。

咏岳王墓，表达对南宋抗金英雄岳飞的景仰与同情，对制造岳飞冤狱者秦桧等人的憎恨，古今同情。但有过人之见，即揭出岳飞之死的根本原因，不是秦桧的主张，而是宋高宗即"高庙自藏弓"，是岳飞"射房书犹说两宫"，欲迎徽、钦"两宫"还朝，威胁到了宋高宗维持偏安以自保皇位的利益。又从尾联把"岳王墓"与"诸陵"的荣辱相对举看，更可以知道诗之卓识，是不同于后人一般只骂秦桧，而看不到岳飞冤狱、宋朝北伐无功的根子在宋高宗，诚发前人之所未发。《明诗评选》曰："岳墓诗最厌。此能不作无病呻吟，当由神情远至。"《明诗别裁集》评曰："通体责备高宗，居然史笔。"均有见于此。而岳飞于39岁被杀，高启亦39岁被杀，此巧合有助于历史的记忆：自古一人专制，酷虐英才，此二人为甚！

梅花九首

其　一

琼姿只合在瑶台，谁向江南处处栽[1]？雪满山中高士卧，月明林下美人来[2]。寒依疏影萧萧竹，春掩残香漠漠苔[3]。自去何郎无好咏，东风愁寂几回开[4]？

1　"琼姿"二句：说梅花的仙姿只应天上才有，是谁向江南处处栽植了梅花呢。上句，琼姿，如玉一样的美好形象。琼，美玉；瑶台，美玉砌的楼台，传说中神仙居处；下句，宋代徐照《庭中梅花正开》："江南何处不寒梅？"

2　"雪满"二句：说梅花之琼姿，如山中卧雪之高士，月下穿林而来的美女。上句，《后汉书·袁安传》注引《汝南先贤传》："时大雪积地丈余，洛阳令身出案行，见人家皆除雪出，有乞食者。至袁安门，无有行路。谓安已死，令人除雪入户，见安僵卧。问何以不出，安曰：'大雪人皆饿，不宜干人。'令以为贤，举为孝廉也。"下句，柳宗元《龙城录》载："隋开皇中赵师雄迁罗浮。一日天寒日暮，在醉醒间，因憩仆车于松林间酒肆傍舍，见一女子淡妆素服出迓师雄。时已昏黑，残雪对月色微明，师雄喜之与之语，但觉芳香袭人，语言极清丽，因与之扣酒家门，得数杯相与饮。少顷有一绿衣童来，笑歌戏舞亦自可观，顷醉寝，师雄亦懵然，但觉风寒相袭久之。时东方已白，师雄起视乃在大梅花树下，上有翠羽啾嘈相顾，月落参横，但惆怅而尔。"

3　"寒依"二句：说梅花在春寒中依修竹而立，倩影疏淡；落花的余香把春天的气息掩藏在苍苔上。上句，杜甫《佳人》诗："天寒翠袖薄，日暮倚修竹。"疏影，宋代林逋《山园小梅》："疏影横斜水清浅，暗香浮动月黄昏。"下句，漠漠，密布的样子。唐代温庭筠《送李亿东归》词："前溪漠漠苔生。"

4　"自去"二句：说何逊之后梅花诗无可观者，使梅花在东风中也不得开心。何郎，指南朝梁诗人何逊，字仲言，东海郯（今山东兰陵长城镇）人。其作《扬州法曹梅花盛开》诗"兔园标物序，惊时最是梅"云云，为世所称，有"何逊梅花"和"何郎花"之说。陆游《一笑》："莫愁艇子急冲雨，何逊梅花频倚阑。"

高启对梅花情有独钟，集中咏梅诗频见。《梅花九首》则是他咏梅诗的代表，前人评为"首首皆飘逸绝群，句锻字炼"。

此其第一首，也是这组诗的压卷之作，似可标题"赞梅"。诗以拟人手法写江南梅花，自古及今，如世外仙姝、山中高士、月下美人，飘然而至，暗香疏影，迎风斗寒，为组诗总起。尤以"雪满"二句，情景相生，雅淡绝伦，真乃绝唱；"寒依"二句"疏影""残香"，烘云托月，亦足称之。故作者亦颇自信，而有尾联说"何郎梅花"之后"无好咏"云云，以承上启下，为组诗之引首，并远与组诗第九首之末句"山窗聊复伴题诗"呼应，故可拟题为"梅引"。但《明诗评选》曰："高又有句云：'寒依疏影萧萧竹，春掩残香漠漠苔'，亦第一等雅句；顾其颔联则世所传'雪满山中高士卧，月明林下美人来'十四字，恶诗也。"则又一说，读者当能自辨，并知说诗之不易也。特别值得提及的是，毛泽东极为赞赏此诗，书录之并在诗前注曰："高启，字季迪，明朝最伟大的诗人。《梅花九首》之一。"还在"伟大"下面重划横线以示强调（梁琨《毛泽东因何评价高启为"明朝最伟大的诗人"》，《党的文献》2007年第6期），可见其对此诗以及高启的爱重。

其　二

缟袂相逢半是仙，平生水竹有深缘[1]。将疏尚密微经雨，似暗还明远在烟[2]。薄暝山家松树下，嫩寒江店杏花前[3]。秦人若解当时种，不引渔郎入洞天[4]。

1　"缟袂"二句：上句，见前《幻住精舍寻梅》注4；下句，水竹，水和竹，常指清幽的景色。唐孟郊《旅次洛城东水亭》："水竹色相洗。"

2　"将疏"二句：说梅花在细雨之后初开待开，似暗又明，如烟雾迷蒙之态。

3　"薄暝"二句：说路遇梅花，常在春寒薄暮之际，开在山家青松之下、江店杏花之前。

4 "秦人"二句：说当年桃花源中秦人如果多种梅花，也就是不种桃花的话，就不至于引渔郎误入桃源了。参见陶渊明《桃花源记》载。洞天，神仙洞府，这里指桃花源。

这一首似可标题"探梅"，写梅之品格，长在水边，与竹为伴，在薄暮山家青松掩映之下，嫩寒江店杏花开放之前，傲然独立，而不似桃花三月常开在溪边，落红成阵，随波逐流。所以，如果当年秦人能多植梅花，其淡泊清幽、洗尽铅华的风姿，就不会像桃花那样误引俗人进来打扰了。本首"探梅"，依次写梅花在竹旁、松下，见其"岁寒三友"的身份，又写其开在杏花之前，更暗比桃花之俗艳，突出了梅花的高逸。

其 三

翠羽惊飞别树头，冷香狼藉倩谁收[1]。骑驴客醉风吹帽，放鹤人归雪满舟[2]。淡月微云皆似梦，空山流水独成愁[3]。几看孤影低徊处，只道花神夜出游[4]。

---

1 "翠羽"二句：说梅花之落使翠羽惊飞，冷艳委地，令人怜惜。翠羽，翡翠鸟的羽毛，这里指翠鸟，见本组诗其一注2引柳宗元《龙城录》；别，离；倩，请、求。

2 "骑驴"二句：各说一个诗人与梅花的故事。上句，相传唐代诗人孟浩然曾冒雪骑驴寻梅，曰："吾诗思在灞桥风雪中驴背上。"（张岱《夜航船》）元稹《酬张秘书因寄马赠诗》："骑驴诗客骂先行。"下句，说宋代诗人林逋，独身隐于杭州西湖，居处遍植梅花，蓄一鹤，日常徜徉湖上，放鹤赏梅，人称"梅妻鹤子"。

3 "淡月"二句：说淡月微云中梅花如在梦境飘渺，空山流水中梅花又成愁情的象征。

4 "几看"二句：说梅花之神韵如此，其孤影每看都使人低徊不已，只以为遇到了花神夜游。

这一首似可标题"惜梅"，写梅花盛极而落，诗人寻梅，感其孤情幽绪，而怜惜同情，低徊不忍离去，却又以其为花神夜游，而凡人无以慰藉，只好任其"寂寞开无主……黄昏独自愁"（陆游《卜算子·咏梅》）也。"淡月"二句，朦胧缥缈，与前《次韵西园公咏梅二首》其一"微云淡月迷千树，流水空山见一枝"，以及《咏梅次衍师韵五首》其五"淡月微云应万树，荒山流水只孤丛"相对看，知作者于此境最为神往，反复道及，而此联最佳。

其　四

淡淡霜华湿粉痕，谁施绡帐护香温[1]。诗随十里寻春路，愁在三更挂月村[2]。飞去只忧云作伴，销来肯信玉为魂[3]。一尊欲访罗浮客，落叶空山正掩门[4]。

---

1 "淡淡"二句：说春寒料峭，梅花在枝头为霜所打湿，无绡帐可以施以温存。绡帐，轻纱帐。

2 "诗随"二句：说十里寻春，咏梅诗成，但见梅花盛开后霜染败落之状，以致入宿村店，三更对月，愁不能寐。苏轼《再用前韵》（指《松风岭下梅花盛开》之韵）诗："纷纷初疑月挂树，耿耿独与参横昏。"

3 "飞去"二句：说落梅飞去，恐怕她升至云间天上，不得相见，而不信她玉殒香销，魂飞烟灭。上句，韦庄《南游富阳江中作》："一帆云作伴，千里月相随。"下句，上注2苏轼《再用前韵》："罗浮山下梅花村，玉雪为骨冰为魂。"

4 "一尊"二句：说想去寻罗浮客喝一杯，却不料落叶空山中他的门关了。罗浮客，指赵师雄，见本组诗其一注2引《龙城录》。

这一首似可标题"悼梅"，由梅花经霜打陨落，如美人泪湿粉痕，无人慰藉，至诗人寻春作梅花诗，凭吊其精魂，不信其人间天上，杳无踪迹可寻，乃欲携酒访罗浮客以问之，却逢着"落叶空山正掩门"，从而走投无路，如坐愁城，似"此恨绵绵无绝期"了。"飞去"二句糅合多家前人句意翻出，自造新境，功力非凡，而尾联用典，乃愈增其艳。

其　五

云雾为屏雪作宫，尘埃无路可能通[1]。春风未动枝先觉，夜月初来树欲空[2]。翠袖佳人依竹下，白衣宰相住山中[3]。寂寥此地君休怨，回首名园尽棘丛[4]。

---

1 "云雾"二句：说梅花长在高山雪地云雾之中，尘世中没有路可以抵达。可能，哪里能够。唐代陆龟蒙《和袭美扬州看辛夷花次韵》："堪将乱蕊添云肆，若得千株便雪宫。"可相参观。

2 "春风"二句：说梅花在春天未到时就开放了，但是它太白了，夜月初上时，月光与梅花同一颜色，看起来树枝上好像并没有花。

3 "翠袖"二句：说如穿了翠绿衣服的佳人倚竹而立，又如"白衣宰相"那样的高人住在山中。上句，翠袖，见本组诗其一注3"寒依"引杜甫、陆游诗；白衣宰相，称没有功名却在朝廷有很大影响的读书人。《新唐书·令狐滈传》："且滈居当时，谓之'白衣宰相'。"住山中，隐言其又如"山中宰相"。《南史·陶弘景传》载，陶弘景隐居茅山，屡聘不出，梁武帝常向他请教国家大事，人们称他为"山中宰相"。

4 "寂寥"二句：说此一株梅花独处寂寞，不要有什么怨恨，战乱使许多名园毁坏已满地荆棘了。《吴越春秋》载，伍子胥据地垂涕，警告吴国将亡，"城郭丘墟，殿生荆棘"。

这一首似可标题"慰梅"，写山间梅花傲然独立，应时而开，有翠袖佳人依竹、白衣宰相隐居之孤高，虽未免寂寞，但亦不必生怨，因为那些名园中的梅花已经被满地荆棘代替了呢。本组诗中有人，但他篇均不明显，唯此篇前说山梅避世幸存的孤高，后说未罹难于名园之毁的堪慰，有明显自寓身世的意向。"翠袖"二句与本组诗其一"雪满山中"二句异曲同工，可相参观。

其　六

梦断扬州阁掩尘，幽期犹自属诗人[1]。立残孤影长过夜，看到余芳不是春[2]。云暖空山栽玉遍，月寒深浦泣珠频[3]。掀篷图里当时见，错爱横斜却未真[4]。

　　1　"梦断"二句：说最为知梅、爱梅的何郎虽然已经作古，但苦苦追寻约会梅花者仍自有诗人。上句，杜甫《和裴迪登蜀州东亭送客逢早梅相忆见寄》："东阁官梅动诗兴，还如何逊在扬州。"伪托苏轼注云："逊为建安王水曹，王刺荆州，逊廨舍有梅花一株，日吟其下，赋诗云云。后居洛思之，再请其任，抵扬州，花方盛开，逊对花彷徨，终日不能去。"嗣后咏梅多用"何逊梅花"为典；下句，幽期，秘约幽会之期；犹自，仍旧。

　　2　"立残"二句：说赏梅从白天看到夜里，从开花看到花尽不再是春天。上句，白居易《忆杭州梅花因叙旧游寄萧协律》："赏自初开直至落。"立残孤影，站立看梅花到没有了身影，也就是日落天黑了；下句，余芳，最后的花。

　　3　"云暖"二句：说昼日云暖，梅花落葬空山如种玉；月夜天寒，梅花凋零如鲛人泣珠。栽玉，即种玉，用杨伯雍行善，得异人授石子种而得玉故事，见《搜神记》。李商隐《喜雪》："有田皆种玉，无树不开花。"浦，水边或河流入海的地方；泣珠，《搜神记》："南海之外，有鲛人……其眼，泣，则能出珠。"李商隐《锦瑟》："沧海月明珠有泪，蓝田日暖玉生烟。"

4 "掀篷图"二句：曾看到《掀篷图》里画的梅花，非常喜欢其横斜之态，但是毕竟不如真花的美好。《掀篷图》，《画苑》："宋杨补之善写梅，有《掀篷图》。"横斜，见本组诗其一注3"疏影"注。

这一首似可标题"约梅"，写诗人自以为何逊之后爱梅第一痴人，与梅"幽期"密约，看花每日到天黑以后，每年至春暮梅花尽落，如种玉入地遍葬于空山，冬日天寒，凋落如抛洒珠泪，乃至从《掀篷图》看古之名画家描绘梅花已是相当地好了，但仍不能忘那曾与之朝夕相对、随春而尽的梅花，那才是自己的真爱。以此说梅花之真精神是画不出来的。"云暖"二句，得李商隐《锦瑟》神韵。

其　七

独开无那只依依，肯为愁多减玉辉¹。帘外钟来初月上，灯前角断忽霜飞²。行人水驿春全早³，啼鸟山塘晚半稀。愧我素衣今已化，相逢远自洛阳归⁴。

---

1 "独开"二句：说梅花早春独开无侣，虽无奈于茕茕孑立，但是不肯因孤单损减自己的美丽。无那，无奈；依依，思慕惆怅貌；玉辉，此指如玉一样洁白的肤色。

2 角，号角，这是指城防的角声。

3 水驿：水路的驿站。

4 "愧我"二句：说惭愧我遇到你是从洛阳归来，原色洁净的衣服已经污染。意谓做官后成了一个俗人，不配与你相对了。本陆机《为顾彦先赠妇诗》："京洛多风尘，素衣化为缁。"并用何逊自洛阳乞归任职扬州再访东阁梅花事，见本组诗其六注1引杜甫诗伪苏轼注。

这一首似可标题"逢梅"，拟写诗人自京师做官归，见驿中梅花独立，孤芳自赏，如空闺佳人，朝朝暮暮，垂帘剪灯，相伴钟声月上，角断霜飞，坐老岁月，诚所谓"无人与我把酒分，无人告我夜已深，无人问我粥可暖，无人与我立黄昏"者。虽诗人再至，心有灵犀，备感同情，却又自惭形秽，不敢以兼葭倚玉，亵渎佳人也。首联从正面写，颔、颈二联从无处写，尾联以"我"为反衬，烘云托月，以形梅花孤标傲世之象，跃然纸上，惊心动魄。《明诗评选》于九首中唯选此首，赞曰："白描生色。唤作古今梅花绝唱，亦无不可。"

其 八

最爱寒多最得阳，仙游长在白云乡[1]。春愁寂寞天应老，夜色朦胧月亦香[2]。楚客不吟江路寂，吴王已醉苑台荒[3]。枝头谁见花惊处？裊裊微风簌簌霜[4]。

---

1 "最爱"二句：说梅花开在冬寒将尽阳气初生之时，如仙人之游于白云之乡。爱寒，开花在冬天，不怕寒冷；得阳，冬至一阳来复，早在百花开放之前；白云乡，仙人居处。《庄子·天地》："乘彼白云，至于帝乡。"

2 "春愁"二句：说梅花之寂寞春愁，换作苍天也会因之老去。其在夜色朦胧中绽开，熏染得月光仿佛也散发出香气。上句，天应老，李贺《金铜仙人辞汉歌》："天若有情天亦老。"下句，月亦香，宋代陈师道《和和叟梅花》诗："逆鼻浑疑雪亦香。"

3 "楚客"二句：说楚国的迁客不吟咏梅花，使江路上（梅花）寂寞。吴王沉湎于酒，已致国亡，楼台园林废毁，也没有了梅花。上句，楚客不吟，见前《次韵西园公咏梅二首》其一注3。楚客，指屈原；下句，吴王，指春秋末吴王夫差，见前《赋得小吴轩赠虎丘蟾书记》注4。李商隐《吴宫》："吴王宴罢满宫醉，日暮水漂花出城。"苑台荒，唐代储嗣宗《吴宫》："荒台荆棘多。"

　　4 "枝头"二句：说城中已经见不到梅树枝头翠鸟惊花，微风中落花成阵洁白如霜的景象了。隋代于仲文《侍宴东宫应令诗》："花惊度翠羽。"

　　这一首诗似可标题"念梅"，写梅花高逸如仙人，最喜居于山中白云之乡，昼与天地并老，夜共明月生香；加以人间楚客不吟，吴王醉酒误国使名园圮废荒芜，城市中已经看不到梅花盛开白如霜原的情景了，所以弥足珍贵。前四句说梅在山中，后四句说城中已无梅。似作者以山中梅花自比出城避乱移居青丘的经历与处境，应该还包括了对战乱中苏州友人四散甚至被迁谪杀害命运的感慨。苏州自古多名园，园多梅花，是作者一生酷爱梅花的乡土因素，因而元末战乱对苏州城的毁坏成为他一生的巨大心理创伤，诗歌中挥之不去的阴影，而借着梅花历史上遭遇的所谓不平，写他家园被毁，"风尘零落旧衣冠"（《秋日江居写怀七首》其四）、"辛苦中年未有庐"（《迁城南新居》）之恨。首联或谓"句意凡俗，非青丘佳作"（陈泜斋《高启诗选》）。其实从他移居后有"终卧此乡应不憾，只忧漂泊尚难安"（《迁城南新居》）的顾虑看，应是寄寓其"丧乱将家幸得全"（《秋日江居写怀七首》其六）之窃喜。全诗语近旨遥，寄托良深。"枝头"二句，伤逝怀旧，萧然意远。

其 九

　　断魂只有月明知，无限春愁在一枝[1]。不共人言唯独笑，忽疑君到正相思[2]。歌残别院烧灯夜，妆罢深宫览镜时[3]。

旧梦已随流水远，山窗聊复伴题诗⁴。

1　"断魂"二句：说梅花勾魂摄魄的美唯有明月能知，仅凭一枝梅花堪寄无限春愁。上句，断魂，非常惆怅、悲哀，失魂落魄。宋代林逋《山园小梅》："粉蝶如知合断魂。"下句，本南朝宋陆凯《赠范晔诗》："折梅逢驿使，寄与陇头人。江南无所有，聊赠一枝春。"

2　"不共"二句：说我正想念中疑似你就要到了，不能告诉别人而自己一个人高兴得笑了。上句，苏轼《和王晋卿送梅花次韵》："独笑依依临野水。"下句，唐代卢仝《有所思》："相思一夜梅花发，忽到窗前疑是君。"

3　"歌残"二句：说梅花经历过繁华。上句，歌残，唐代许浑《金陵怀古》："玉树歌残王气终，景阳兵合戍楼空。"别院，正宅之外的宅院，这里指游乐场所。许浑《夜归孤山寺却寄卢郎中》："别院风惊满地花。"烧灯夜，指元宵节。《旧唐书·玄宗纪》："二十八年春正月……壬寅，以望日御勤政楼宴群臣，连夜烧灯，会大雪而罢。"下句，妆，指梅花妆。《太平御览》卷九百七十《果部七》据《宋书》说始于梅花落武帝女寿阳公主额上，成五出之华，拂之不去，皇后留之而成。

4　"旧梦"二句：说梅花旧日繁华已逝，当下只在我山居的窗下陪伴作诗吧。旧梦，指"歌残"二句所云；流水，喻时间流逝。李白《梦游天姥吟留别》："古来万事东流水。"聊复，姑且。

这一首似可标题"伴梅"。上半说其能寄相思、慰寂寥，下半说其荣宠不再，旧梦已远，不必"断魂"于既往，而应该勇敢地从旧我的束缚中走出来，活在当下，享受山窗寄傲的诗酒田园生活。明显诗中有我，表达的是辞官以后精神上与过去，特别是与在南京一段仕宦生涯彻底切割。仅仅视为是对梅花又一情态的生动描摹不害其为诗，但是只有同时视其为作者辞官后乐天知命，愿为诗人以终的宣言，才更加完满，而不致辜负作者之深心。

又从全组九首看，本首同时是组诗之末句"山窗聊复伴题诗"，实为第一首"自去何郎无好咏"和"山中高士""林下美人"的照应。从而这九首诗中诗人与梅花，形象上互为映衬，精神上物我合一。而题材意旨，各有侧重，上论依次所谓赞梅、探梅、惜梅、悼梅、慰梅、约梅、逢梅、念梅、伴梅等说各篇命意，虽未尽妥帖，但九首诗不仅各有所谓，而且作为组诗亦有一以贯之者，即梅花是诗人精神上自我的象征，应无可置疑。因此，有学者认为"青丘《梅花九首》……缺少寄意，没有中心思想"（陈沚斋《高启诗选》引莫仲予先生语）云云的批评不合实际。《文心雕龙》曰："诗人感物……亦与心而徘徊。"高启《梅花九首》有焉。

归吴至枫桥 [1]

　　遥看城郭尚疑非，不见青山旧塔微 [2]。官秩加身应谬得，乡音到耳是真归 [3]。夕阳寺掩啼乌在，秋水桥空乳鸭飞 [4]。寄语里阎休复羡，锦衣今已作荷衣 [5]。

　　1　归吴：回苏州；枫桥：在今苏州市虎丘区西郊枫桥街道，始建不详，因唐代诗人张继《枫桥夜泊》著名。

　　2　"遥看"二句：说归吴至枫桥所见熟悉而又陌生的景象。上句，用丁令威化鹤事，详见前《行路难三首》其三注8；下句，旧塔，原注："旧有塔，今废。"

　　3　"官秩"二句：说本不该做官，归至枫桥听到亲切的乡音，知道是真的辞官还乡了。《明史·高启传》："（洪武）三年秋，帝御阙楼，启、徽俱入对，擢启户部右侍郎，徽吏部郎中。启自陈年少不敢当重任，徽亦固辞，乃见许。已，并赐白金放还。"官秩，官职或俸禄。明初户部右侍郎为正三品。

　　4　"夕阳"二句：化用唐代张继《枫桥夜泊》"月落乌啼霜满天"，写枫桥秋水夕阳下景象。

5 "寄语"二句：说老乡们不要再羡慕了，如今官衣作荷衣，已经不再是官员了。寄语，告诉；里阎，里门，乡里，指老家的人；锦衣，指官服；荷衣，荷叶制成的衣裳，指隐士的服装。南朝齐孔稚珪《北山移义》："焚芰制而裂荷衣，抗尘容而走俗状。"

作于洪武三年（1370）秋七月底，诗人辞官还乡归经枫桥之际。首联写景，对过去常来常往的枫桥已经多少有了点陌生，隐有"近乡情更怯"（宋之问《渡汉江》）意；颔联写以三品京官致仕本是他人生的一个误会，归至枫桥听到了乡音，才知是真的不做官了，有人生如梦之感；颈联化用张继《枫桥夜泊》写"归至枫桥"秋水夕阳之景，有"得其所哉"（《孟子·万章上》）之欣慰。颔、颈二联合而观之，则与陶渊明《归园田居》"久在樊笼里，复得返自然"异曲同工；尾联"寄语"，既照顾"官秋"句，又委婉表达担心辞官以后乡人对自己看法和态度的转变。从诗人后来的诗中可见，这不是多余，而是不幸而言中。诗用典化合无痕，读来雅俗共赏，而不同程度，均可见其归志归意，乡心乡思，至性至情，至坚至柔，诚吴人也。而此诗之于枫桥，又似可追张继之作，而别题为"枫桥夕至"也。

谒伍相祠[1]

地老天荒伯业空，曾于青史见遗功[2]。鞭尸楚墓生前孝，抉目吴门死后忠[3]。魂压怒涛翻白浪，剑埋冤血起腥风[4]。我来无限伤心事，尽在越山烟雨中[5]。

---

1 伍相祠：纪念春秋吴国伍子胥的祠堂，在浙江杭州市西湖东南吴山，今存。伍相，指伍子胥（前559—前484），名员，字子胥，楚国

人，春秋末吴国大夫、军事家。以相吴王阖闾伐楚等建有大功，封于申，也称申胥。

2 "地老"二句：说历史悠久，吴王霸业已成陈迹，但是伍相的功勋仍载在史册。伯，通"霸"。春秋时吴国曾为"五伯（霸）"之一。

3 "鞭尸"二句：说伍子胥既孝且忠。《史记·伍子胥列传》载，楚平王杀伍子胥父兄，子胥逃吴得免。后于吴王阖闾九年与孙武等伐楚，破郢都，"伍子胥……掘楚平王墓，出其尸，鞭之三百，然后已"。又载，吴王阖闾死，夫差继位，信太宰嚭谗言，赐伍子胥自杀死。伍子胥乃告其舍人曰："必树吾墓上以梓，令可以为器；而抉吾眼，县吴东门之上，以观越寇之入灭吴也。"乃自刭死。

4 "魂压"二句：说伍子胥死后灵异事。《吴越春秋·夫差内传》载："吴王乃取子胥尸，盛以鸱夷之器，投之于江中……子胥因随流扬波，依潮来往，荡激崩岸。"即今传说钱塘江潮的来历。又载："吴王闻子胥之怨恨也，乃使人赐属镂之剑……令自裁……子胥把剑仰天叹曰：'自我死后，后世必以我为忠，上配夏殷之世，亦得与龙逢、比干为友。'遂伏剑而死。"

5 "我来"二句：说拜谒伍相祠无限伤心，如越山烟雨弥漫无际。越山，越地的山，指伍相祠所在的钱塘吴山。钱塘在春秋时，先属越国，后属吴国，越灭吴后，复属越，故称。

写于至正十八年（1358）诗人南游吴越期间，是拜谒春秋吴大夫伍子胥祠的吊古之作。高启是苏州人，伍子胥一生功业和最后的悲剧也发生在苏州，诗人至钱塘，合当拜谒，也合当有诗。诗前六句颂扬伍子胥强吴伐楚的功业，忠孝两全的品格，都与古人的感受和看法无甚大出入，高明处只在尾联"无限伤心"之意，即令人想到伍子胥忠孝的代价是如此惨痛，根源只在其先后所事楚、吴之王，对之有生杀予夺的权利。换言之，即他没有正常做人的权利和自由。"钱江潮"之怒，根本或在于此，应追本溯源至此。诗大气磅礴，慷慨激烈，抑扬顿挫，感人至深，也启人深思。

郡治上梁¹

郡治新还旧观雄，文梁高举跨晴空²。南山久养干云器，东海初生贯日虹³。欲与龙庭宣化远，还开燕寝赋诗工⁴。大材今作黄堂用，民庶多归广庇中⁵。

1　郡治：指苏州府官署。《姑苏志·官署中》引《越绝书》载，吴郡旧治为春秋吴国春申君所造，后世屡经成毁，"元至正末，张氏据此为太尉府。及败，纵火焚之。唯存子城南门耳。"又，《明史·魏观传》："初，张士诚以苏州旧治为宫，迁府治于都水行司。观以其地湫隘，还治旧基。"此指魏观在张士诚旧宫地基上的复建；上梁：为新建房子架设屋梁。

2　"郡治"二句：说府衙还治旧基，恢复了前代的雄伟，画梁高举，跨架于晴空之上。文梁，绘有图案的屋梁。

3　"南山"二句：说屋梁的来源、材质和上梁后横空如虹。干云器，形容屋梁原材树之高大。干云，高耸入云；贯日虹，遮挡住太阳的白色长虹，自"白虹贯日"语化出。《战国策·魏策四》："聂政之刺韩傀也，白虹贯日。"又《史记·鲁仲连邹阳列传》："昔者荆轲慕燕丹之义，白虹贯日，太子畏之。"

4　"欲与"二句：说府衙"还治旧基"恢复旧观后，能代朝廷宣化，聚文士赋诗。龙庭，指朝廷；宣化，宣布教化；燕寝，古代帝、后居住的宫室。《周礼·天官·女御》："女御掌御叙于王之燕寝。"据《姑苏志·官署中》载，元末苏州郡治有"颁春、宣诏亭"。

5　"大材"二句：说干云之木用做郡治的屋梁，苏州的老百姓就能够受到更多的护佑了。大材，大木，指做屋梁的原木；黄堂，《姑苏志·官署中》载："黄堂在鸡陂之侧，春申君子假之殿也。后太守居之，以数失火，涂以雌黄，遂名黄堂，即太守正厅也。今天下郡治皆名黄堂昉此。或谓以黄歇之姓名堂。"等等。虽说法不一，但皆以指郡治正厅。

这是今存高启与导致其被杀的魏观案唯一直接相关的诗。虽然明清两代从没有人说这首诗与高启的死有关，也确不曾具体相关，但从诗中夸赞魏观"还治旧基"的郡治，比于恢复张吴王宫的"旧观雄"，暗喻在张吴王宫旧基上复建郡治的魏观，是"上梁"的"干云器""大材"，尤其不可理解的是把"郡治上梁"比作聂政刺杀韩傀的"贯日虹"等，就难说不令读者想入非非。试想不远七年前，西吴（朱元璋）好不容易才把东吴（张士诚）灭了，如今高启把魏观兴东吴"既灭之基"的"上梁"，比作"白虹贯日"的复现，若果然西吴读了，会怎么想？因此，虽然从现有资料看，高启之死与本诗无关，但凡对"文字狱"有所了解的人，都会认为即此诗就可能给作者带来麻烦。而高启为诗"叩壶自高歌，不顾俗耳惊"（《青丘子歌并序》）之放言无忌的风格，也由此可见。张羽悼诗曰"鹦鹉才高竟殒身"（《附录·哀诔》），把高启贾祸与其诗才联系说，确有深刻之处。

客中述怀

故园生计日蹉跎，不觉青春客里过[1]。旅食自惭空旧橐，朝衫谁为换新罗[2]？多愁未必关花事，长醉原非困酒魔[3]。几度欲归归不得，空弹长铗和高歌[4]。

---

1 "故园"二句：说妻女在苏州青丘生活困难，而自己在南京做官消耗着春天的时光。

2 "旅食"二句：说出仕到南京以来，把从家里带来钱物都用光了，没钱置办朝衣。橐（tuó），盛物的袋子；朝衫，朝服；新罗，新制的罗衣；罗，绮罗，质地轻软的丝物。

3 "多愁"二句：说心中多愁非为春情所扰，喝酒长醉亦非困于酒魔。酒魔，传说中使人易醉的酒虫。唐代冯贽《云仙杂记》载，常元载鼻闻酒气已醉。一人"即取针挑元载鼻尖，出一青虫如小蛇，曰：'此酒魔也，闻酒即畏之；去此何患！'元载是日已饮一斗，五日倍是"。

4 "几度"二句：说几次辞职不得，叫穷也没有人理会。上句，归不得，唐代刘商《胡笳十八拍》第八拍："旦夕思归不得归，愁心想似笼中鸟。"下句，本《战国策·齐四》"齐人有冯谖者"载，冯谖客孟尝君，先后三次弹铗而歌，索要鱼、车及养家之资，皆得满足，后来为孟尝君设"狡兔三窟"之计。

写于洪武三年（1370）春，作者在南京翰林院编修任上。明初京官俸禄不高，高启先后供职的《元史》馆、翰林院更都是清水衙门。他在南京，虽有体面身份，但过的是清贫日子，而且一入官场即进退两难，求告无门。所以"惭"，即后悔出仕。只从自己苏困的努力以及无可奈何这一面说，既不事夸张，又尽量避免了正面和直接的倾诉，哀而不伤。尾句"空弹"云云，实以怨世无好士如孟尝君者，使其贫困到如此地步，但怨而不怒，无乞怜之意，有决绝之情，而皆以委婉出之。虽未及"回也不改其乐"，但贫贱不移，未至如杜甫"朝叩富儿门，暮随肥马尘。残杯与冷炙，到处潜悲辛"，也算难得了。

重游甘露寺 1

晓色苍苍宿雨收，倚天楼阁喜重游。云来云去山如旧，潮落潮生江自流 2。天上曾闻甘露降，庭中长见雨花浮 3。江山千古情无尽，人往人还自白头 4。

---

1 重游：高启于洪武二年（1369）第一次游甘露寺，三年又至，故曰"重游"；甘露寺：在今江苏镇江北固山上，相传三国吴甘露年间

建，因名，吴末帝孙皓甘露年号最短仅一年，所以颇疑甘露寺非此时所建。甘露，甜美的露水。《老子》云："天地相合，以降甘露。"甘露是祥瑞的象征，有帝王用为年号。

2 "云来"二句：说江山千古如旧。山如旧，唐代李颀《题卢五旧居》："门外青山如旧时。"江自流，李白《登金陵凤凰台》："凤凰台上凤凰游，凤去台空江自流。"

3 "天上"二句：说相传历史上因为天降甘露而建此寺，如今长见的是雨水飘散时的小水花。

4 "江山"二句：说天地人间情事无休止，而人来人往皆自生白头。上句，唐代罗隐《巫山高》："江边日月情无尽。"下句，杜甫《和裴迪登蜀州东亭送客逢早梅相忆见寄》："朝夕催人自白头。"

高启第一次游甘露寺有诗曰"胜地江山壮，名林岁月遥"（《高青丘集》卷十二《甘露寺》）云云，把甘露寺形胜和"前朝"即三国吴与甘露寺相关主要故事都写进去了。所以，这一次重游赋诗就侧重在对甘露寺景观历史意义的思考，而成为一首颇具哲学意味的抒情之作。首联点题并说重游的时节、地点；颔联写"倚天楼阁"上所见江山千古天运不息之状；颈联似无深意其实不然，即本诗说寺因天降甘露而建，但至今看不到甘露，只见下雨时寺院中庭溅起水花，实以表达对暴君迷信祥瑞的讽刺。进而由一代兴亡念及江山千古，人代冥灭，就进入了人生哲学的思考。又据《明史·太祖本纪》载，洪武二年"冬十月壬……甲戌，甘露降于钟山，群臣请告庙，不许"，此诗意亦或与此时事有关。诗中"人往人还"写游人，包括作者自己，也是照应题目的"重游"。句多化用，浑融无间。颔、尾二联精警。

五言绝句

师子林十二咏（选三）

吐月峰[1]

四更栖鸟惊，山白初上月。起开东阁看，正在云峰缺。

---

1 吐月峰：明初苏州师子林景观之一。师子林，一作狮子林，始建于元至正二年（1342），苏州四大名园之一。吐月，杜甫《月》："四更山吐月，残夜水明楼。"

写景如画，诗中有物、有色、有光、有人，如相互应答。又天上人间，有圆有缺，有山有阁，构图简妙。一幅东阁观山月图，美不胜收。

卧云室[1]

夕卧白云合，朝起白云开。惟有心长在，不随云去来。

---

1 卧云室：师子林景观之一。刘长卿《送方外上人之常州依萧使君》："空山卧白云。"

说人在云中卧，云有开合、去来，而我心不动。在儒家为有恒，在道家为坐忘，在释子为禅定。其同乡好友谢徽有同题诗云："朝卧白云东，暮卧白云西。白云长共我，此地结幽栖。"可相参观。

问梅阁[1]

问春何处来？春来在何许？月堕花不言[2]，禽鸟自相语[3]。

1　问梅阁：师子林景观之一。问梅，宋代范成大《减字木兰花》词："谁伴芳尊，先问梅花借小春。"

2　花不言：宋代僧惠洪《寄题紫府普照寺满上人桃花轩》："南泉欺客花不言。"

3　"禽鸟"句：宋代林逋《留题李颉林亭》："啼鸟自相语。"

梅花报春，在诗文中是春天到来的象征。所以阁曰"问梅"，诗却问"春"，即向"梅"而问"春"，则作者以梅为报春使者之意已在，却不说破，亦不直说。而写一问、再问，花、月、禽鸟皆不作答，实以激发读者从后二句想象。则不难知"月堕"必与春无关，"禽鸟'自'相语"亦示与春无关，剩下可能与所问相关者就只有"花不言"之花了！答案乃不言而喻：春自梅树，春在梅花。诗赞梅花报春，意绪隐约，婉道无穷。既以曲至，又深化开阔了意境，使富于哲学意味。更因为"月堕"二句云云情韵幽绝，生意益然。

为外舅周隐君题杂画[1]五首（选二）

其 一

斜阳榜钓船，秋色满江天[2]。仿佛吾家近，沙村落雁边。

---

1 外舅周隐君：即高启的岳父周仲达，为青丘巨室。隐君，隐居不仕的人。

2 榜：船桨，这里指摇船；满江天：唐代陈标《江南行》："水光春色满江天。"

李志光《凫藻集本传》云："张士诚有浙右时，群彦多从事者，启独絜家依外舅周仲达居吴淞江上，歌咏终日以自适焉。"（《附录》）这是高启题其岳父杂画五首其一。前二句白描，说秋色斜阳，摇船于江天之间；后二句闪烁其词，说前方沙滩落雁不远处，好像就是我的家了。写渔隐之心，闲适之乐，温馨清远。

其 五

山深岚气寒[1]，高斋掩窗卧。林间踏叶声，知有樵人过。

---

1 岚气：山中的雾气。

陶渊明《饮酒》诗其五写避世曰："结庐在人境，而无车马喧。

问君何能尔？心远地自偏。"是人静则心静，心静则地静。本诗亦写静，却是卧在深山岚气、闭窗高斋之中，闻踏叶而知有樵人经过，以收"鸟鸣山更幽"之效，异曲同工。

叹墙下草

青青墙下草，经霜未枯槁。虽是见春迟，还免逢秋早。

以小喻大，言近旨远。前二句有"野火烧不尽"之意；后二句与"早发早萎"之说相反对，而与"道法自然""大器晚成"等意微有关联，可试思之。

寻胡隐君[1]

渡水复渡水，看花还看花。春风江上路，不觉到君家。

1　胡隐君：胡姓隐者，不详。

好水好花，好风好路，好心情，好朋友，急切而从容，将见欢快之意，溢于言表，而映衬隐者高雅，隐约可见。一往情深，明白如画。

闻　雁

江寒月黑夜，定宿蒹葭里[1]。叫叫过灯前[2]，却是谁惊
起？

1　蒹葭：荻草与芦苇。
2　叫叫：远处传来的叫声。西汉扬雄《解难》："大语叫叫。"

夜雁惊飞之象，诗人不安之情。言不尽意，意不尽象，忧悸重
重，都从月黑风高、雁唳长天中袭来。

晚寻吕山人[1]

小艇载琴行，松花落晚晴。君家最可认，隔树有书声。

1　吕山人：即道士吕敏。《明史·吕敏传》："吕敏，字志学，无锡
人。元时为道士。洪武初，官无锡教谕。十三年举人才，不知其官所
终。""北郭十友"中人。

写载琴访友，松下晚晴，隔树书声，诗书之雅，令人神往。诗
人又有《别吕隐君》云："孤舟晚溪口，欲去重回首。不忍别青山，
况此山中友。"可以对读。

鸳 鸯

两两莲池上，看如在锦机[1]。应知越女妒，不敢近船飞。

---

1 锦机：织锦的织机。唐代温庭筠《织锦词》："簇簇金梭万缕红，鸳鸯艳锦初成匹。"

写鸳鸯实以写人：鸳鸯、莲池，越女、锦机，错落遥对，而以《诗经·卷阿》"凤凰于飞"（喻夫妻谐和）之情一以贯之。妙在不直说，而从鸳鸯"不敢近船飞"侧露以出。

寒夜与家人坐语忆客中时

茶屋夜灯青，竹庭寒雪白。不对室中人[1]，依然去年客。

---

1 室中人：指家人。

写与"客中"相比，说"家"者，非老屋之谓，"家人"即"室中人"而已。俗语云："我心安处是故乡。"是说"故乡"的意义在于"我心安"。读此诗，则知"有家人处即是家"。若仅独坐老屋，与客中又有什么不同？揭示了爱家（旧宅）的本质，凸显了对家人的爱。诗写真情，又以成教化，厚人伦，而且茶香灯青，竹庭白雪，小品风味，意好辞工。

种　瓜

绵绵花蔓萦¹，飒飒风烟洒。秋来子正多，不似黄台下²。

1　绵绵：形容连续不绝。《诗经·大雅·绵》："绵绵瓜瓞。"

2　黄台下：《新唐书·承天皇帝倓传》载李泌曰："陛下尝闻《黄台瓜》乎？高宗有八子，天后所生者四人，自为行，而睿宗最幼，长曰弘，为太子，仁明孝友，后方图临朝，鸩杀之，而立次子贤。贤日忧惕，每侍上，不敢有言，乃作乐章，使工歌之，欲以感悟上及后。其言曰：'种瓜黄台下，瓜熟子离离。一摘使瓜好，再摘令瓜稀。三摘尚云可，四摘抱蔓归。'而贤终为后所斥，死黔中。"

诗说种瓜，任其自由生长，所以秋来结瓜颇多，不像黄台之瓜，不待成熟即一摘再摘，最后只剩下瓜蔓。寓道法自然之意。

赴京道中逢还乡友

我去君却归，相逢立途次¹。欲寄故乡言，先询上京事²。

1　途次：出行的路上。

2　"欲寄"二句：可与唐代岑参《逢入京使》"马上相逢无纸笔，凭君传语报平安"相参观。上京，称国都，这里指南京。

写于洪武二年（1369）二月应诏修《元史》赴京路上，遇乡友人自京师归，虽然最想的是请他给家人带个平安的口信，但一开口还是先问友人当下京师情势。诗只是把他与乡友人途次相遇的仓促择言似无意识地转折写出，却逗露其对入京难料祸福的忐忑不安，根本原因是他作为吴城士人对朱元璋新朝并不信任。

《丛竹图》赠内弟周思敬就题 [1]

窈窕复蒙茸[2]，千山万竹中。幽人夜惊起，秋雨共秋风。

1　周思敬，高启的内弟，能诗，二人常相唱和。

2　窈窕：闲静而美好貌。《诗经·周南·关雎》："窈窕淑女，君子好逑。"蒙茸：蓬松、杂乱貌。

诗人与妻兄周思谊亲戚往来，性情相投，又是诗友，曾有《沁园春·寄内兄周思谊》云："忆昔相逢，意气相期，一何壮哉！拟献三千牍，叫开汉阙。蹑一双屐，走上燕台。我劝君酬，君歌我舞，天地疏狂两秀才。"但至此画《丛竹图》题赠周思敬，以"丛竹"自衬为"幽人"，就成了"秋雨共秋风"之夜"惊起"不能安的形象。画为心象，诗为心声，忧愁幽思，赠之有亲戚与共、风雨同当之意。

题张来仪画赠张伯醇 [1]

风起涧声乱，景寒云气深。山人归卧晚，诗意满秋林。

1　张来仪：即张羽，字来仪，本浔阳人，卜居吴兴（苏州），征

授太常司丞，坐事投龙江死，工诗，"北郭十友"之一，又与杨基、张
羽、徐贲称"吴中四杰"；张伯醇：未详。

题张羽画，写风乱涧声，景寒云深，静中之动，以启山人暮归，
卧赏秋林，则诗意弥漫，岂不乐在其中！末句萧然韵远，逸气清发，
尤佳。

龙门飞来峰[1]

风吹峨嵋云[2]，东依此山住。我来不敢登，只恐还飞去。

1　龙门飞来峰：又名灵鹫峰，即浙江杭州灵隐寺前石山。
2　峨嵋云：四川峨嵋山顶以多云雾著称。唐代李宣古《听蜀道士
琴歌》："忽逢羽客抱绿绮，西别峨嵋峰顶云。"

写杭州龙门飞来峰，只"此山"二字点题。若"风"，若"峨
嵋云"，若"我"，都借来作陪衬烘托，而峰之高、险、峻，势如
飞来之状，则由读者想象，神韵自得。"我来"二句，就"飞来"起
意，妙极。

芹[1]

饭煮忆青泥，羹炊思碧涧[2]。无路献君门，对案空三叹[3]。

1　芹：菜名，亦称"水芹"。

2 "饭煮"二句：说芹菜佐饭，使人想起仙人服用的青泥；炊为菜羹，使人想到碧绿的深涧。青泥，相传为神仙服食的一种浆土。羹炊，煮制的菜羹。杜甫《陪郑广文游何将军山林十首》其二："香芹碧涧羹。"

3 "无路"二句：说献芹无路，对案叹息不已。上句，献君门，《列子·杨朱》："里之富告之曰：'昔人有美戎菽、甘枲茎芹萍子者，对乡豪称之。乡豪取而尝之，蜇于口，惨于腹，众哂而怨之，其人大惭。'"后遂以"献芹"谦言自己赠品菲薄或建议浅陋；三叹，几度感叹，比喻慨叹之深。《左传·昭公二十八年》："吾子置食之间三叹，何也？"

这是一首咏芹诗。诗就芹菜之味清色佳，可饭可羹，却又便宜易得、不为人重等多方刻画，借以表达怀才不遇、用世无路的心情，是高启性情的另一面。或偶尔为之，但其自许甚高、志在"君门"性格的一面，也由此可见。

七言绝句

秋　柳

　　欲挽长条已不堪，都门无复旧氇氇[1]。此时愁杀桓司马，暮雨秋风满汉南[2]。

　　1　"欲挽"二句：说折柳送行的人太多，都门柳树的长条已攀折殆尽，不似其初生时的样子了。都门，南京城门；氇氇（sānsān），枝条细长垂拂貌。唐代韦应物《送章八元秀才擢第往上都应制》："立马欲从何处别？都门杨柳已氇氇。"

　　2　"此时"二句：说桓司马见此情景，心中忧愁就该如暮雨秋风遍满汉南了。桓司马，即东晋大司马桓温。《世说新语·言语》："桓公北征，经金城，见前为琅琊时种柳，皆已十围，慨然曰：'木犹如此，人何以堪！'攀枝执条，泫然流泪。"汉南，今湖北宜城。北朝周代庾信《枯树赋》："昔年种柳，依依汉南。"

　　清初王士禛以《秋柳》四首骤得大名，但此作可能是我国最早题为"秋柳"之诗。诗自桓温北征感叹为琅琊时种柳事化出，但与桓温就多年之柳嗟叹人生易老有所不同，本诗是就柳一年之间望秋凋零而言悲秋，是感叹时光易逝，好景不长。所以同是说柳说愁，角度、用心有异。桓温之语诚为名言，而此诗也不啻名篇。后者得力于前者，但融情于景，以诗出之，点石成金，更富神韵。《历代诗评注读本》评曰："树犹如此，人何以堪！暮雨秋风，不堪卒读。"惜未见其与桓温之叹有异。

送贾麟归江上[1]

别泪纷纷逐断猿，贫交无赠只多言[2]。离愁正似蘼芜草，一路随君到故园[3]。

1　贾麟：一名贾祥麟，字彦仁，浙江海宁人，至正乙亥举人，曾任长洲县教谕，有弟贾祥凤。高启《凫藻集》卷二有《送二贾君序》。江上：吴淞江上。

2　"别泪"二句：说穷朋友离别，只有痛如断肠的眼泪和许多嘱告，而无物可赠。上句，断猿，断肠的猿猴。南朝宋刘义庆《世说新语·黜免》："桓公入蜀，至三峡中，部伍中有得猿子者，其母缘岸哀号，行百余里不去，遂跳上船，至便即绝，破视其腹中，肠皆寸寸断。公闻之，怒，令黜其人。"下句，《孔子家语·观周》："（孔子）及去周，老子送之曰：'吾闻富贵者送人以财，仁者送人以言……'"唐代郎士元《送魏司直》："贫交此别无他赠，唯有青山远送君。"

3　"离愁"二句：说我因你离去的愁情将如路边生长的蘼芜随你到家，即系念其一路平安之意。南朝陈江总《杂曲三首》其一："行行春径蘼芜绿。"唐释皎然《送侯秀才南游》："芳草随君自有情。"蘼芜，川芎苗，一种香草，古诗文中多与送别相关。

写贫士之交，送别无钱物盘缠可赠，唯有"多言"和诗以道别情而已。似不称情，然而"君子之爱人也以德"（《礼记·檀弓上》），"赠人以言，重于金石珠玉"（《荀子·非相》），正不必以钱物论，而但论朋友至诚相待，千里与共可也，何况正如苏轼《古缠头曲》所云："世人只解锦缠头，与汝作诗传不朽。"贾麟得此赠诗，温馨在途，更不料其又流芳百世也。

逢张架阁 [1]

花落江南酒市春，逢君归骑带京尘[2]。一杯相属成知己，何必平生是故人。

1　见前《淮南张架阁家旧有楼在仪銮江上经兵燹已废与予会吴中乞追赋之》注1。
2　"花落"二句：点暮春、初见、张架阁自京归。

写与张架阁一见如故之欢：前二句述事，后二句抒情。偶遇则出人意料之外，投合则又入人情理之中。格、意、趣俱佳。

宫　女　图

女奴扶醉踏苍苔[1]，明月西园侍宴回。小犬隔花空吠影，夜深宫禁有谁来？

1　扶醉：醉酒中勉力而为。

诗写宫女从西园侍皇帝宴罢归来，却闻小犬隔花吠影，表明必是有人来会见。然则"夜深宫禁"之中，于此宫女，来会者何人？欲为者何事？岂不令人起偷情密约之疑？诗虽未坐实，但给读者的暗示是八九不离十。《明史·高启传》载："启尝赋诗，有所讽刺，帝嗛之未发也。"《列朝诗集》以为即此诗"触高帝之怒，假手于魏守之狱，亦事理之所有也"。《静志居诗话》则曰："孝陵猜忌，情或有之。"也有人指此诗为讥刺元顺帝而作，然皆猜测，不足为信。汪端《明三十家诗选》辨之甚详，可以参看。钱谦益《列朝诗集》言乃"有为而作，讽喻之诗"，"妙绝古今"，堪称正解。但其究竟就何事而作，则为诗史之谜。

山中春晓听鸟声

子规啼罢百舌鸣[1]，东窗卧听无数声。山空人静响更切[2]，月落杏花天未明。

1　子规：鸟名，又名杜宇、杜鹃、催归，啼必北向，声犹唤子回归，故称子规；百舌：鸟名，又名乌鸫，叫声短促嘹亮。杜甫《百舌》："百舌来何处，重重只报春。"

2　"山空"句：南朝梁王籍《入若耶溪》："鸟鸣山更幽。"唐代王维《鸟鸣涧》："夜静春山空。"

七言四句，山、春、晓、听、鸟、声、月、天，处处都到。从"子规啼"念家思归之惆怅中醒来，因"百舌鸣"报春，于"东（东主春）窗卧听无数声"，而思乡之情渐为"春"所融化，乃有"山空"云云收视反听所感，是"月落"之际，"天未明"，"杏花"开放在即，大好春光可待也。愉悦之情，溢于言表。与"春眠不觉晓，处处闻啼鸟"对读，当知此诗风韵，逼近唐人。

雨中春望 [1]

郡楼高望见江头，油壁行春事已休[2]。落尽棠梨寒食雨，只应啼鸟不知愁[3]。

1　原注："时在围中。"围中，指至正二十七年（1367）朱元璋军队围困张士诚于平江（苏州）城中。

2　油壁：一种车子，因车壁用油涂饰，故名。乐府古辞《苏小小歌》："妾乘油壁车，郎乘青骢马。何处结同心，西陵松柏下。"行春：游春。

3　"落尽"二句：唐代李郢《寒食野望》："乌鸟乱啼人未远，野风吹散白棠梨。"本此化出。棠梨，一种野梨，落叶乔木；寒食，中国传统节日，传为纪念春秋晋国介子推而设，在清明节前一二日，是日禁烟火，只吃冷食，并在后世逐渐增加了祭扫、踏青等风俗。

写于元至正二十七年（1367）清明平江围城中。战火方炽，除"落尽棠梨寒食雨"外，往常节事、踏春，一切都罢，唯鸟儿还如往年此时啼鸣，根本不知道是坐困愁城。以清明节事寥落，光景悲凉，写平江围城中百姓之苦和诗人内心之绝望，令人不忍卒读。

江村即事 [1]

野岸江村雨熟梅，水平风软燕飞回。小舟送饷荷包饭，远饰招沽竹酝醅[2]。

1 即事：眼前的事物，常用作因眼前景物有感而作诗词的标题，如杜甫《草堂即事》等。

2 送饷：给在外劳作的人送饭；荷包饭：用荷叶包盛的米饭。柳宗元《柳州峒氓》："绿荷包饭趁墟人。"斾：指酒旗；竹酝醅（pēi）：加入竹叶汁酿制的酒。

写野岸江村，雨季梅熟，水平风软，燕子翻飞，小舟送饷，酒旗招展，一幅江南水乡百姓安居乐业景象，给人以愉悦的感受。不事雕琢，只把眼前所见江村景物人事等参差点染，即境界全出，如天开图画，自然美丽。

闻　笛

横吹才听泪已流[1]，寒灯照雨宿江头。凭君莫作《关山曲》[2]，乱世人人易得愁[3]。

1 横吹：笛之别称。《古今注》："横吹，胡乐也。"

2 凭：仰仗，引申指请求；《关山曲》：乐府曲名，多歌边塞战乱。唐代刘长卿《赠别于群投笔赴安西》："想闻羌笛处，泪尽《关山曲》。"

3 "乱世"句：五代徐铉《送钟德林郎中学士赴东府诗得酒》："世乱方多事，年加易得愁。"

写旅途闻笛之事，乃"寒灯照雨宿江头""横吹才听泪已流"，何以故？后二句作答，乃因笛奏《关山曲》，赶上这样的乱世人人易愁，听闻此曲，岂不愁上加愁了吗？由近及远，言此注彼，乱世人生之苦，便侧露而出。

回文 [1]

风帘一烛对残花，薄雾寒笼翠袖纱。空院别愁惊破梦，东阑井树夜啼鸦。

---

1 回文：诗体之一种，其式回环往复均可诵读。相传始于晋人，今见最早为十六国前秦时窦滔妻苏蕙《回文旋图诗》。后世效仿者众，遂为诗体之一种。

回文诗正读、回读皆宜，一首诗可释读为两首，扩大了文字的表现力，虽给读者以趣味，但写作有特殊难度，不曾盛行，更殊少名作。高启作此体诗亦仅两首，选此聊备一格。本首写秋夜空闺思妇梦醒情状，从第三句"空院别愁"正读回读，都表明女子因为不常得丈夫看顾，当风烛残花，午夜梦醒，翠袖单寒，井树啼鸦……其孤独忧愁，则可以想见。景中有人，景中有情，情景交融，情辞俱佳，见作者之才和汉语独特表现力之美。

夜中有感二首（选一）

其 一

少壮无欢似老时，身穷宁坐苦吟诗[1]？卧思三十年来事，一半间关在乱离[2]。

1 穷：贫穷、不得志；宁：难道；坐：由于。

2 间关：辗转，详见前《兵后逢张孝廉醇》注3。

当作于至正二十五年（1365）作者三十岁时，父母已故，家道中落，生计无着，苦恼而有此诗。诗的前半欲归咎于自己"苦吟诗"，但这是他的所爱，肯定不忍割舍；诗的后半又欲归咎于世乱，但乱世是人生重新洗牌的时代，在他这个年纪岂不是机会很多？诗前问后答，但答非所问。却因此是好诗，不是好在作者有何等真知卓见，而是好在由此可见作者生当乱世，一直在思考一个读书人如何谋道又谋食、养志又养身的问题。他的答非所问，显示了当时一代读书人精神上的迷惘。似平易浅近，实含蓄蕴藉，意味深长。

将赴金陵始出阊门夜泊[1]二首（选一）

其　二

烟月笼沙客未眠，歌声灯火酒家前[2]。如何才出阊门宿，已似秦淮夜泊船？

1 阊门：即阊阖门，苏州城西门。

2 "烟月"二句：说阊门之外码头繁华，酒家生意红火。杜牧《夜泊秦淮》："烟笼寒水月笼沙，夜泊秦淮近酒家。"

写于洪武元年（1368）作者应诏修《元史》赴南京始出苏州阊

门夜泊。虽然刚出阊门还是苏州，但是阊门外航船夜集、酒店灯歌景象，就使作者想到了将要去到的南京秦淮河上。全诗描写依傍杜牧《夜泊秦淮》的前二句化出，但不似杜牧吊古伤今，而自成机杼，其所表达乃唐人"莫道两京非远别，春明门外即天涯"（刘禹锡《和令狐相公别牡丹》）的恋家之情，漂泊之感。俗云"一里路是外乡人"，又云"在家千日好，出门一时难"，皆与此意通。

雨中登天界西阁[1]

青山楼阁楚江东[2]，身在苍茫晚色中。故国自遥难望见[3]，不关春树雨溟蒙。

1　天界西阁：见前《寓天界寺雨中登西阁》注1。
2　楚江：指长江，战国楚一度强大，长江大部属楚，故称。
3　故国：故乡、家乡。杜甫《上白帝城二首》之一："取醉他乡客，相逢故国人。"

写洪武二年（1369）作者与修《元史》，寓居南京天界寺，冒雨登寺中西阁所见，长江东岸，暮色苍茫，知道看不见吴城，与春树遮蔽和雨气迷蒙无关。这都是实话，也似乎废话。然而看不到还看，没看到还说，是以表达"雨中登……阁"之意不在阁，而在其想望却明知望不见的家。此意自汉乐府《古辞·悲歌行》"远望可以当归"化出而不露痕迹，几乎独创。或以为此"故国"所指是与"新朝"相对立的"故国之思"，乃误会。高启诗中凡有关他自己的"故国"，都指家乡，反而诗末说"不关"云云，当隐含乞归未被允许之意，读者容易忽略。凄凉委婉，含蓄之至。

逆旅逢乡人 ¹

客中皆念客中身，唯汝相逢意更亲。不向灯前听吴语²，
何由知是故乡人。

1　逆旅：客舍。

2　吴语：吴地的方言，以苏州话为标准音。

客舍寂寞中自怜孤独，偶于灯前听人说吴语，而知为同乡，便
格外高兴，记之以此诗。俗所谓"美不美家乡水，亲不亲一乡人"，
即此意。但是这个经验或常识，经作者以诗回溯到生活在源头描绘
出来，便不仅更加深刻而有说服力，且清新生动，感人甚深。

客中忆二女

每忆门前两候归，客中长夜梦魂飞¹。料应此际犹依
母，灯下看缝寄我衣²。

1　"每忆"二句：忆旧之辞。陶渊明《归去来兮辞》："稚子候门。"
宋之问《放白鹇篇》："幼稚骄痴候门乐。"

2　"料应"二句：念今之辞。杜甫《北征》："床前两小女，补绽才

过膝。"张籍《寄衣曲》："织素缝衣独苦辛，远因回使寄征人。"

作于洪武元年（1368）在南京修《元史》期间。高启三女一子，此时儿子祖授未生，次女早夭，所以诗题云"二女"，即长女某与幼女定。然则一家人都写到了，骨肉之情，夫妻之义，天伦之乐，兼相融之，温馨感人。

寄 家 书 [1]

底事乡书累自修？路长唯恐有沉浮[2]。还忧得到家添忆，不敢多言客里愁。

1　原注："时客越城。"越城，即绍兴。

2　底事：何事；累：连续、重复；有沉浮：指书信未送到。《世说新语·任诞》："殷洪乔作豫章郡，临去，都下人因附百许函书。既至石头，悉掷水中，因祝曰：'沉者自沉，浮者自浮，殷洪乔不能作致书邮。'"

写于至正二十年（1360）作者二十五岁游吴越途中。诗中表达了写寄家书复杂细腻的感情。从唯恐家书途中有误，所以一封又一封地多写多寄，增加家书寄达的概率。到家书中不敢多说旅途的愁苦，而是多报平安，以减轻家人的担心与思念。句句说在家书，句句念在家人，不说情而情感自见。又其《得家书》云："未读书中语，忧怀已觉宽。灯前看封箧，题字有'平安'。"《客越夜得家书》云："一接家书意便欢，外封先已见'平安'。故乡千里书难得，不敢灯前草草看。"都看似平平淡淡，实以浓墨重彩，真善言情者，可相对读。

读史二十二首（选二）

仪　秦[1]

　　二子全操七国权，朝议纵合暮衡连[2]。天如早为生民计，各与城南二顷田[3]。

　　1　仪秦：分别指张仪、苏秦。张仪（？—前309），魏国安邑（今山西万荣县王显乡张仪村）人，贵族后裔，著名纵横家，以"连横"说六国入秦。秦惠王用为相，封武信君。秦惠王死，武王继位，张仪出逃为魏国相，次年去世；苏秦（？—前284），字季子，雒阳（今河南洛阳市）人。著名纵横家，以"合纵"说六国联合抗秦，任"从约长"，兼佩六国相印，使秦兵不得出函谷关者十五年，后入齐为客卿，被刺死。

　　2　纵合：即合纵，联合函谷关以东六国以攻秦；衡连：即连横，秦与函谷关以东六国一对一单边交往为横。衡，通"横"。

　　3　二顷田：见前选《练圻老人农隐》注2。

　　诗说张仪、苏秦以连横、合纵，使列国纷争，生灵涂炭，为世之大不幸。如果老天能为百姓着想，各与张仪、苏秦"负郭二顷田"做个地主，他们就不会"朝议纵合暮衡连"，而天下也可以太平了。这虽然从苏秦自道推论来，但前人多不置信。如北周庾信《拟咏怀诗二十七首》其二："既无六国印，翻思二顷田。"唐代崔日知《冬日述怀奉呈韦祭酒张左丞兰台名贤》就质疑："既重万钟乐，宁思二顷田？"但高启似乎信了，是非可以不论，而说高启相信"有洛阳负郭田二顷"的苏秦不会再有"佩六国相印"的意义，并不在于苏秦到底能不能做到，而是说由仪、秦推及普通人，倘能够"耕者有其田"，安居乐业，就不会有战争了。虽然世事沧桑必不决于这单一因素，但诗人又是史家，确实抓住了中国古代社会土地分配这个治乱的根本问题，诚为卓识。吕勉《槎轩集本传》曰："先生尤好权略，论事稠人中，言不繁而切中肯綮，人莫不耸动交听而厌服其心。"高启谈言微中，于此可见。

张子房[1]

不握兵权只坐筹，苦辞万户乞封留[2]。纵令不早寻仙去，天子终无赐醢谋[3]。

1　张子房：即张良（约前250—前189），字子房，颍川城父（今河南禹州）人，封留侯。秦末汉初杰出谋臣，与韩信、萧何并称"汉初三杰"。为汉王朝重要的开国功臣之一，后又帮助吕后之子刘盈成为皇太子。

2　"不握"二句：说张良唯出谋划策，不自掌兵，功高却仅领留侯之封。《史记·留侯世家》载张良辞不受封万户侯："良曰：'始臣起下邳，与上会留，此天以臣授陛下。陛下用臣计，幸而时中，臣愿封留足矣，不敢当三万户。'乃封张良为留侯，与萧何等俱封。"

3　"纵令"二句：说即使张良没有退隐求仙，也不会如彭越、韩信那样被处醢刑。《史记·留侯世家》载，张良曾表示"愿弃人间事，欲从赤松子游"。赐醢，把罪犯剁成肉泥的刑罚。汉初功臣彭越、韩信之属皆受此诛。醢（hǎi），用肉、鱼等制成的酱。

中国自古改朝换代主要靠"打"，即所谓"打天下"。"打天下"然后"坐天下"。但是"打天下"的是一群人，"坐天下"的是一个人。所以，这一个人为了"坐天下"，除用那一群人"打"得生灵涂炭外，还要在"坐天下"以后设法把那一群人安抚好或收拾了。于是"杯酒释兵权"之特例虽有之，但多半功臣都是"兔死狗烹，鸟尽弓藏"的下场。从而聪明的"功狗"们如汉初张良，可说一出道就准备好了不使主子起嫌疑，"不握兵权只坐筹"，待到领功受赏，仍然头脑清醒行韬晦之计，"苦辞万户乞封留"，终于平安活了下来，甚至后世有说他成了神仙。高启非常赞赏张良不贪恋功名富贵，见机而作，功成身退的人生态度与做法。李白《侠客行》诗说"事了拂衣去，深藏身与名"，即此意。虽然消极了些，但是跟皇上做事的结局，多半最好也是如此了。历代咏张良诗颇多，但此篇自出机杼，不落前人窠臼。

题宋徽庙《画眉百合图》[1]

百合无残六合尘，汴宫啼鸟怨无人[2]。不知风雪龙沙地[3]，还有图中此样春？

1　宋徽庙：指宋徽宗赵佶（1082—1135），号宣和主人，宋朝第八位皇帝，著名书画家，治国无能，终致"靖康之难"。禅让给太子赵桓，是为钦宗。靖康二年（1127）北宋亡，与钦宗一起被掳去金国。画眉：鸟名，体小，以眉纹极醒目，故称；百合：花名。

2　六合：指上、下和四方，代指中国；尘：尘土，这里指战尘，包括他后来被掳北去称"蒙尘"；汴宫，指北宋汴梁的皇宫。

3　龙沙地：指五国城，辽代时"生女真人"五大部落聚居地，史称五国部，后称五国城，遗址在今黑龙江省依兰县城北门外。北宋灭亡后，徽、钦二帝被囚死于此。

讽喻宋徽宗玩物丧志，《画眉百合图》画得很好，却把国家治理得很糟，结果很好的画眉与百合还在画里作姿作态，他自己却被掳到风沙严寒的五国城做囚徒去了。结末之问，指斥尖锐，讽刺辛辣。但也令人叹惜，一个天才的艺术家与一个无可宽恕的亡国之君统一在宋徽宗身上，使之成为皇帝中最杰出的书画家。因画为诗，诗从画出，首尾圆合，明白如话，无一字不安稳，无一语不精神。

风雨早朝

漏屋鸡鸣起湿烟[1]，蹇驴难借强朝天[2]。却思春水江南岸，闲听篷声卧钓船。

1　"漏屋"句：说屋漏柴湿，鸡鸣早朝，做饭烟火不旺。
2　"蹇驴"句：韩愈《符读书城南》："不见三公后，寒饥出无驴。"《金史·宣宗纪》："以官驴借朝士之无马者乘之，仍给刍豆。"蹇驴，跛足、驽劣而弱小的驴子。

写于洪武三年（1370）春诗人在南京，一个风雨交加的早晨，鸡鸣即起早炊，却因为屋漏柴湿，烟熏火燎，很不顺利。早餐后出门，代步是很不容易借来的一头跛驴，可说吃、住、行，加以前《晓出趋朝》《睡觉》《客中述怀》等诗中所述种种窘况，使其翰林"清贵之选"的官事竟成了鸡肋似的苦差，从而有了"却思"云云宁肯做钓翁的想法，不久也就辞职了。诗前后对比，把一个翰林清贵日常生活写得苦辛难熬，令人"大跌眼镜"之余，也难说不望而却步，可为痴迷于"书中自有黄金屋"者诫。然而辞官做钓翁的日子就只是逍遥自在吗？作者非不知，性之所好而已。

画　犬

独儿初长尾茸茸[1]，行响金铃细草中。莫向瑶阶吠人影，羊车半夜出深宫[2]。

1　独儿：古代犬的别称。《说文》："独，犬相得而斗也。羊为群，犬为独也。"段玉裁注："犬好斗，好斗则独而不群。"

2　瑶阶：玉石台阶。瑶，美玉；羊车：《晋书·舆服志》："羊车，一名辇车。"《晋书·胡贵嫔传》："并宠者甚众，帝莫知所适，常乘羊车，恣其所之，至便宴寝。宫人乃取竹叶插户，以盐汁洒地，而引帝车。"

这首诗与前《宫女图》同被认为对明室"有所讽刺"（《明史·高启传》），虽然也同样没有实据，但可信与《宫女图》一样也是有为讽喻之作。又虽然其讽刺对象亦不明确，但诗用"瑶阶""羊车"典故，所关必是皇帝本人，就比《宫女图》更加矛头向上了。而诗题"画犬"，又曰"吠人影"，与《宫女图》"小犬隔花空吠影"同一机杼，似两诗所讽亦有关联。又或此一意象为诗人得意之想，故一再用之，惜均不可考。

高青丘集遗诗

梦杨二礼曹¹

今夕复何夕²？梦我平生友。握手无所言，但道离别久。
觉来闻秋虫，空堂竟何有³。不知千里途，君魂果来否？当
年亦如梦，聚散一回首。起坐与谁亲，钟鸣月穿牖⁴。

---

1 杨二礼曹：指杨基，杨基曾任太常典簿，统于礼部，故称。贾
继用《吴中四杰年谱》："杨基官'礼曹'是在仕于张士诚时期。"

2 "今夕"句：《越人歌》："今夕何夕兮搴洲中流，今日何日兮得
与王子同舟。"

3 "觉来"二句：说梦醒了一无所见。乐府《同生曲》之二："蟋
蟀鸣空堂，感怅令人忧。"秋虫，秋天的昆虫，这里指蟋蟀。

4 "钟鸣"句：说报时钟声响起，月光已斜射入户牖，表夜深。白
居易《梦与李七庾三十三同访元九》："斜月光穿牖。"

洪武元年（1368）秋作于南京。诗写梦见杨基，情景真切如
在，以致怀疑"君魂果来否"？由此念及北郭盛事，亦已如梦，是
杨基在高启梦中，杨基与高启又同在北郭"当年"的梦中。结尾
"起坐"二句，表达的正是梦醒后无可慰藉的痛苦。杨基《眉庵集》
卷一《白门答高二聘君·序》云："戊申秋，余谪大梁，季迪尝梦余
与若平生。明日道路传余已死，季迪有梦余诗。己酉春正月，余侍

亲东归，迪亦应召来京师，相对惊喜，因出所赋梦余之作，余既感季迪之念，而复疑犹梦也。歌以答之。"杨基所谓"梦余诗"即此诗。又《眉庵集》卷十一有《梦故人高季迪三首》序云："季迪在吴时，每得一诗，必走见示，得意处辄自诧不已。"又可知二人惺惺相惜，心心相印。

秋　望

霜后芙蓉落远洲，雁行初过客登楼。荒烟平楚苍茫处[1]，极目江南总是秋[2]。

1　平楚：原野。谢朓《宣城郡内登望》："寒城一以眺，平楚正苍然。"

2　总是秋：宋代戴复古《无为山中郑老家》："开窗修竹无由俗，绕屋青山总是秋。"

诗点染凑集江南秋时节物、人情、景色、气象等多种典型变化，自登楼客目中看出。前半重写秋，画面平远中见寥落；后半重写望，意境宏阔中多苍茫。反复读之，乃见客心凄凉之色，忧郁之意，感伤之情。三、四句佳，第四句尤佳。

村　居

挂杖门前独看云，桐花落尽惜余春。呼童莫剧篱边笋[1]，留取清阴盖四邻。

---

1 劚（zhǔ）：砍、挖。

闲暇之中，见童子劚篱边笋，呼而命其留竹笋以成清荫，方便邻居乘凉。虽微末之事，但见微知著，仁民爱物之心有焉。又其属于日常容易做到，却往往忽略之事，而能时时在意，则其仁爱之举，虽低调而奢华。

芦 雁 图

西风吹折荻花枝，好鸟飞来羽翼垂。沙阔水寒鱼不见，满身霜露立多时。

这首诗见于高启弟子吕勉作《槎轩集本传》，"（先生）年可十八，顾而未冠，尝聘青丘巨室周翁仲达女，因家落，弗克备六礼。一旦翁病，所交戏之曰：'若妇翁有不安，盍往问之，可乎？'先生曰：'诺，愿偕往焉。'遂同抵其第。翁谓所交曰：'吾疾近稍愈，未可率尔与新客见。闻其善吟，客位间有《芦雁图》，脱一题足矣。'先生走笔一绝"，即此诗。而"翁笑曰：'若欲偶之意急矣。'语所交请回，当择日妻之矣。"高启平生第一快诗也。